Le Club des divorcés

tome 2

KAZUO KAMIMURA

上村一夫

SENSEI

LE CLUB DES DIVORCÉS / SOMMAIRE

PRÉFACE DE STÉPHANE BEAUJEAN
LA BEAUTÉ DU VIDE

Lassé d'enluminer des visages béats pour des illustrations publicitaires, Kamimura bifurque à la fin des années 60, à l'invitation d'un éditeur, vers la création de manga. Il n'a que 26 ans et son style est pétri des influences occidentales des magazines de mode pour lesquels il travaille ; les trames abondent et sa ligne entretient un dialogue avec le pop art, alors très en vogue. Mais en entrant dans le manga, Kamimura amorce délibérément une mue vers une esthétique plus japonaise. Son dessin se débarrasse en quelques albums des effets graphiques occidentaux mais, comme il juge par ailleurs l'esthétique du gekiga grossière et surchargée de traits inutiles, il préfère s'orienter vers une imagerie épurée, qui favorise la composition et la circulation du regard, l'équilibre de la double page et une sophistication graphique qui passe par une simplification du trait. « *Plus l'image est vide, plus elle est belle* », explique-t-il en 1973, en plein milieu de l'écriture du *Club des divorcés*. Et dans son cas, rien n'est plus vrai. Cette recherche de style et d'ambition poétique tient toujours Kamimura à distance du réalisme, quand bien même il verse dans la chronique sociale et contemporaine. Ces deux volumes, réalisés durant l'acmé de cette recherche formelle, expriment ce romantisme fougueux, cette forme de rigueur qui ne tient que par la disposition de quelques éléments savamment choisis, les visages soulignés d'un trait de pinceau charnel, et cette recherche de la juste quantité de détails qui permet au lecteur de laisser glisser son regard sur les cases intermédiaires pour mieux s'arrêter, ébahi ou terrorisé, sur une image clé. En creux se dessine l'époque, une recherche d'élégance sous l'influence d'un Occident jamais totalement assimilé.

UNE ŒUVRE INTIME

Quelques mois après avoir conclu *Le Club des divorcés*, Kazuo Kamimura se décrit fatigué, usé par les femmes et l'alcool. Il n'a que 36 ans. Nul besoin d'en dire plus pour comprendre les raisons de l'écriture des deux volumes du *Club des divorcés*. S'il éprouve le besoin de dresser le portrait de femmes qui consolent les hommes dans les bars, c'est qu'il connaît bien ces situations pour les observer avec attention durant ses virées nocturnes dans les établissements interlopes de la capitale. Cette prise de conscience avait probablement déjà commencé chez le jeune homme qu'il était à 12 ans, alors qu'il accompagnait sa mère au bar, certes beaucoup plus respectable, qu'elle avait pris en gérance à Tokyo à la mort de son mari. L'appartement familial dans lequel ils venaient d'emménager à l'époque était d'ailleurs voisin d'un club de strip-tease et Kamimura s'est éveillé à la sexualité à travers ce double prisme, qui renvoya rapidement dos à dos les relations sentimentales et la difficulté de s'assumer financièrement pour une mère célibataire. Tout juste déraciné de ce Kanto rural qui lui était si cher, précipité dans une mégalopole qui le glace, vivant seul entouré de sa mère et de ses trois sœurs, Kamimura s'éveille ainsi précocement à la sexualité et prend conscience de la place de la femme dans cette société pour le moins inégale. S'il a souvent déclaré que le manga était pour lui une forme de journal intime qui lui permettait de convoquer les lieux de son enfance, de sublimer sa vie et ses émotions, *Le Club des divorcés* compte à n'en pas douter parmi ses œuvres les plus personnelles.

« LE PEINTRE DE L'ÈRE SHOWA »

Tel est son surnom, car nul n'a su comme lui capter l'ambiguïté du Japon d'après-guerre, aussi effervescent que générateur de misère.

Peut-être parce qu'il a grandi dans un environnement essentiellement féminin ou qu'il ne s'entendait pas avec un père dont il rejeta les enseignements – au point de se déclarer publiquement soulagé par sa mort –, Kazuo Kamimura refuse la figure du héros masculin qui prospère dans le manga. Quand il entame sa carrière à la fin des années 60, son ambition est fixée : il place la femme au centre de son écriture, et se consacre uniquement à l'exploration des thèmes et des motifs absents de la bande dessinée. *Le Club des divorcés* ne déroge pas à la règle et fait clairement le grand écart entre souvenirs d'enfance et problématiques contemporaines. La tenancière de bar est bel et bien une jeune femme des années 70, ballotée par les aspirations et les pressions sociales de son époque, avec toujours en arrière-plan la mégalopole de Tokyo, boostée par une croissance économique délirante. Kamimura plante le décor avec acuité, flatte les tendances vestimentaires, la quête d'élégance d'une société pour laquelle le comble du raffinement s'incarne dans la haute couture occidentale et le cinéma de la Nouvelle Vague. En contrepoint, l'auteur commente également les études de société, les sondages qui ancrent ses vaudevilles dans une réalité tangible et beaucoup moins lumineuse. Entrelacs de psychologie, d'intimité et d'air du temps, *Le Club des divorcés* dresse le portrait d'une époque complexe tout en donnant au lecteur le sentiment d'une profonde authenticité.

DES FLEURS CONTRE LES ARMES

De manière irrépressible, Kazuo Kamimura parsème régulièrement les pages de ses mangas de fleurs. Cette urgence, l'auteur la décrit comme presque physiologique, ce qui ne semble en rien excessif tant la représentation des fleurs témoigne de sa nature voluptueuse et de son attention maniaque. Chaque espèce est par exemple

choisie précisément pour enrichir l'atmosphère de la scène et rappeler la saison à laquelle se déroule l'action. Loin de n'être qu'une afféterie, cette passion pour les fleurs et pour son langage permet à Kamimura de se démarquer, et de s'opposer même, consciemment, à la sur-représentation des armes et de la violence dans le manga, genre alors encore réservé aux figures masculines et à l'action au début de sa carrière. Combien de fois l'auteur n'a-t-il pas déploré, dans ses interviews, la prolifération des armes dans les bandes dessinées et le soin parfois amoureux apporté à leur représentation ? Ces codes guerriers, Kamimura les refuse avec véhémence. Lui préfère mettre en scène les drames humains, défricher les sujets que la bande dessinée japonaise n'a pas encore abordés à la fin des années 60. Concubinage, passion irrésolue, jeunesse dans la campagne d'après-guerre… Tels sont les tourments intimes que Kamimura traite avec la fougue et l'emphase des auteurs de manga d'action. Car chez lui, l'extraordinaire n'est pas utile ; il suffit qu'un couvercle de casserole tombe au sol pour que le monde dans son ensemble s'effondre.

HARMONIE ET RUPTURES

Kamimura s'est toujours démarqué par sa rapidité d'exécution et, plus encore, par la liberté particulièrement importante qu'il accorde à ses assistants. Lorsqu'il écrit *Le Club des Divorcés*, l'auteur réalise plusieurs séries en parallèle, avec une production moyenne de 350 planches par mois et des pointes à 400-450 pages. Pour tenir le rythme, il se repose sur une équipe de cinq assistants qui travaillent à mi-temps et auxquels le mangaka délègue la quasi-totalité de ses arrière-plans. Paradoxalement, Kamimura se déclare souvent déçu du résultat, tout en précisant que cela lui importe peu. S'il n'insiste jamais pour que ses assistants revoient leur travail, c'est en partie à cause

d'une date de publication toujours trop proche, mais surtout parce que l'auteur favorise chez ses collaborateurs indépendance et personnalité. Une attitude rare, pour ne pas dire unique, dans un milieu où il est toujours attendu de l'assistant qu'il se conforme à l'esthétique de l'auteur qu'il seconde. Si Kamimura est contraint d'adopter ce système afin de publier suffisamment de pages pour gagner sa vie, il ne manque pas de le critiquer parce qu'il formate selon lui les identités graphiques et favorise la circulation de stéréotypes – les assistants, qui transitent souvent d'un auteur à l'autre, emportent avec eux les techniques apprises auprès d'un précédent maître. Ainsi, les décors du *Club des divorcés* reposent sur de multiples traitements, Kamimura ayant assigné à ses assistants telle ou telle partie du dessin en fonction de leur personnalité. Les nuits photo-réalistes tokyoïtes brillant de mille feux contrastent avec l'épure des décors diurnes comme avec la sophistication tramée des jeux de lumières de certains intérieurs ou de certains décors détaillés… sans que le lecteur n'en prenne pour autant conscience. Même dans la rupture, Kamimura parvient à faire régner un sentiment d'harmonie.

Journaliste et critique BD pour Les Inrocks, rédacteur en chef du magazine Kaboom, **Stéphane Beaujean** est aussi libraire à Paris. Depuis quelques années, il est également directeur artistique du Festival International de la Bande Dessinée d'Angoulême.

CET ARTICLE SE REPOSE SUR LES SOURCES SUIVANTES

· *Shûkan Asahi* - 13 octobre 1972

· *Kinema Junpô* - mai 1973

· *Newself* - octobre 1976

Le Club des divorcés

VOL. 21

J'AVAIS BEAU LE SAVOIR, ÇA N'ARRIVAIT PAS À REMPLIR MA VIE...

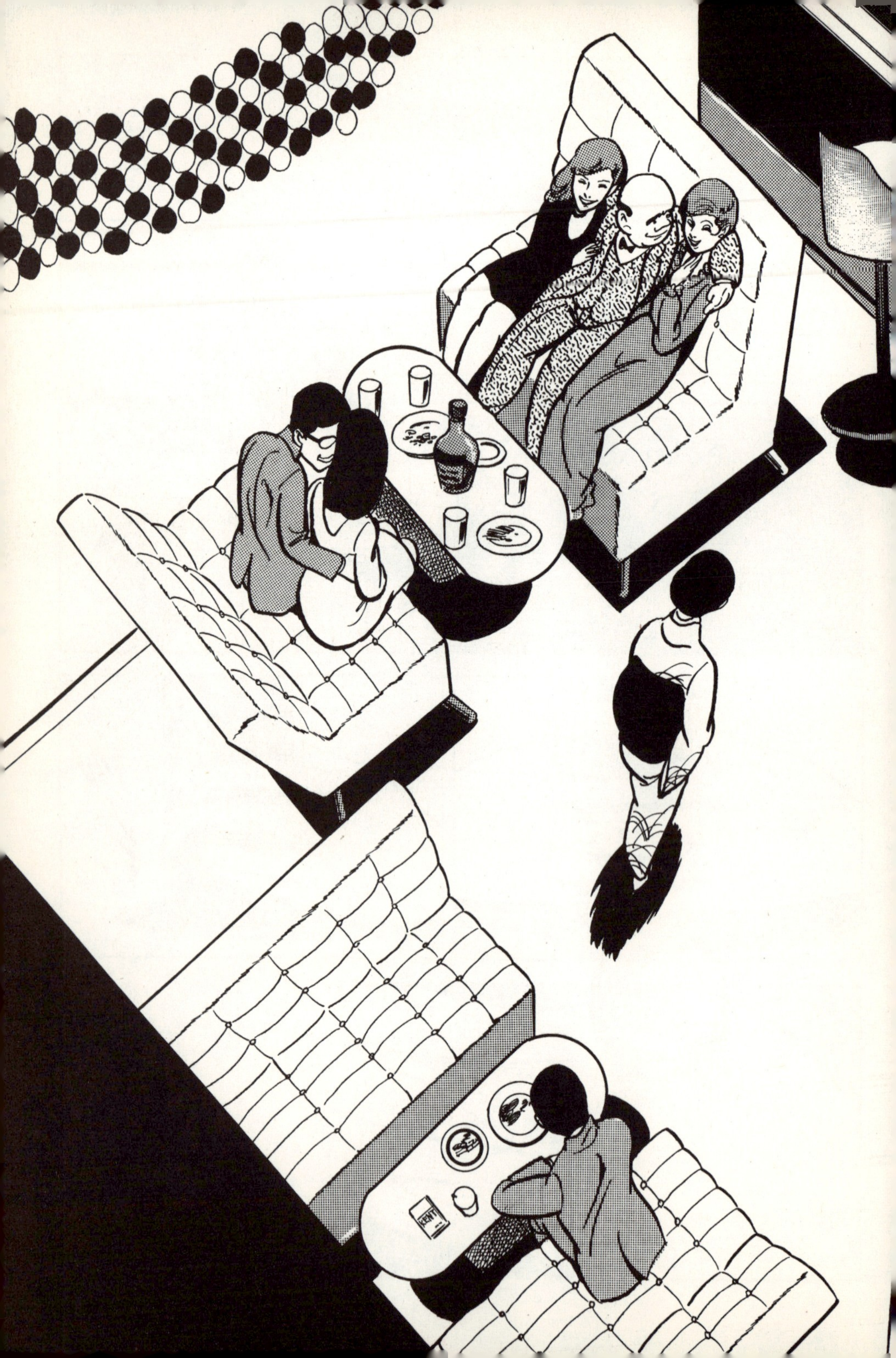
KENT

KEN-CHAN, UNE BIÈRE, S'IL TE PLAIT.
TOUT DE SUITE.

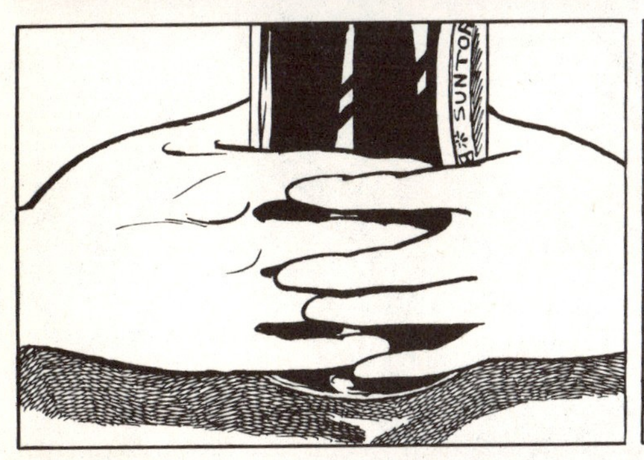

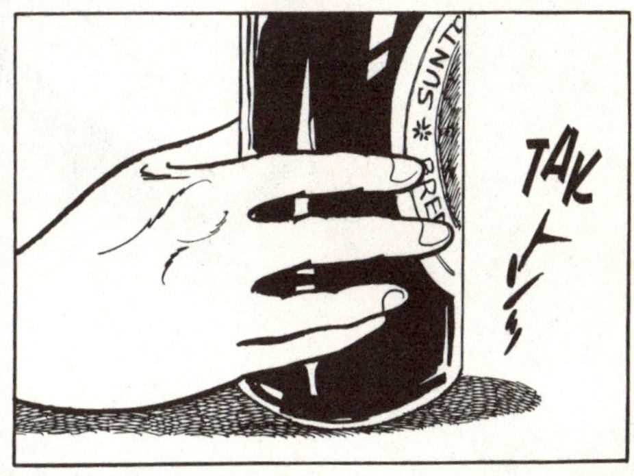
TAK

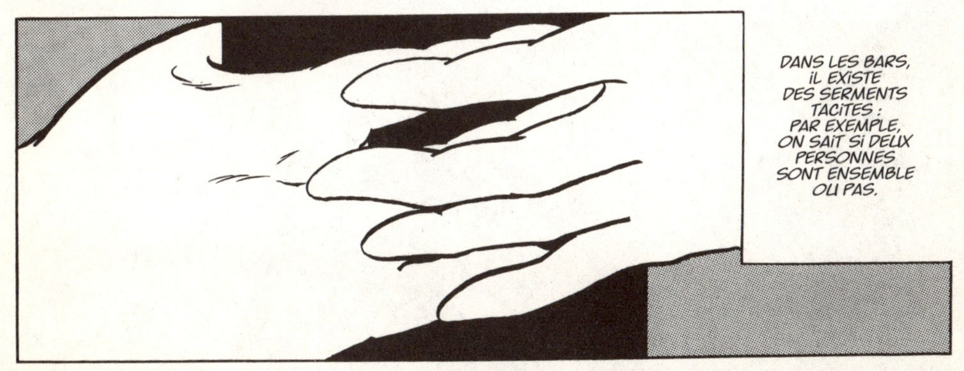
DANS LES BARS, IL EXISTE DES SERMENTS TACITES : PAR EXEMPLE, ON SAIT SI DEUX PERSONNES SONT ENSEMBLE OU PAS.

HEIN ?!

DIS, TU NE VEUX PAS QU'ON AILLE BOIRE UN VERRE APRÈS LE TRAVAIL ?

IDIOT ! JE TE DIS JUSTE QUE JE ME SENS SEULE !

J'AI COMME UN TROU À COMBLER DANS LA POITRINE...
OH ! MAIS C'EST TERRIBLE ! TU N'AURAIS PAS UN DÉBUT DE PNEUMONIE ?

HI HI

MERCI BEAUCOUP. RENTREZ BIEN...

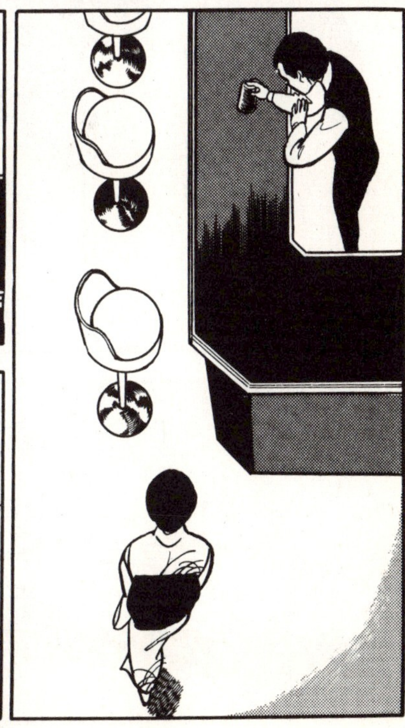

QU'EST-CE QUE JE TE SERS ?

JE VAIS TE PRÉPARER UN SCREWDRIVER !

HMM... QU'EST-CE QUE TU VEUX ME FAIRE BOIRE ?

JE NE PERDS PAS UNE OCCASION, MÊME EN ME FAISANT ALLUMER MA CIGARETTE.

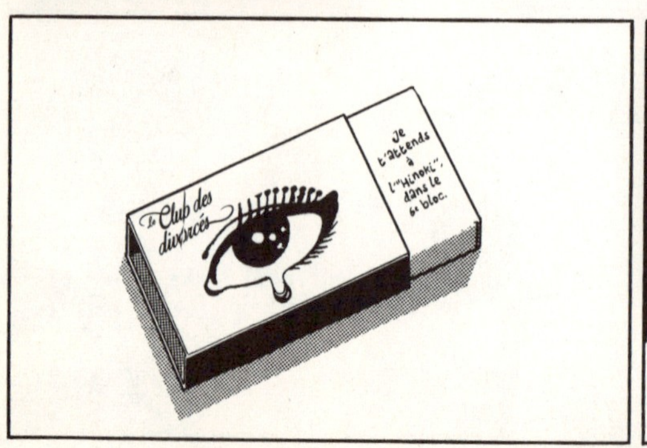
Le Club des divorcés
Je t'attends à l'"Hinoki", dans le 6e bloc.

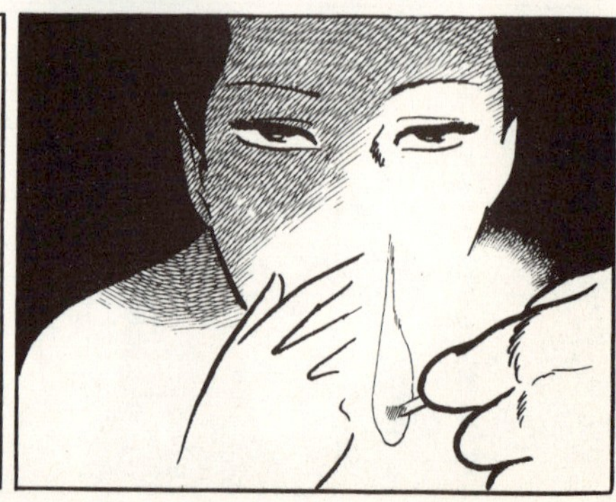

Je t'attends à l'"Hinoki", dans le 6e bloc.
Le Club des divorcés

TU FUMES TROP, MAMA...

OUI, JE PENSE AUSSI. QUAND JE FUME, J'AI L'IMPRESSION QUE LES OS DE MON TORSE SE METTENT À GRINCER...
CE N'EST PAS BON ! IL FAUT QUE TU RÉDUISES UN PEU.

C'EST UN POISON. MAIS LE TABAC, ON LE FUME JUSTEMENT PARCE QUE C'EST UN POISON...

Le Club des divorcés

ひのき

* HINOKI.

DÈS QUE LA FILLE LA PLUS POPULAIRE PERD SA POSITION DE NUMÉRO 1, ELLE SE CASE TOUT DE SUITE AVEC UN HOMME.
ET LÀ, C'EST LE DÉBUT DE LA FIN, COMME UNE PIERRE ROULANT AU BAS D'UNE PENTE.

HMM ?! MAMA, VOUS CONNAISSEZ LIKE A ROLLING STONE ?!

JE PEUX VOUS CITER UN TAS D'EXEMPLES.
C'EST VRAIMENT LIKE A ROLLING STONE !

iL EST D'AiLLEURS TRÈS BiEN, SON DERNiER ALBUM, TU NE TROUVES PAS ? ON RETROUVE LE BOB DYLAN D'iL Y A UNE DiZAiNE D'ANNÉES...

OH !
MAiS J'ADORE BOB DYLAN, MOi !

OUi, J'ÉTAiS UNE PETiTE RACAiLLE QUi SORTAiT AVEC PLEiN DE PETiTS LASCARS.
QUELLE RACAiLLE !

HEE...!

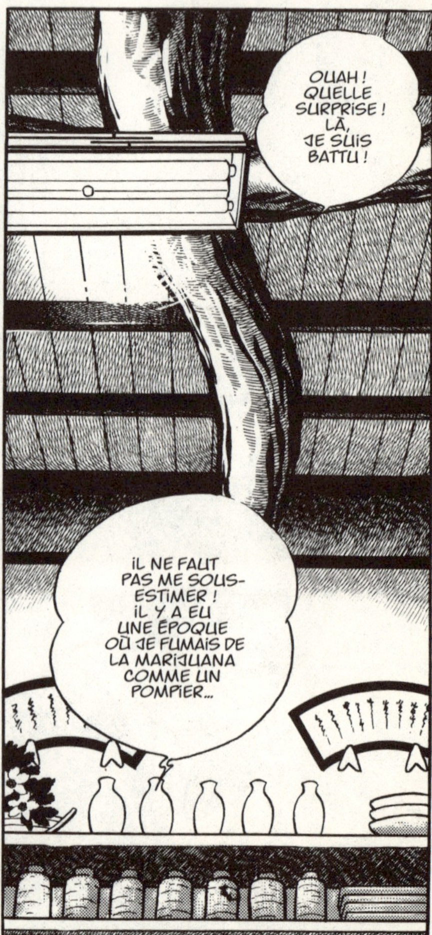
OUAH ! QUELLE SURPRiSE ! LÀ, JE SUiS BATTU !
iL NE FAUT PAS ME SOUS-ESTiMER ! iL Y A EU UNE ÉPOQUE OÙ JE FUMAiS DE LA MARiJUANA COMME UN POMPiER...

DIS, KEN-CHAN, TU VEUX QUE JE FASSE DE TOI UNE PETITE RACAILLE ?
HEIN ?!

MAIS QUAND JE TE VOIS COMME CA, VENIR BOIRE ICI AVEC YÛKO, JE ME DIS QUE TU DEVAIS ÊTRE UNE SACRÉE CANAILLE, TOI AUSSI !
JE LES REPÈRE TOUT DE SUITE, MOI... TU RESPIRES LA RACAILLE À PLEIN NEZ !

TU DEVAIS TRAÎNER DANS LES ENVIRONS DE SHINJUKU, JE ME TROMPE ?
HEIN, YÛKO ?

QU'EST-CE QUI T'ARRIVE, TOI ? TU NOUS RAMÈNES UN PETIT MIGNON ET TU RESTES PERDUE DANS TES PENSÉES ?!

HEIN... QUOI ?

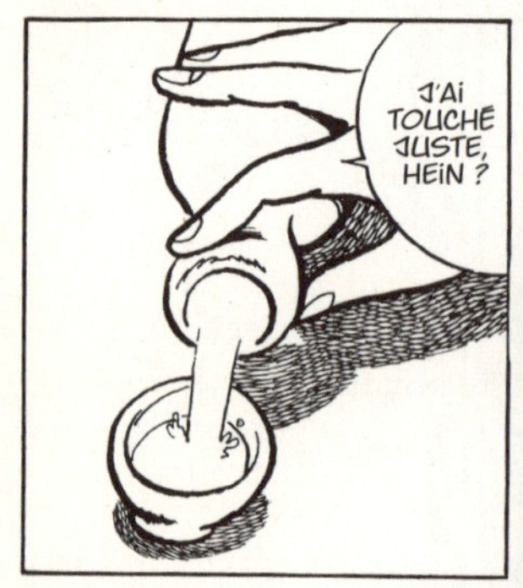
J'AI TOUCHE JUSTE, HEIN ?

JE SAIS À QUOI TU PENSES !
OH !
À TON BAR, N'EST-CE PAS ?!

SI TU DOIS TOMBER, IL FAUT QUE TU TOUCHES LE FOND. ET ALORS TU COMPRENDRAS. TU COMPRENDRAS À QUOI CARBURE CE COMMERCE...
JE NE T'ARRIVE PAS À LA CHEVILLE, MAMA...

AH OUI ? ET IL CARBURE À QUOI ?

À L'AMOUR !

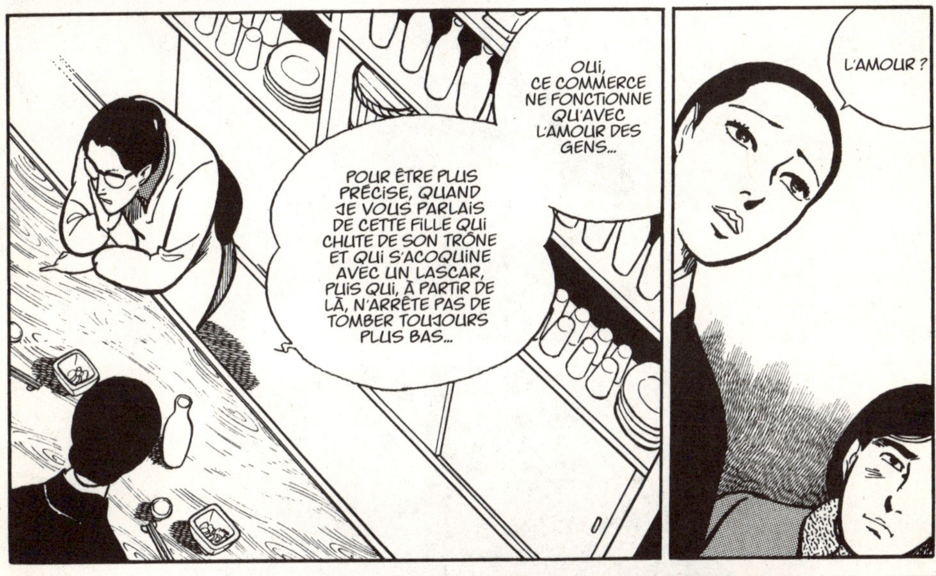
L'AMOUR ?
OUI, CE COMMERCE NE FONCTIONNE QU'AVEC L'AMOUR DES GENS...
POUR ÊTRE PLUS PRÉCISE, QUAND JE VOUS PARLAIS DE CETTE FILLE QUI CHUTE DE SON TRÔNE ET QUI S'ACOQUINE AVEC UN LASCAR, PUIS QUI, À PARTIR DE LÀ, N'ARRÊTE PAS DE TOMBER TOUJOURS PLUS BAS...

... JE PARLAIS DE MOI.

!

C'EST POUR ÇA, YÛKO... C'EST PARCE QUE J'AI TOUCHÉ LE FOND QUE J'AI COMPRIS CE QU'ÉTAIT L'AMOUR.

MAIS MAMA, TU POSSÈDES UN MAGNIFIQUE BAR AUJOURD'HUI !
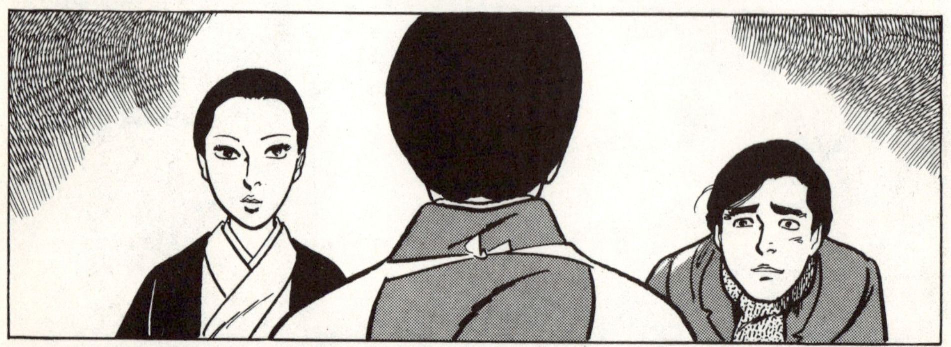

QU'EST-CE QU'ON FAIT ?
HMM... J'AI ENCORE ENVIE DE BOIRE.

ON PEUT ALLER VERS SHINJUKU...

OUI, TRÈS BIEN ! J'AIMERAIS BIEN DÉCOUVRIR TON ANCIEN TERRAIN DE JEU...

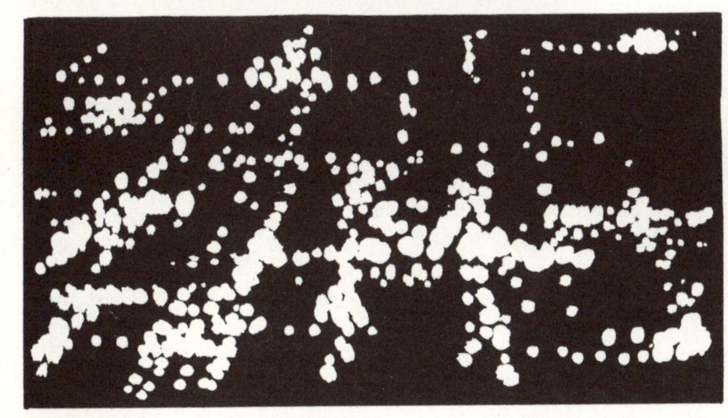

TOMBE, TOMBE JUSQU'À TOUCHER LE FOND ! ET LÀ, TU COMPRENDRAS COMMENT MARCHE CE COMMERCE...
個人

JE PENSAIS À CETTE FEMME QUI TOMBAIT, QUI ROULAIT EN BAS DE LA PENTE, APRÈS AVOIR CHUTÉ DE SON TRÔNE, COMME LA MAMA DE L'"HINOKI" NOUS L'AVAIT DÉCRIT.

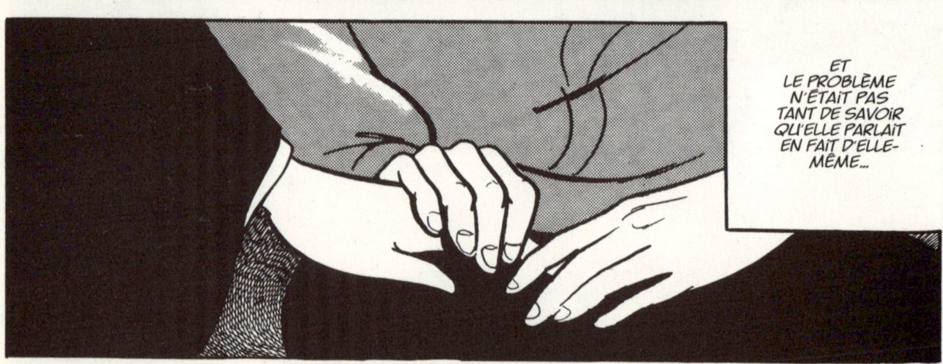
ET LE PROBLÈME N'ÉTAIT PAS TANT DE SAVOIR QU'ELLE PARLAIT EN FAIT D'ELLE-MÊME...

CAR MOI, JE N'AI JAMAIS ÉTÉ EN POSITION DE "FEMME LA PLUS EN VUE". J'AVAIS NÉANMOINS LE SENTIMENT DE COMPRENDRE SA TRISTESSE À CE MOMENT-LÀ.

VOULAIT-ELLE DIRE QUE SEUL UN HOMME POUVAIT COMBLER CE GRAND VIDE QU'ELLE DEVAIT RESSENTIR DANS SON CŒUR ?

MAIS ON DIRAIT QUE CET HOMME NE LUI A SERVI QU'À TOMBER PLUS BAS ENCORE. COMME S'IL L'AVAIT POUSSÉE DU HAUT DE LA PENTE.

À MOINS QUE CET HOMME NE L'AIT ACCOMPAGNÉE DANS SA CHUTE, ET QUE CELA SEUL L'AIT SATISFAITE.

J'AURAIS DÛ LUI DEMANDER CE QU'ELLE VOULAIT DIRE PAR LÀ.

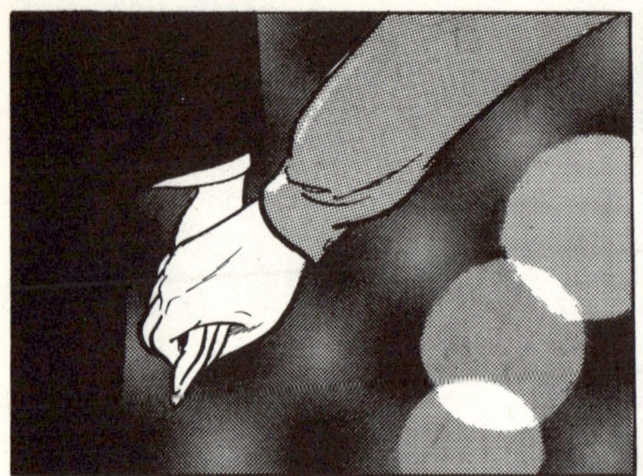

JE N'AIME PAS CE GENRE D'ENDROIT...
ET JE N'AI PLUS ENVIE DE BOIRE...
Hôtel KAMOME
HOTEL

JE FATIGUE...

ET LÀ ?
NON !
HOTEL KANESHIRO

MAMA...
JE N'EN PEUX PLUS DE TOURNER EN ROND AU MILIEU DE CES HÔTELS MINABLES !

HOTEL
PARKING
HÔTEL
PARKING

L'AMOUR

OUi, TANT PIS...
RESTONS iCi JUSQU'AU PETIT MATIN. LE SOLEiL VA BiENTÔT SE LEVER...

TU NE VAS PAS DORMIR iCi, QUAND MÊME...
MAMA !
ET JE SUiS Si FATiGUÉE.

HEIN, MAMA !
MAMA... CE N'EST PAS LA PEiNE ! AUTANT QUE JE TE RAMÈNE CHEZ TOi !
JUSTE UN PEU...

TSSK !
TANT PIS.

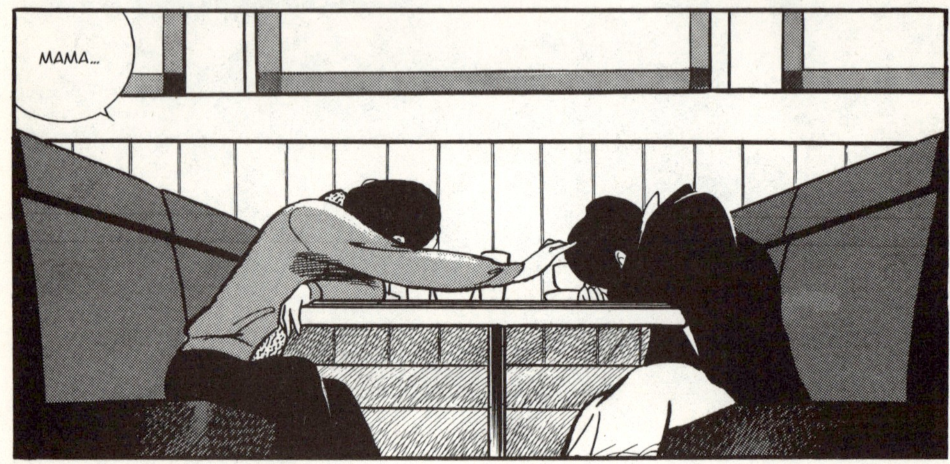
MAMA...

S'IL TE PLAIT... LAISSE-MOI DORMIR UN PEU. JUSTE UN PETIT PEU. LAISSE-MOI DORMIR JUSQU'AU PETIT MATIN. LE SOLEIL VA BIENTÔT SE LEVER...
新宿
高野
カメラのさくらや
Minolta

VOL. 22

ÇA SENT BON.
OUI, C'EST AGRÉABLE AVEC CE PETIT VENT.

JE SUIS HEUREUX QUE TU AIES ACCEPTÉ DE ME REJOINDRE.
JE SUIS CONTENTE D'ÊTRE VENUE. C'EST LA PREMIÈRE FOIS QUE JE VOIS AUTANT DE FLEURS DE PRUNIER OUVERTES EN MÊME TEMPS.

OH ! TU VEUX DONC QUE L'ON PASSE LA NUIT LÀ-BAS ?

TU NE DEVAIS PAS TÉLÉPHONER À TON BAR ?
JE LE FERAI APRÈS, UNE FOIS QU'ON SERA À L'AUBERGE.

OUI ! C'EST BIEN CE QUE VOUS SOUHAITIEZ, PROFESSEUR...

HI ! HI ! ON A LE SENTIMENT QUE, POUR TOI, TOUS LES HOMMES SE RESSEMBLENT.

EH BIEN, JE VAIS RENVOYER LE CHAUFFEUR.
PROFES-SEUR...

DONC ON PASSE LA NUIT LÀ-BAS. TRÈS BIEN.

...

JE PENSAIS QU'À PARTIR DE CE JOUR-LÀ, JE DEVAIS DEVENIR UNE AUTRE FEMME. ET, POUR CELA, JE DEVAIS SANS DOUTE CHANGER MA COIFFURE, LA COULEUR DE MON ROUGE À LÈVRES ET MES KIMONOS.

C'ÉTAIT LA SEULE MANIÈRE DE SAUVER LE CLUB DES DIVORCÉS, AU BORD DE LA FERMETURE.

CET HOMME SE FAISAIT APPELER HABITUELLEMENT "PROFESSEUR KUROI"... JE L'APPELAIS "PROFESSEUR", MAIS JE NE SAVAIS PAS TRÈS BIEN CE QU'IL FAISAIT RÉELLEMENT.

C'ÉTAIT DIFFICILE DE LE DEVINER À SA SEULE ALLURE, MAIS LA RUMEUR DISAIT QU'IL S'AGISSAIT D'UN CONSEILLER DE L'OMBRE, APPARTENANT À DES CERCLES PROCHES DU POUVOIR OU DES MILIEUX FINANCIERS.

JE N'AI PAS FERMÉ L'OEIL DE LA NUIT, ET APRÈS MÛRE RÉFLEXION, EN REGARDANT LA PLUIE DANS LE FROID DU MATIN, JE ME SUIS DÉCIDÉE À DEVENIR UNE AUTRE FEMME...

ET C'EST AINSI QUE CE MATIN-LÀ, JE ME SUIS RENDUE À LA RÉSIDENCE DU PROFESSEUR KUROI.

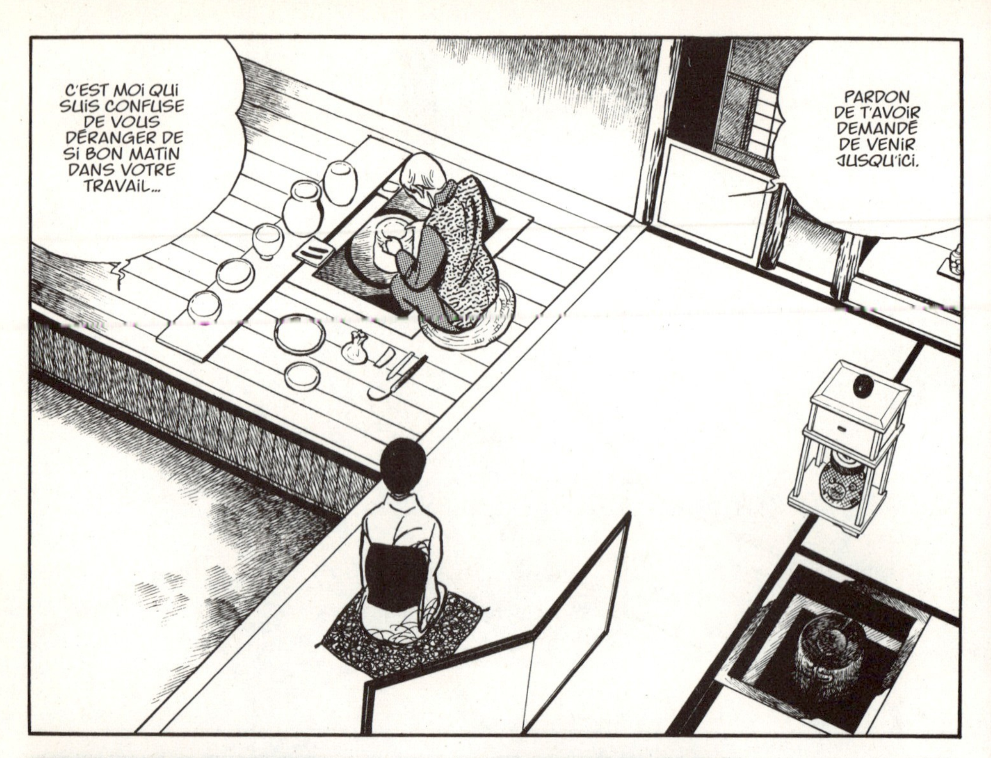
PARDON DE T'AVOIR DEMANDÉ DE VENIR JUSQU'ICI.
C'EST MOI QUI SUIS CONFUSE DE VOUS DÉRANGER DE SI BON MATIN DANS VOTRE TRAVAIL...

PAS DU TOUT, CE N'EST MÊME PAS DU TRAVAIL. JE NE FAIS QUE JOUER AVEC DE LA GLAISE COMME LE FERAIT UN ENFANT...
ATTENDS UN PEU, J'AI PRESQUE FINI.

DE QUOI VOULAIS-TU ME PARLER ?
OUI...

JE ME SOUVIENS QUE VOUS M'AVIEZ DIT DE VENIR VOUS VOIR SI D'AVENTURE J'ÉTAIS UN JOUR EN DIFFICULTÉ...

ATTENDS !

...

NOUS DEVONS ALLER AILLEURS S'IL S'AGIT DE ÇA.

AILLEURS ?

JE PENSAIS QUE L'"AILLEURS" DONT IL PARLAIT ÉTAIT UN LIEU OÙ UN HOMME ET UNE FEMME... ENFIN... JE PENSAIS QU'IL PARLAIT DE ÇA.

OUI, IL Y A UN LIEU PLUS APPROPRIÉ POUR PARLER DE CE GENRE DE CHOSES.

PARDONNEZ-MOI. JE VOUS SUIVRAI LÀ OÙ BON VOUS SEMBLE.

BIEN, DANS CE CAS, VIENS AVEC MOI.

OUI.

ET NOUS NOUS SOMMES RETROUVÉS DANS CE PARC AUX PRUNIERS.
PARDON DE T'AVOIR FAIT ATTENDRE...

BIEN... SI NOUS DEVONS PARLER ARGENT, C'EST MIEUX ICI, SOUS LES PRUNIERS.
HMM... MAIS SI VOUS ÊTES VENU VOIR LES PRUNIERS, PEUT-ÊTRE VAUT-IL MIEUX ATTENDRE QUE L'ON SOIT ARRIVÉS À L'AUBERGE POUR DISCUTER DE MES AFFAIRES ?

TOUS CES GENS NE PEUVENT PAS IMAGINER QUE NOUS PARLONS D'HISTOIRES DE SOUS. ILS NE PEUVENT QUE PENSER QUE JE TE FAIS LA COUR.

NON, C'EST L'INVERSE, MAMA. C'EST PARCE QUE NOUS SOMMES DANS UN SI BEAU LIEU QUE NOUS POUVONS PARLER ARGENT.

NE T'INQUIÈTE DONC PAS...
...

...

LA NATURE EST SI GÉNÉREUSE.
ALLONS, DIS-MOI CE QUI TE PRÉOCCUPE.

TU AS BESOIN DE COMBIEN ?
HMM...

NE ME REGARDE PAS... REGARDE PLUTÔT LE NUAGE DERRIÈRE CETTE BRANCHE DE PRUNIER...

IL ME FAUDRAIT PRÈS DE HUIT MILLIONS DE YENS...

HMM...

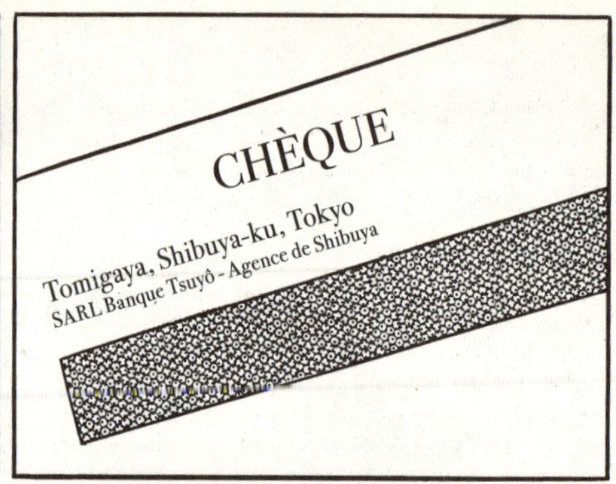
CHÈQUE
Tomigaya, Shibuya-ku, Tokyo
SARL Banque Tsuyô - Agence de Shibuya

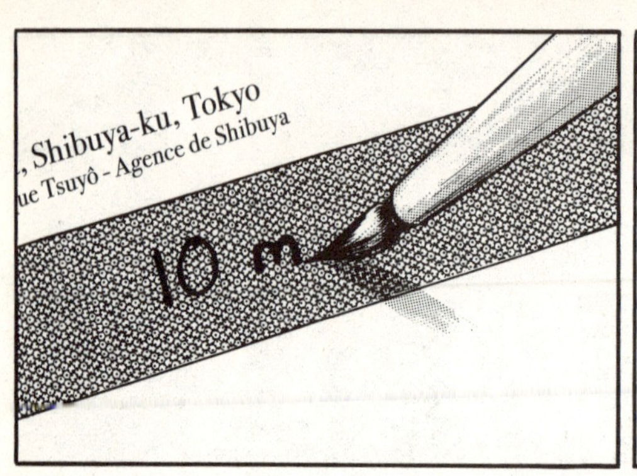
, Shibuya-ku, Tokyo
ue Tsuyô - Agence de Shibuya
10 m

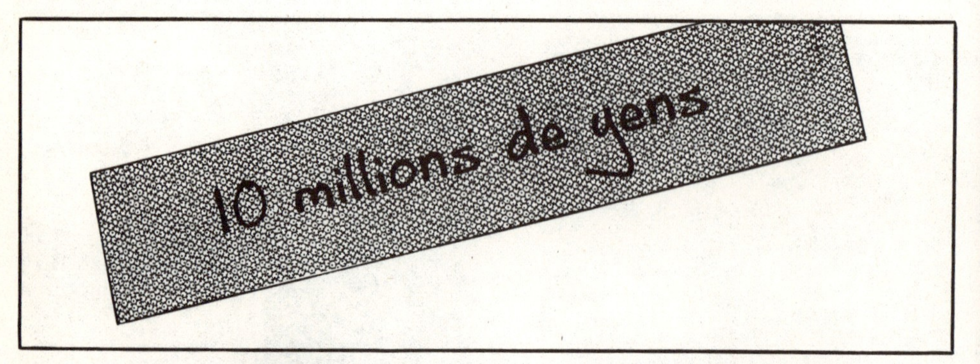
10 millions de yens

P... PROFESSEUR !

PRENDS ! DE TOUTE FAÇON, C'EST DE L'ARGENT QUE J'AI GAGNÉ DE MANIÈRE PAS TOUJOURS TRÈS HONNÊTE.

PROFESSEUR...

ON DIRAIT VRAIMENT, EN BUVANT COMME CELA, QUE LE TEMPS S'EST ARRÊTÉ.

SHHH

TAK

PROFES-
SEUR !
QU'EST-CE QU'IL Y A ? TU NE VEUX PAS LAISSER OUVERT ENCORE UN PEU ?
TU AS FROID ?

OH ! ATTENTION, TU VAS RENVERSER LE SAKÉ.

MAMA... LA NUIT EST SI BELLE, FAUT-IL PENSER À CELA ?

VOUS N'AVEZ D'YEUX QUE POUR LE PAYSAGE DEPUIS TOUT À L'HEURE... JE FINIS PAR EN DEVENIR JALOUSE !

NON, À MON ÂGE TU SAIS, TU NE FERAIS QUE M'EMBARRASSER.
OUI ! JE VEUX QUE VOUS ME SERRIEZ CONTRE VOUS !

CETTE NUIT-LÀ, JE ME SUIS ENFLAMMÉE COMME JE NE L'AURAIS JAMAIS CRU !

CELA FAISAIT SI LONGTEMPS QU'UN HOMME NE S'ÉTAIT PAS OCCUPÉ DE MOI.

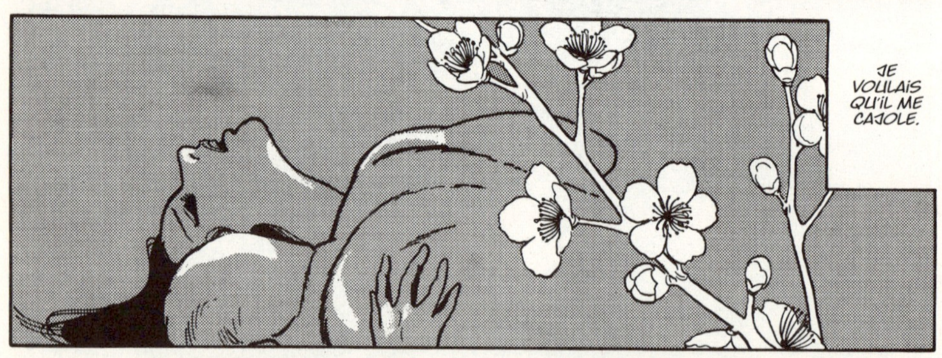
JE VOULAIS QU'IL ME CAJOLE.

ET JE VOULAIS LUI FAIRE PLAISIR...

ON SENT LES PRUNIERS MÊME À TRAVERS LES SHÔJI.
OUI...

PROFES-SEUR...
C'EST TRISTE...

LA CHAIR EST TRISTE... NOUS AVONS BEAU COUCHER ENSEMBLE, NOUS RESTONS ENCORE L'UN POUR L'AUTRE DES INCONNUS.

J'AI RÉVEILLÉ EN TOI D'ANCIENNES BLESSURES, YÛKO...

PROFESSEUR !

LE VENT SOUFFLE L'ODEUR DES FLEURS SUR MA MANCHE ENCORE ENDORMIE LE RÊVE D'UN SOIR DE PRINTEMPS SUR L'OREILLER*
* POÈME ISSU DE LA NOUVELLE ANTHOLOGIE DE POÈMES D'HIER ET D'AUJOURD'HUI (SHIN KOKIN WAKASHŪ).

VOL. 23

AMIAN B1
WA B1
CLUB LARGE B1

② Marco マルコ
CLUB ARASHI
MINI-CLUB DOKO
CLUB TSUMUGI
MURASAKI
KATO 2 BLDG.

OUi, MAMA, iL FAUT ABSOLUMENT QUE TU ViENNES !
HEiN ?!
ALLEZ, MAMA, ViENS DANS MON ÉMiSSiON !

JE M'OCCUPE DU PROGRAMME "TROIS HEURES À MIDI", ET JE PRÉPARE UNE ÉMISSION SPÉCIALE SUR LE DIVORCE. J'AIMERAIS QUE TU EN SOIS L'INVITÉE PRINCIPALE.
NON, NON ! JE T'ASSURE, JE SUIS TRÈS SÉRIEUX !

C'EST ENCORE UNE DE VOS BLAGUES, MONSIEUR TOGAWA ? JE NE SUIS PLUS UNE JEUNETTE, ET SI VOUS CROYEZ M'APPÂTER EN ME FAISANT MIROITER UNE ÉMISSION DE TÉLÉ...

N'EST-CE PAS ! J'AI EU UN ÉCLAIR DE GÉNIE CE SOIR !
OUI, C'EST UNE TRÈS BONNE IDÉE ! VRAIMENT BONNE, MONSIEUR TOGAWA !

OUI, ÇA DEVRAIT BIEN MARCHER ! JE SUIS VRAIMENT LE MEILLEUR PRODUCTEUR DU JAPON !

ON Y PARLERAIT DE GENS AYANT DIVORCÉ ET D'UNE PATRONNE DE BAR GÉRANT LE CLUB DES DIVORCÉS !
ÇA VA FAIRE UN CARTON !

QU'EST-CE QUE VOUS AVEZ, TOUS LES DEUX ? VOUS VOUS EMBALLEZ, MAIS JE NE VOIS PAS DU TOUT L'INTÉRÊT DE CE PROJET.
MAIS NON, TU VAS VOIR. ALLEZ, JE T'EN PRIE !

NON, LA TÉLÉ, ÇA NE ME DIT RIEN...

NON, MAIS ÇA PEUT ÊTRE JUSTE UN TÉMOIGNAGE POUR L'ÉMISSION.

C'EST DÉCIDÉ, HEIN ?
OUI, ON PART LÀ-DESSUS !

C'EST DÉCIDÉ, MAMA !
Le Club des divorcés

VOUS ÊTES VRAIMENT IMPOSSIBLES, TOUS LES DEUX... QUEL EST L'INTÉRÊT DE RAVIVER D'ANCIENNES BLESSURES CHEZ UNE FEMME, SELON VOUS ?

DIS, MAMA VA PASSER À LA TÉLÉ ?
OUI !

OUAH, SUPER ! MOI AUSSI, JE VEUX ÊTRE DANS L'ÉMISSION !

OUI, APRÈS LA SPÉCIALE "LE CLUB DES DIVORCÉS", ON FERA UNE SPÉCIALE "COMMENT RETROUVER SA VIRGINITÉ", RIEN QUE POUR TOI !

PEUH !

HA HA HA
ATTENDEZ, JE VAIS VOUS CHERCHER DES GLAÇONS.

ÇA T'INTÉRESSE TANT QUE ÇA, DE PASSER À LA TÉLÉ ?
QU'EST-CE QU'IL Y A, KEN-CHAN ?

OUI, MAIS TU VAS LE FAIRE, N'EST-CE PAS ?

OH, MAIS ATTENDS, JE N'AI ENCORE RIEN SIGNÉ !

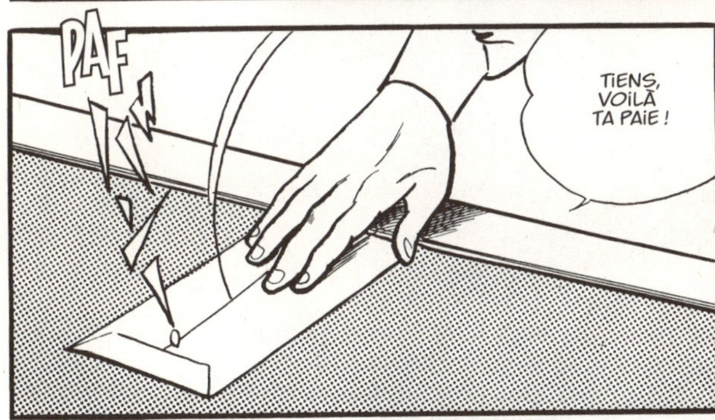
PAF
TIENS, VOILÀ TA PAIE !

?

ET D'OÙ IL VIENT, CET ARGENT ?! TU N'AURAIS PAS TROUVÉ UN GÉNÉREUX DONATEUR ?
ET... CE...

JE NE PEUX PAS ACCEPTER DE L'ARGENT QUI VIENT D'UN VIEUX RICHE LIBIDINEUX !

GNNH GNNH GNNH...

C'EST ÇA QUI TE CHIFFONNE, KEN-CHAN ?
ALLEZ, SERS-MOI QUELQUES GLAÇONS, VA !

PFF !

TU ES MIGNON, PETIT...

TAK

ON EN REPARLE APRÈS, HEIN, PETIT CAPRICIEUX !

GRR
GRR
GRR
GRR

ET C'EST AINSI QUE JE FIS MA PREMIÈRE APPARITION À LA TÉLÉVISION.

MALGRÉ TOUT L'ARGENT QUE J'AVAIS REÇU DU PROFESSEUR KUROI, LE CLUB CONTINUAIT SUR SA MAUVAISE PENTE...
Le Club des divorcés

JE N'AVAIS PAS PARTICULIÈREMENT L'INTENTION DE ME FAIRE UN NOM À LA TÉLÉ, MAIS JE ME DISAIS QUE ÇA POURRAIT TOUJOURS M'APPORTER QUELQUE CHOSE.

DOCUMENT 75 :
LE DIVORCE

EH BIEN, AUJOURD'HUI, NOUS RECEVONS YŪKO, LA PATRONNE DU BAR LE CLUB DES DIVORCÉS, À GINZA, QUI VA NOUS PARLER DU DIVORCE...
GLURPS...

POURQUOI... JE L'AI QUITTÉ ?

CHÈRE YŪKO, POURQUOI AVEZ-VOUS QUITTÉ VOTRE MARI ?
QUEL GENRE D'HOMME ÉTAIT-IL ?

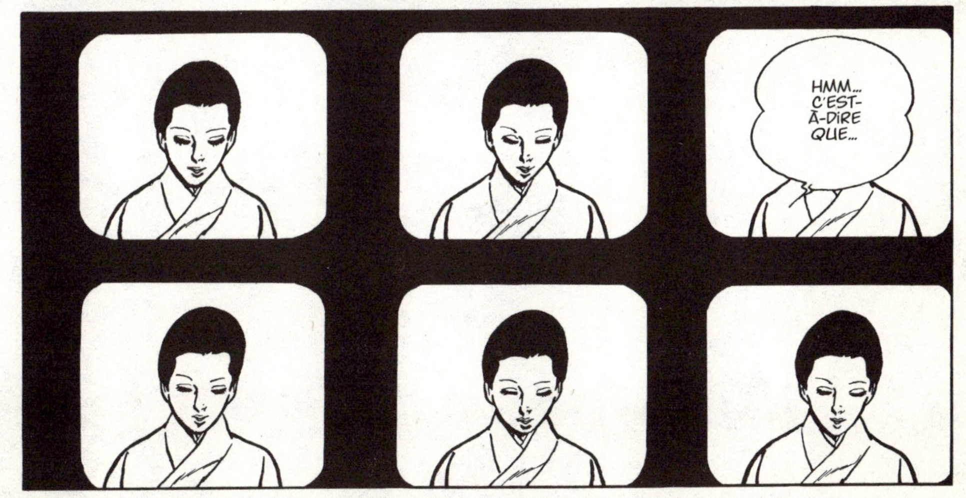
HMM... C'EST-À-DIRE QUE...

HOK-KAIDÔ...
MON MARI ÉTAIT PIANISTE, MAIS IL ÉTAIT TRÈS CAPRICIEUX ET N'ÉTAIT PAS TRÈS ATTENTIONNÉ À MON ÉGARD...
TAK TAK
IL S'ÉNERVAIT POUR UN OUI OU POUR UN NON, IL ÉTAIT TRÈS NERVEUX.

ET J'AI FINI PAR NE PLUS SUPPORTER DE VIVRE AVEC LUI.

HA ! HA ! "CAPRICIEUX", "PAS ATTENTIONNÉ", "IRASCIBLE" : VOUS SAVEZ QUE VOUS VENEZ DE CITER LES PRINCIPALES RAISONS POUR LESQUELLES LES FEMMES DIVORCENT HABITUELLEMENT ?

REGARDEZ CE TABLEAU !

LES 20 TRAITS DE CARACTÈRE QUI POUSSENT
LES FEMMES À SE SÉPARER DE LEUR MARI

1 : PAS ATTENTIONNÉ
2 : CAPRICIEUX
3 : IRASCIBLE
4 : MENTEUR
5 : PRÉTENTIEUX
6 : ENNUYEUX
7 : PARESSEUX
8 : TROP SÉRIEUX
9 : NERVEUX
10 : COUREUR
11 : NÉGLIGENT
12 : LUNATIQUE
13 : CASSE-PIED
14 : FRIMEUR
15 : TATILLON
16 : MISANTHROPE
17 : SE MÊLE DE TOUT
18 : FRIVOLE
19 : TROP JOYEUX
20 : HYPOCONDRIAQUE

ALLEZ, DÉPÊCHE-TOI ! ON DOIT ARRIVER AUJOURD'HUI À OTARU !

ALLEZ, VIENS ! ON VA FINIR PAR RATER LE TRAIN !
HEU... OUI...

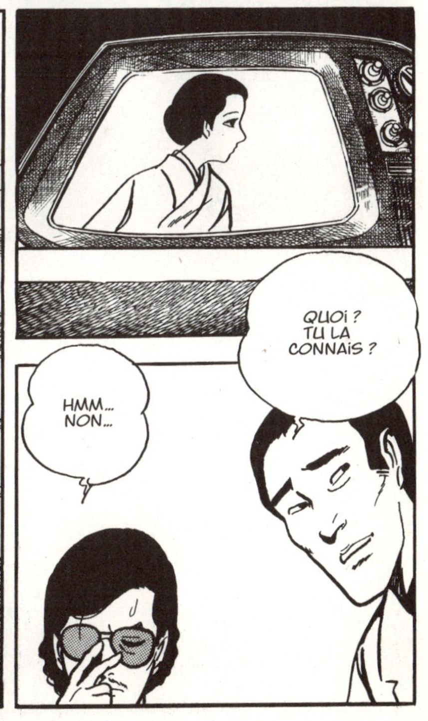
QUOI ? TU LA CONNAIS ?
HMM... NON...

ET EST-CE QUE VOUS AURIEZ ENVIE DE REVOIR VOTRE EX-MARI ?
SHKRRR
NON, JE NE VEUX PLUS JAMAIS LE REVOIR.
SHTAK

JE VOUDRAIS VOUS POSER UNE AUTRE QUESTION : EST-CE QUE VOUS ÊTES HEUREUSE DEPUIS QUE VOUS AVEZ QUITTÉ VOTRE MARI ?

RÉPONSE DE YÛKO.

QUESTION DU PRÉSENTATEUR.

RÉPONSE DE YŪKO.
QUESTION DU PRÉSENTATEUR.
HMM... JE N'AI AUCUN REGRET.

ET BIEN SÛR...

BIEN SÛR, JE SUIS HEUREUSE.

FIOUUUUU
ヒョオォオオ

VOL. 24

OH !

QU'ELLES SONT BELLES !

VOUS EN VOULEZ ?
OUI, JE VAIS EN PRENDRE QUELQUES-UNES.

CE SONT DES FLEURS DE CERISIER ?

HMM, QU'ELLES SENTENT BON !
ÇA SENT LE PRINTEMPS !
POUR SÛR !

OUI... MÊME SI LES FLEURS SONT TOMBÉES, IL NE FAUT PAS LES JETER. SI VOUS LES REPLANTEZ, ELLES REFLEURISSENT L'ANNÉE SUIVANTE AU PRINTEMPS !
VRAIMENT ?

OUI... ENFIN, ON PARLE DE FLEURS, DONC ON NE PEUT JAMAIS ÊTRE SÛR DE CE QU'ELLES FERONT LE LENDEMAIN, MAIS ON L'ESPÈRE... HEIN !

MAIS J'HABITE UN APPARTEMENT, ET JE N'AI PAS DE JARDIN.
EN POT, ELLES FLEURISSENT TRÈS BIEN ÉGALEMENT ! SI VOUS LES METTEZ DANS UN GRAND POT, QUE VOUS LES ARROSEZ BIEN, IL N'Y A AUCUN PROBLÈME ! IL FAUT FAIRE BIEN ATTENTION À ELLES EN HIVER, C'EST TOUT.

BIEN, JE VAIS LES PRENDRE ALORS, C'EST COMBIEN ?
ÇA FERA 150 YENS.

VOILÀ.

MERCI BEAUCOUP.

KHIII

À GINZA, S'IL VOUS PLAÎT.

OUI...
JE VIENS
DE LES
ACHETER À CE
MARCHAND.

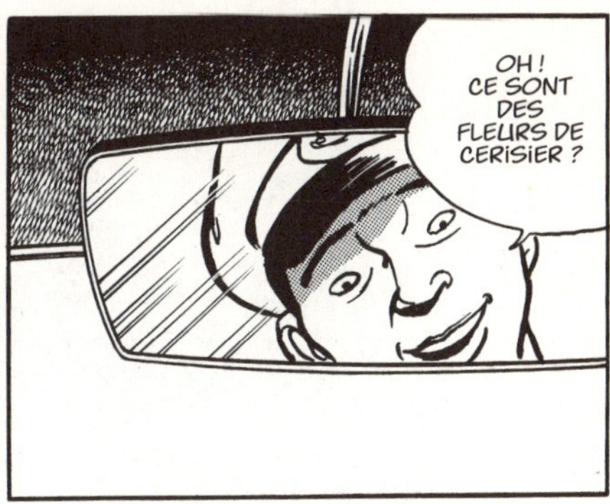
OH !
CE SONT
DES
FLEURS DE
CERISIER ?

150 YENS
POUR CE POT,
C'EST VRAIMENT
DONNÉ, N'EST-
CE PAS ?

MOI AUSSI,
J'ADORE LES
FLEURS. JE SUIS
SI HEUREUX DE
RETROUVER ENFIN
LE PRINTEMPS.
ÇA FLEURIT DE
PARTOUT !

C'EST
VRAIMENT
LE
PRINTEMPS.
OUI,
ENFIN !

Hi !
Hi !

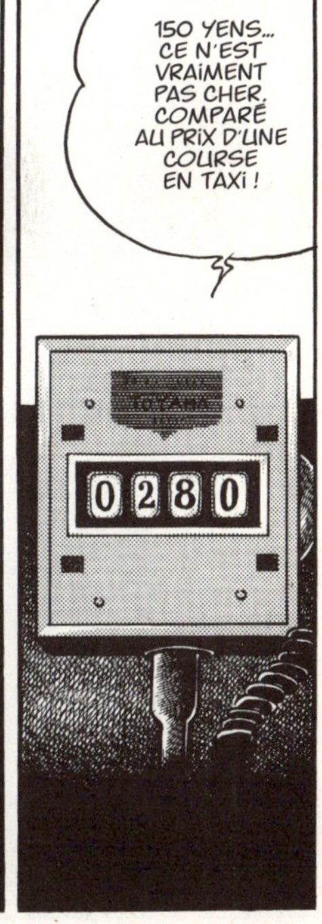
150 YENS...
CE N'EST
VRAIMENT
PAS CHER,
COMPARÉ
AU PRIX D'UNE
COURSE
EN TAXI !
0280

MAMA, ON T'A VUE À LA TÉLÉ !
TU ÉTAIS SUPERBE !
QUAND TU PENCHAIS LA TÊTE UN PEU COMME ÇA, EN BAISSANT LÉGÈREMENT LES ÉPAULES, ET QUE TU LAISSAIS FLOTTER INNOCEMMENT UN AIR DE VAGUE MÉLANCOLIE...

NE TE MOQUE PAS TROP ! J'ÉTAIS MORTE DE TROUILLE...

"HMM, JE NE REGRETTE ABSOLUMENT PAS D'AVOIR DIVORCÉ"...

QUELLE CLASSE QUAND ELLE A SORTI ÇA !

ILS VONT PEUT-ÊTRE TE RAPPELER, NON ?
AVEC ÇA, LE CLUB DES DIVORCÉS VA DEVENIR LE CLUB LE PLUS CÉLÈBRE DE GINZA !
ET QUAND TU SERAS UNE STAR, MAMA, JE DEVIENDRAI TON AGENT !

MAMA, JE VOUDRAIS TE PARLER UN iNSTANT.

ALLEZ, ARRÊTEZ UN PEU CES BLAGUES !

?!

JE NE PEUX PAS TE PARLER iCi.

QU'EST-CE QUE TU VEUX ME DiRE ?

AH... EH BIEN...

ON VA BOIRE UN VERRE, ON REVIENT DANS UN MOMENT.
JE VOUS LAISSE VOUS OCCUPER DU BAR.
ENTENDU.

JE QUITTE LE CLUB.

KEN-CHAN ?!

POURQUOI ? QU'EST-CE QUI SE PASSE ?

MAMA ! L'AUTRE FOIS, TU T'ES ABSENTÉE DU CLUB POUR TE RENDRE QUELQUE PART.

きっ!
HMM

HEU... OUI... JE SUIS ALLÉE RETROUVER MA MÈRE ET ASAKO POUR ALLER VOIR LES PRUNIERS !
ET PUIS ASAKO A FUGUÉ L'AUTRE JOUR, ALORS...

JE ME SUIS RENDU COMPTE DE DEUX CHOSES EN DISANT CELA.

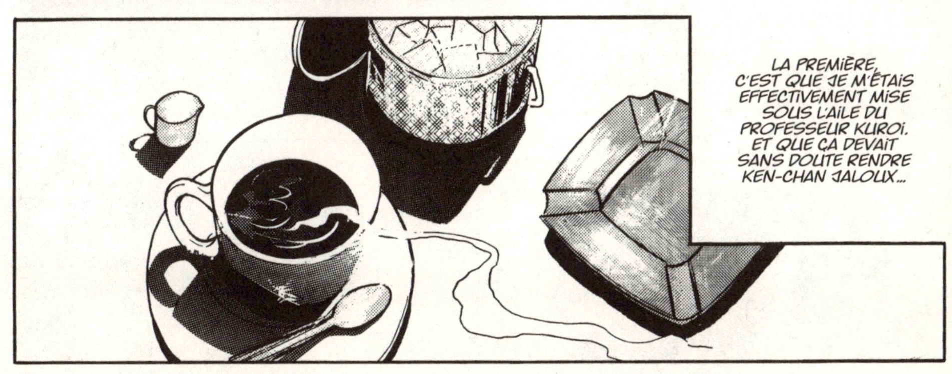
LA PREMIÈRE, C'EST QUE JE M'ÉTAIS EFFECTIVEMENT MISE SOUS L'AILE DU PROFESSEUR KUROI. ET QUE ÇA DEVAIT SANS DOUTE RENDRE KEN-CHAN JALOUX...

LA SECONDE, C'EST QUE JE NE M'OCCUPAIS ABSOLUMENT PAS D'ASAKO...

À PEINE AVAIS-JE PARLÉ QUE JE M'ÉTAIS RENDU COMPTE DE CES MENSONGES... JE NE POUVAIS PAS CONTINUER COMME ÇA AVEC ASAKO...

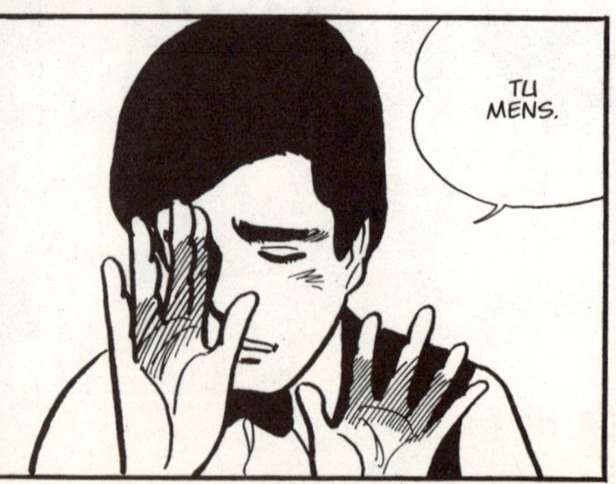
TU MENS.

!

VOICI L'ARGENT QUE TU M'AS VERSÉ L'AUTRE JOUR...

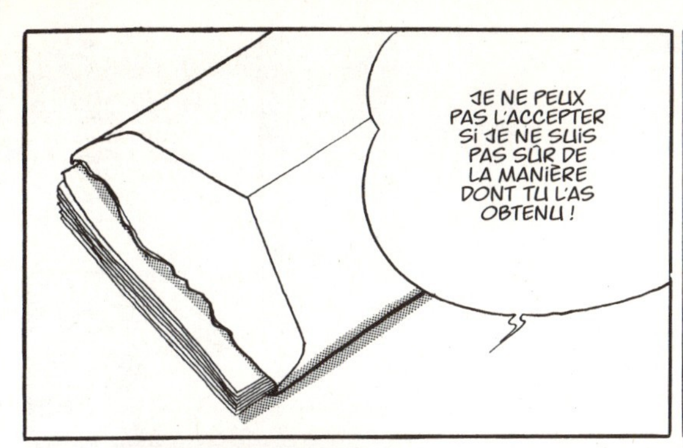
JE NE PEUX PAS L'ACCEPTER SI JE NE SUIS PAS SÛR DE LA MANIÈRE DONT TU L'AS OBTENU !

MAIS NON, KEN-CHAN, QU'EST-CE QUE TU RACONTES ?!

...

À CET INSTANT, J'ÉTAIS LASSE DE MENTIR. KEN-CHAN ME DÉVISAGEAIT POUR ME PERCER À JOUR, TANDIS QUE JE SENTAIS ASAKO ME DÉVISAGER ÉGALEMENT DE L'INTÉRIEUR.

J'ÉTAIS DÉCIDÉE À DIRE TOUTE LA VÉRITÉ, ET JE ME MIS À TOUT RACONTER. MAIS LA VÉRITÉ EST TOUJOURS DOULOUREUSE À DIRE.

KEN-CHAN, ESSAIE DE ME COMPRENDRE !

SANS CELA, JE N'AURAIS PAS PU GARDER LE CLUB.

KEN-CHAN !

MAIS IL S'EST PASSÉ TANT DE CHOSES ENTRE NOUS, ET JE...

MAMA, JE SUIS PEUT-ÊTRE ALLÉ TROP LOIN, NOUS N'AVONS MANIFESTEMENT PAS QU'UN SIMPLE RAPPORT DE PATRONNE DE BAR À SERVEUR.

JE T'AiME !

KEN-CHAN...

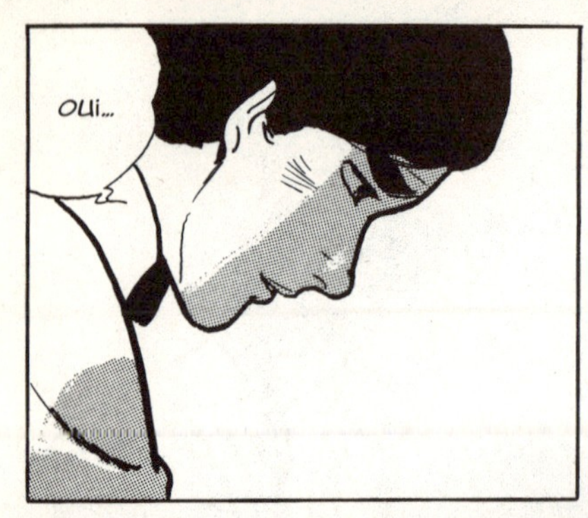
OUI...

ELLES SONT BELLES, CES FLEURS, NON ?

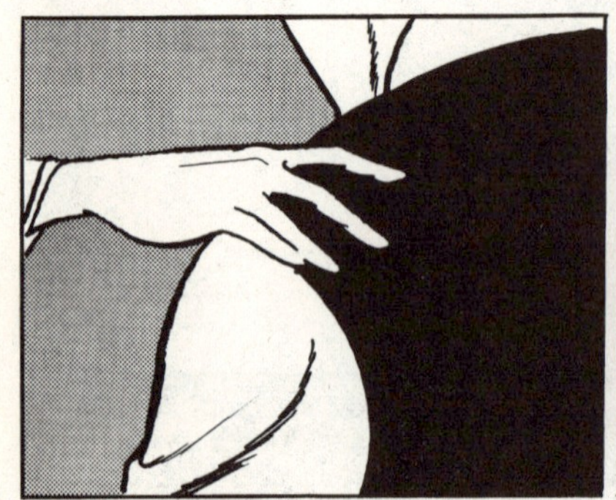

TU NE DÉMISSIONNES PAS, HEIN... TU ME LE PROMETS ?
HMM...

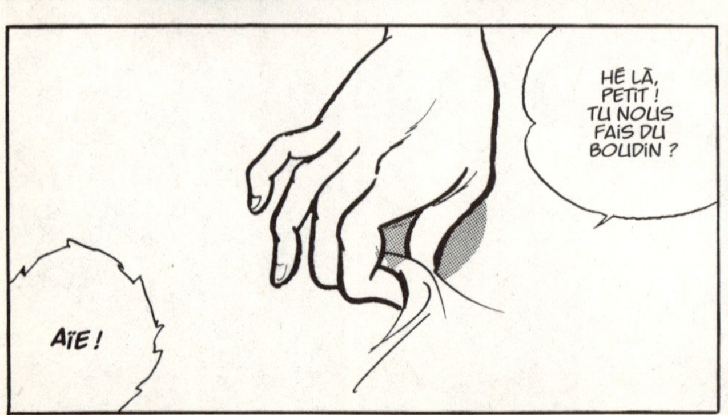
HÉ LÀ, PETIT ! TU NOUS FAIS DU BOUDIN ?
AÏE !

"TU VEUX
TE FAIRE
CAJOLER,
C'EST
ÇA ?"
TU VEUX
TE FAIRE
CAJOLER,
C'EST
ÇA ?

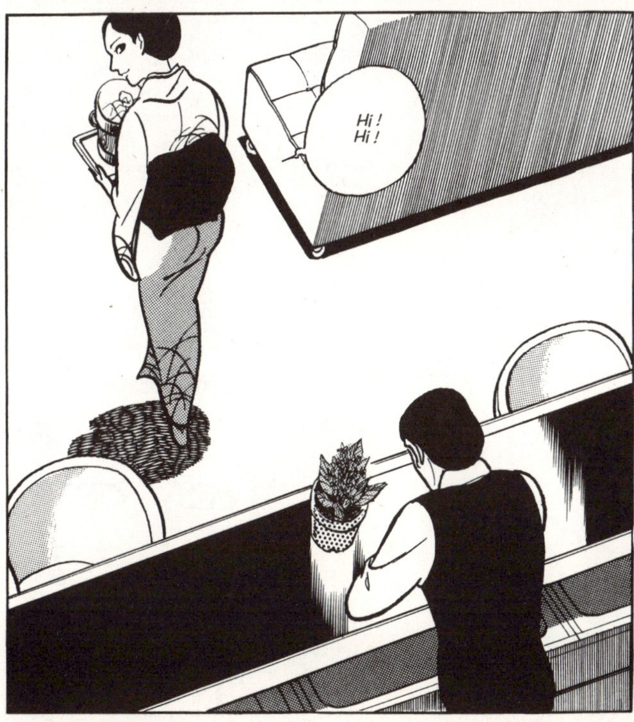
Hi !
Hi !

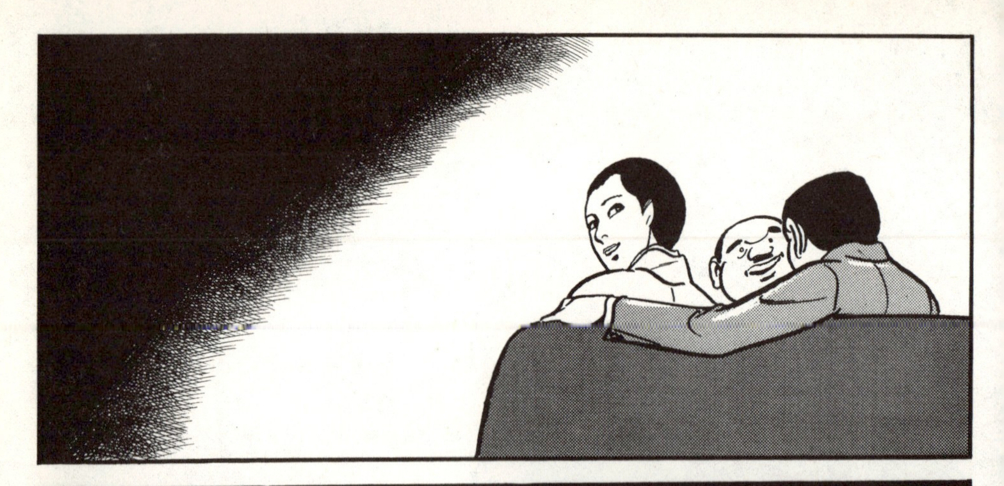

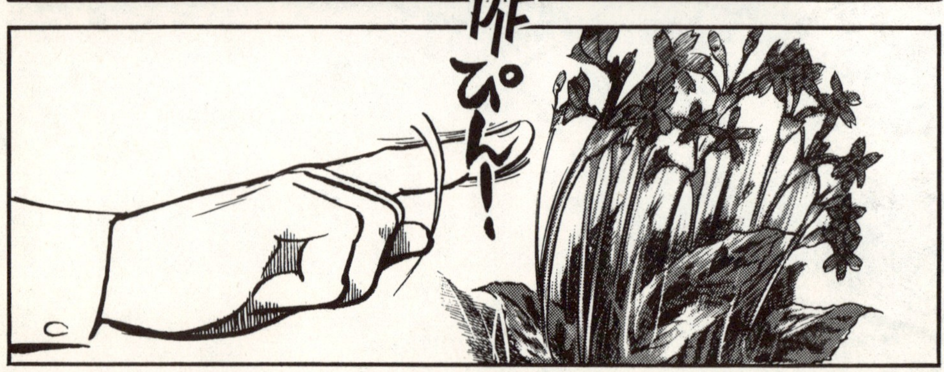
PIF
ぴんー!

"HÉ LÀ, PETIT ! TU NOUS FAIS DU BOUDIN ?"
"TU VEUX TE FAIRE CAJOLER, C'EST ÇA ?"

Vol. 24 - Le prix du printemps

VOL. 25

Le petit Oursinet
était un petit galopin.
Quand arrivait le printemps,
Oursinet
n'en pouvait plus de joie,
parce que c'était enfin la fin
d'une longue hibernation

et parce que ses amis de la forêt
n'arrêtaient pas d'embêter
les habitants du village.
La mère du petit Oursinet,
que son ourson tracassait plus qu'à son tour,
n'arrêtait pas de lui dire :
"Tu me causes bien du soursi !".

Oursinet, l'ours qu
causait bien du soursi
JE VAIS PRENDRE CELUI-LÀ.
MERCI BEAUCOUP.

LITTÉRATURE
C'EST POUR VOTRE FILLE ?
OUI...

EXCUSEZ-MOI, MONSIEUR. JE VAIS PRENDRE CELUI-LÀ.
ALLEZ, OUSTE !

AH, NON... C'EST...
CE N'EST PAS UN CADEAU POUR UN ENFANT ?

AH... MERCI.

CONTES D'ANDERSEN
HEU... VOULEZ-VOUS QUE J'Y METTE UN RUBAN ?
HEIN ?

PAS BESOIN DE RUBAN.

BON, EH BIEN VOILÀ...
LIBRAIRIE SHIM

OUI.
ALLEZ, ON Y VA !

HÉ ! HÉ ! ÇA VA ENCORE ÊTRE LA FÊTE CE SOIR !
IL FAUT QUE JE BOIVE, J'AI LA GORGE EN FEU !

QU'EST-CE QUE TU LIS, TOI ?
HÉ...
CONTES D'ANDERSEN

?

C'EST DINGUE, CE LIVRE POUR ENFANTS ! ÇA, LES CONTES D'ANDERSEN ?!

OUAH ! C'EST INCROYABLE !
MAIS EN VOILÀ DES IMAGES INCROYABLES !
CONTES D'ANDERSEN

...
ANDERSEN ?
TU VAS PAS NOUS FAIRE UNE "SCÈNE" ?

SHAAA

HA HA HA HA HA HA HA

VOS GUEULES !

QU'EST-CE QUE VOUS RACONTEZ, BANDE D'IMBÉCILES ?!
IL EST CUIT POUR CE SOIR, LUI ! LÀ, JE CROIS QU'IL TE BAT À PLATES COUTURES.
HA ! HA ! C'EST CLAIR !

HMPF ! NE ME FAITES PAS RIRE ! TOUT LE MONDE A UN PASSÉ QU'IL NE SOUHAITE PAS VOIR REMONTER À LA SURFACE !
ÇA, C'EST SÛR. POUR MOI, C'EST PAREIL.

PARCE QUE JE VAIS TE DIRE : TROIS TYPES, ISSUS DES BEAUX-ARTS, SE RETROUVANT À HOKKAIDÔ, FAUT LE FAIRE...
TA GUEULE ! IMBÉCILE ! VOUS N'Y COMPRENEZ RIEN !

JE CROIS QU'IL VIENT DE SE RAPPELER QUE LES CONTES POUR ENFANTS, CE NE SONT QUE DES HISTOIRES...

HÉ, FAUT PAS T'EMBALLER COMME ÇA !
LA TRISTESSE D'UN PARENT... LA TRISTESSE D'UN PÈRE...

C'EST L'HISTOIRE D'UNE VIE, APRÈS UN DIVORCE ET UNE SÉPARATION D'AVEC SON ENFANT.
ON DIRAIT...
IMBÉCILE... FALLAIT PAS TE MARIER !
POURQUOI TU AS DIVORCÉ, D'AILLEURS ?
PARCE QUE TU T'ES MARIÉ, NON ?
OUI, C'EST ÇA, EN FAIT...
ON DIVORCE, PARCE QU'ON S'EST MARIÉ... ON MEURT, PARCE QU'ON EST NÉ, C'EST PAREIL, EN FAIT !
AH LÀ LÀ ! J'TE JURE...
GLOUPS !

HÉ ! OÙ TU VAS COMME ÇA ?!
JE RENTRE.

AH ! ÇA, C'EST RAFFINÉ !
IMBÉCILE ! DE LA CHATTE !

CONTES D'ANDERSEN

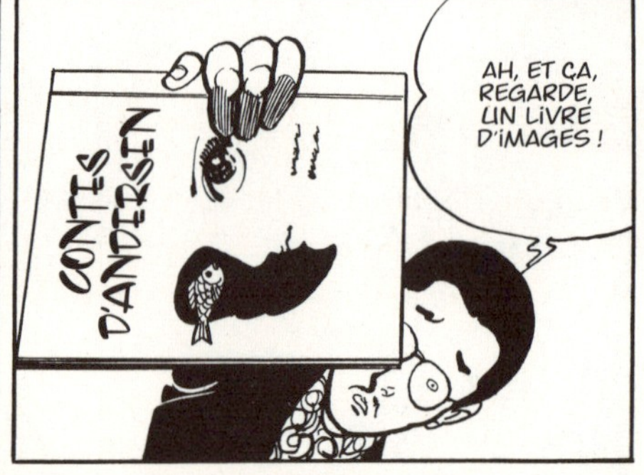
AH, ET ÇA, REGARDE, UN LIVRE D'IMAGES !
CONTES D'ANDERSEN

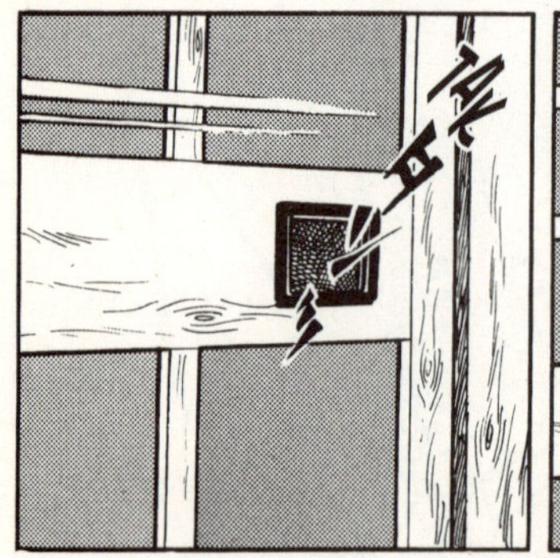

DÉSOLÉ, VIEUX, ON A FAIT UN SACRÉ BOUCAN...
UNE AUTRE BOUTEILLE !
NON, PAS DE PROBLÈME. ÇA FAIT DU BIEN PARFOIS.

CONTES D'ANDERSEN

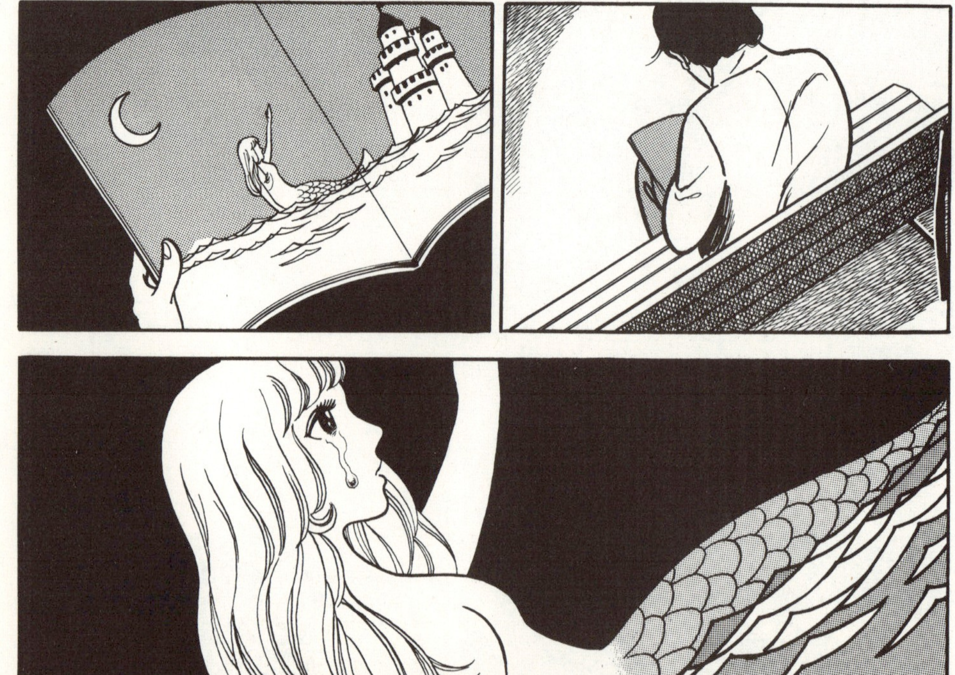

PLIC
ポタ
PLIC
ポタタ

GHMM...

BOUHOU...

LIBRAIRIE SHIMURA

DÉSOLÉ DE VOUS AVOIR FAIT ATTENDRE.

NON, NON...
OH NON, TU VAS ENCORE NOUS FAIRE TA CRISE CE SOIR ?

OH, ENCORE UN LIVRE POUR ENFANTS ?
OUI...

CLUB STAR

Oursinct, l'ours qui
causait bien du soursi

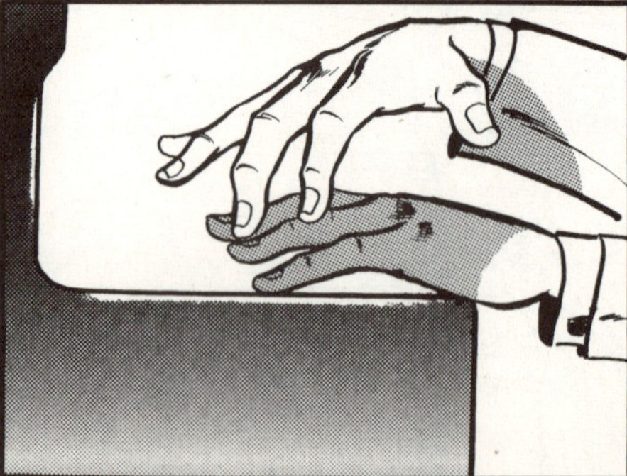

VOS GUEULES !

C'EST REPARTI !

OUI, OUI, ON FAIT CE QU'ON VEUT...
JE COMPRENDS RIEN AUX FEMMES, PUTAIN !

FAITES CE QUE VOUS VOULEZ, BANDE DE CONS !

* AUBERGE MIYAMOTO.

Le petit Oursinet
pleurait toutes les larmes de son corps.
Il entendait la voix de sa mère
portée par le vent :
“Bouh ! Bouh !”
criait-elle tristement.
Qu’allait-elle devenir
maintenant qu’elle avait été attrapée par les hommes ?
Attention,
il ne faut pas
faire le chenapan comme le petit Oursinet.

S'il était resté avec sa maman dans la montagne
à vivre paisiblement dans cette nature magnifique,
sans doute les hommes
ne seraient-ils pas partis à la chasse.
Ce chenapan de petit Oursinet
se rendit enfin compte
au moment où elle avait disparu
qu'il aimait beaucoup sa maman.

"... MAIS MAINTENANT, IL ÉTAIT TROP TARD."

"ET DEPUIS, LE PETIT OURSINET ARRÊTA DE FAIRE LE CHENAPAN."
"ET IL SE FIT AIMER DE TOUS SES AMIS DE LA MONTAGNE. IL DEVINT UN TRÈS GENTIL PETIT OURSINET."

Vol. 25 - Un conte pour ivrogne

VOL. 26
Le Club des divorcés
JE N'EN SAIS RIEN ! JE NE SAIS PLUS QUOI FAIRE... MAIS...
ARRÊTE...

ARRÊTE ! IMBÉCILE !
JE NE SAIS PLUS, MOI... JE NE SAIS PAS !

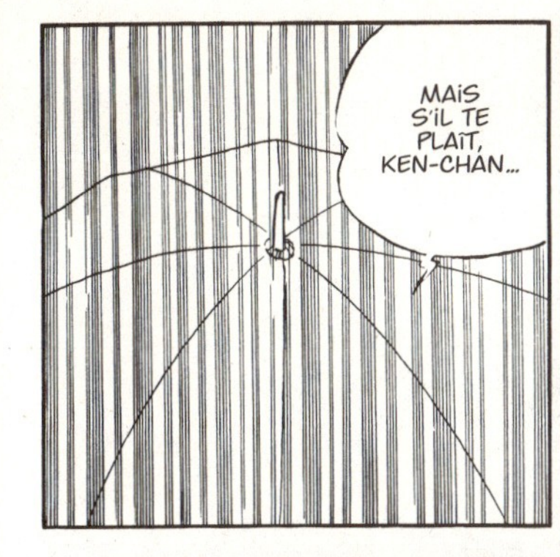
MAIS S'IL TE PLAÎT, KEN-CHAN...

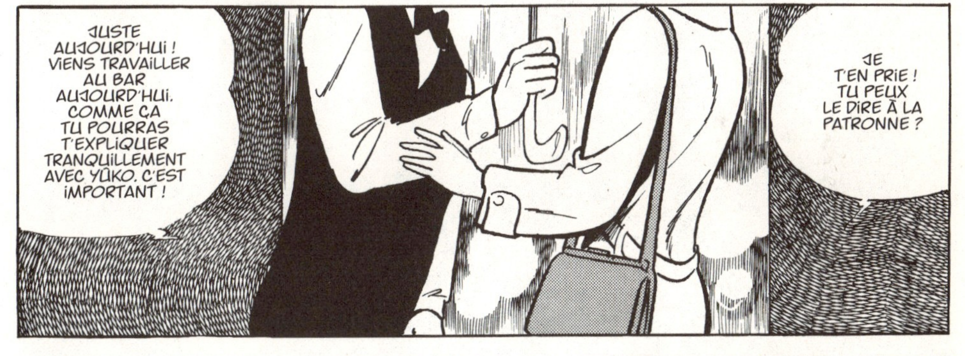
JE T'EN PRIE ! TU PEUX LE DIRE À LA PATRONNE ?
JUSTE AUJOURD'HUI ! VIENS TRAVAILLER AU BAR AUJOURD'HUI. COMME ÇA TU POURRAS T'EXPLIQUER TRANQUILLEMENT AVEC YÛKO. C'EST IMPORTANT !

LAISSE-MOI, S'IL TE PLAÎT !

HE, YÔKO !

YÔKO ! PRENDS AU MOINS UN PARAPLUIE, TIENS !
MERCI, MAIS ÇA VA ALLER !

CiAO !

Le Club des divorcés

KYUK
KYUK
KYUK
KYUK
KYUK

TSSK !

CLING

QU'EST-CE QUE VOUS FAITES, TOUTES LES DEUX ?

DIS... QU'EST-CE QU'ON VA FAIRE ?
MOI, JE CROIS QUE YÔKO A RAISON !
KIRIN

OUI, C'EST VRAI. J'AI L'IMPRESSION QUE CE BAR NE VA PLUS RESTER OUVERT TRÈS LONGTEMPS...
ET PUIS LES CLIENTS NE SONT PLUS LES MÊMES. IL N'Y A PRESQUE PLUS QUE DES ILLUSTRATEURS, MAINTENANT...

ÇA M'A SURPRISE AUSSI, QU'ON SOIT PAYÉES SI TARD...
Action

C'EST SÛR...

MAIS DE LÀ À TAPINER DANS LES BAINS TURCS...

HMM... QUE FAIRE...?
QU'EST-CE QU'ON VA FAIRE ?

BONJOUR. QUELLE PLUIE !
OH ! BONJOUR !

HEU... OUI... MAIS...

HMM ?
LA PLUIE DE PRINTEMPS... QUELLE BONNE ODEUR ELLE DÉGAGE, NON ?

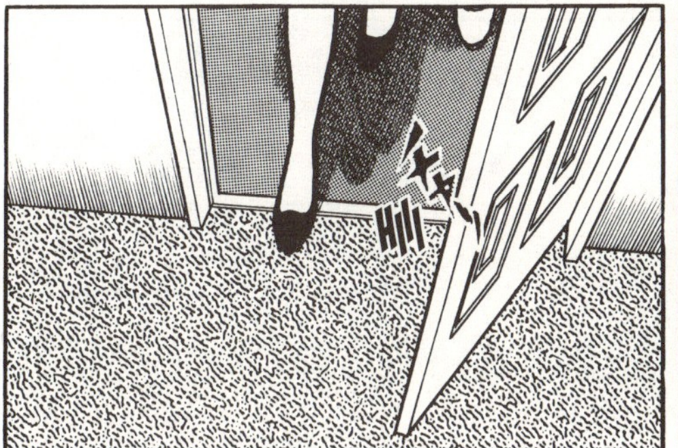

OH, VOUS ÊTES DÉJÀ LÀ ?
BONJOUR.

QU'EST-CE QUI VOUS ARRIVE, TOUTES LES DEUX ?

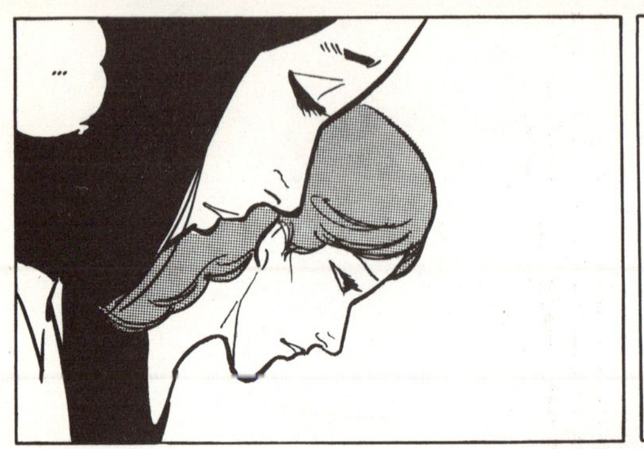
...

IL S'EST PASSÉ QUELQUE CHOSE ?
HEIN, QU'EST-CE QUE VOUS AVEZ TOUS ?
Le Club des divorcés
SHAAAA

ALORS, ENTRE QUELS DOIGTS UNE FEMME EST LA PLUS SENSIBLE ?

ENTRE QUEL DOIGT ET QUEL DOIGT ?

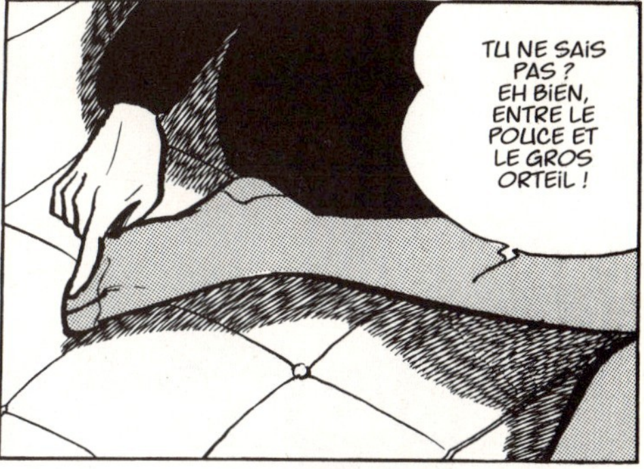
TU NE SAIS PAS ? EH BIEN, ENTRE LE POUCE ET LE GROS ORTEIL !

KEN-CHAN...
ENTRE LE POUCE ET LE GROS ORTEIL ?

BEN OUI, SI TU VAS DU GROS ORTEIL, TOUT LE LONG DU CORPS, JUSQU'AU POUCE...
DIS, KEN-CHAN, TU SAIS OÙ EST YÔKO ?
OUI... JE CROIS QU'ELLE EST DE REPOS AUJOURD'HUI.

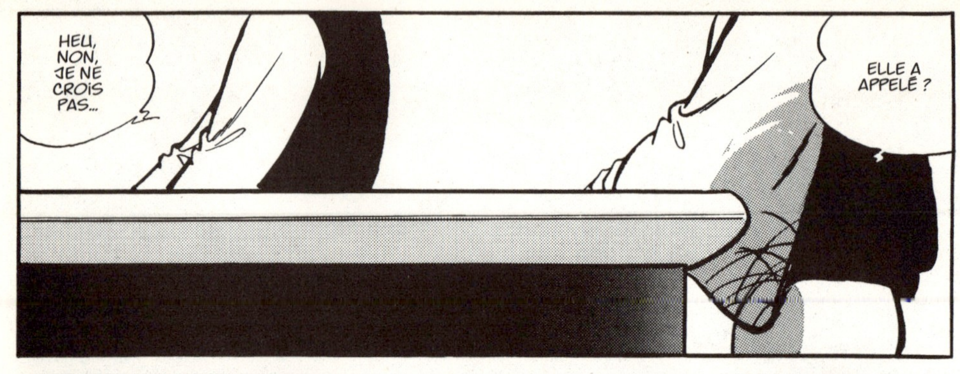
ELLE A APPELÉ ?
HEU, NON, JE NE CROIS PAS...

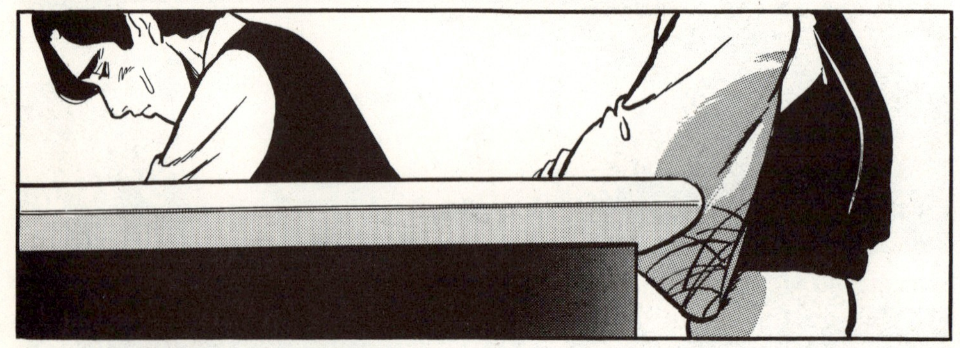

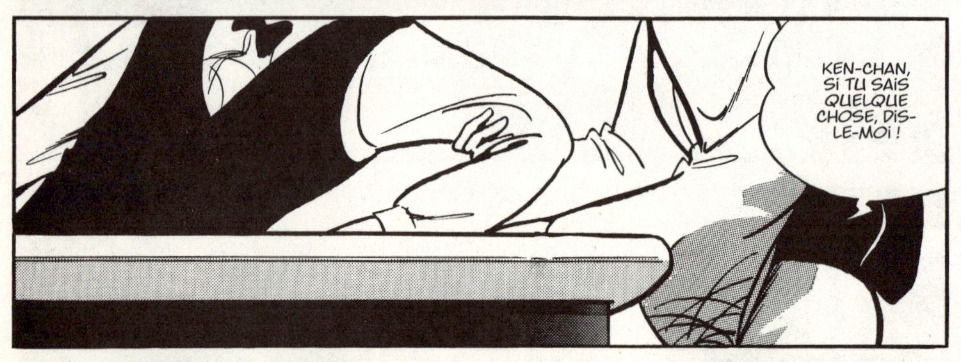
KEN-CHAN, SI TU SAIS QUELQUE CHOSE, DIS-LE-MOI !

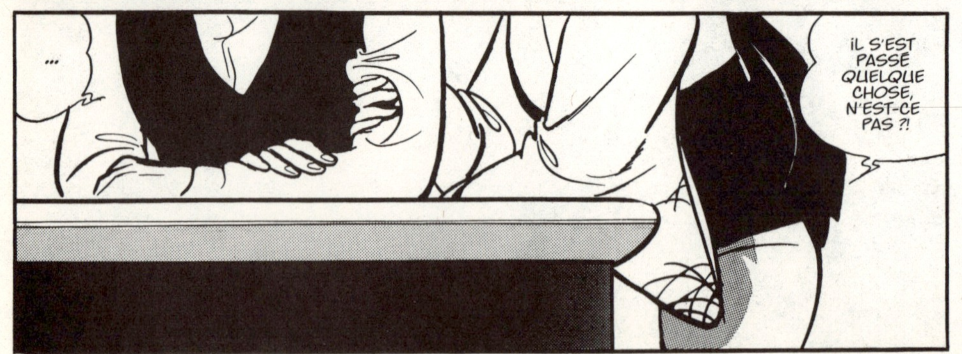
IL S'EST PASSÉ QUELQUE CHOSE, N'EST-CE PAS ?!
...

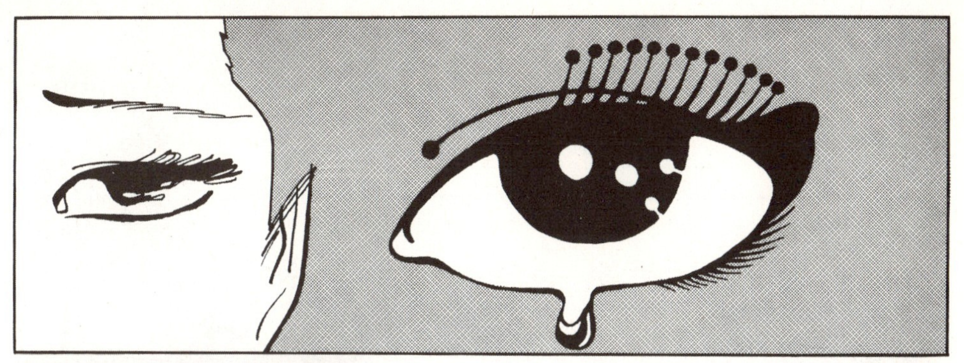

Le Club des divorcés

CLAC
Le Club des divorcés

MAMA, ON DOIT TE PARLER DE QUELQUE CHOSE...
ENTENDU. ON PEUT ALLER À L'"HINOKI", SI VOUS VOULEZ.

KEN-CHAN ! KEN-CHAN, TU VEUX VENIR AVEC NOUS ?

NON, JE CROIS QUE JE NE VAIS PAS VOUS SUIVRE.

AH BON ? QU'EST-CE QUI T'ARRIVE ?
HEU... J'AI PRÉVU AUTRE CHOSE...

AH...

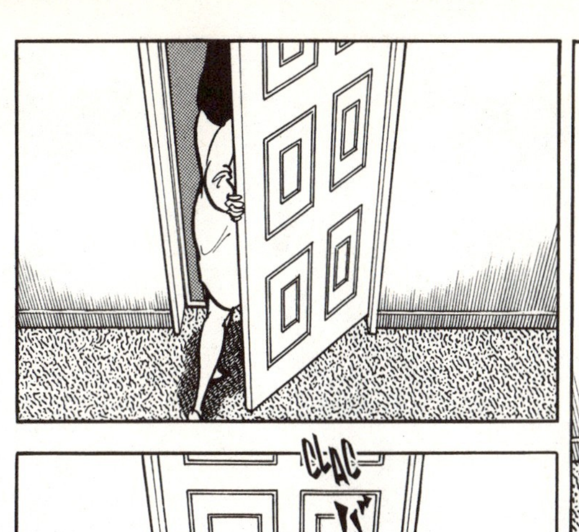

CLAC
バタン!

CLAC

HÉ, VOUS DEUX...

QU'EST-CE QUE VOUS MIJOTEZ ?
QUOI ?! JE NE ME SOUVIENS PAS QUE TU M'AIES JAMAIS PARLÉ SUR CE TON !

ESPÈCE DE GARCE !

ARRÊTEZ ! ARRÊTEZ TOUT DE SUITE !

フルヤ
FURUYA
テレビ
ASAHI
コロンビア
ビオタミン
CBS
大和

* BAINS TURCS : SALONS DE MASSAGE QUI SERVAIENT DE COUVERTURE À LA PROSTITUTION NON OFFICIELLE.

CLiENT SUiVANT !

Vol. 26 - La Marche turque (1ère partie)

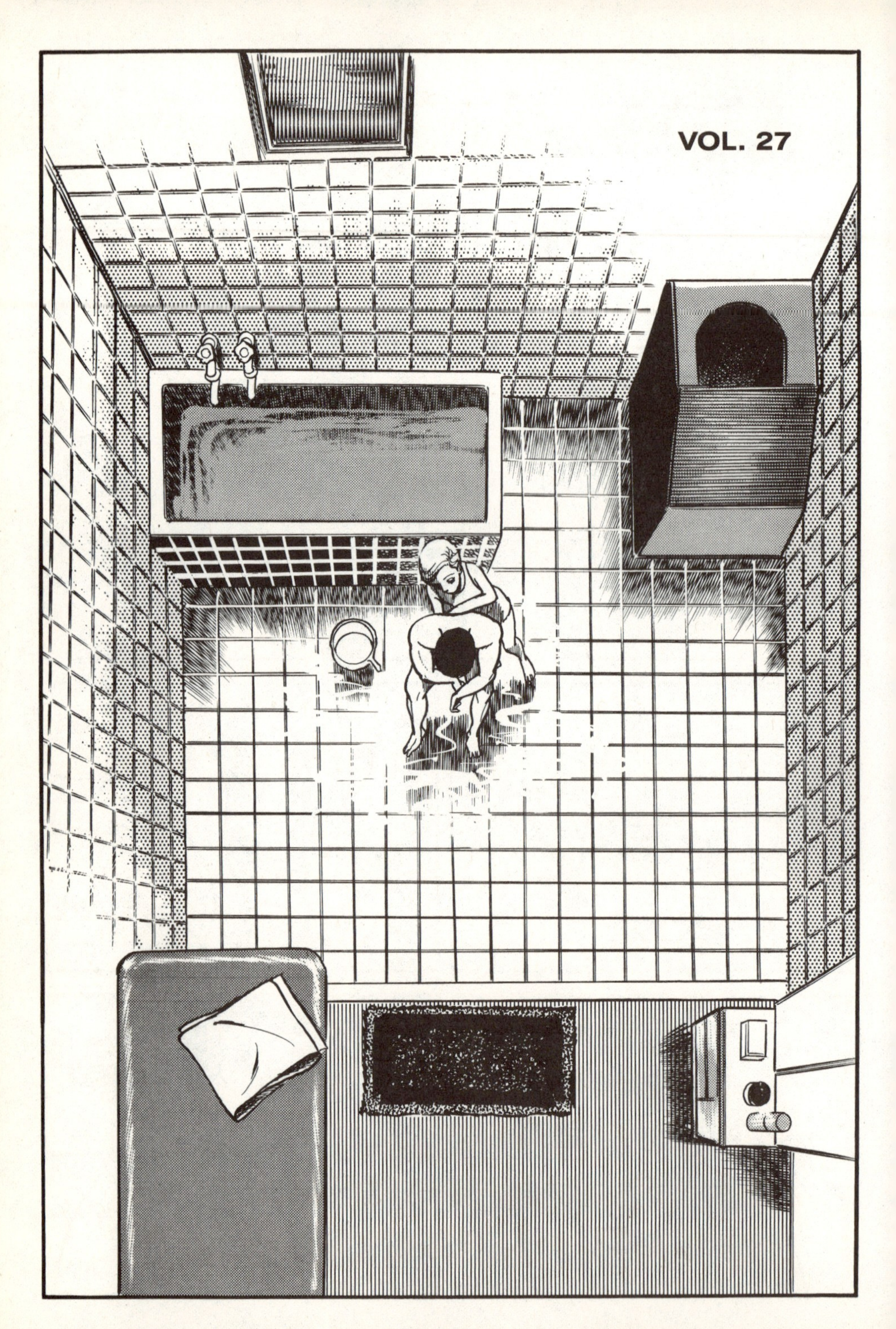
VOL. 27

ALORS ?
QUOI ?

C'EST BON ?

HMM...

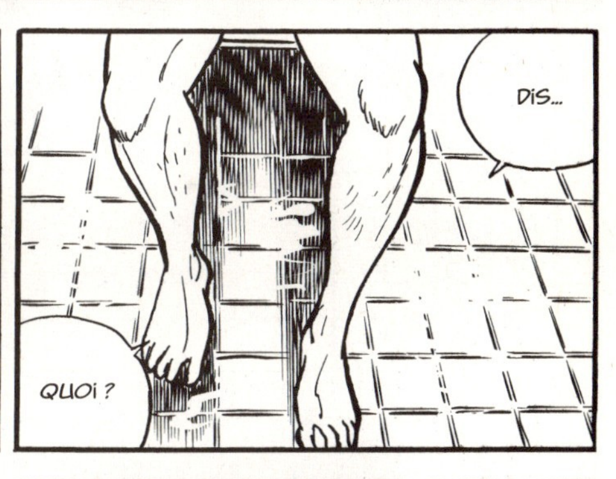
DIS...
QUOI ?

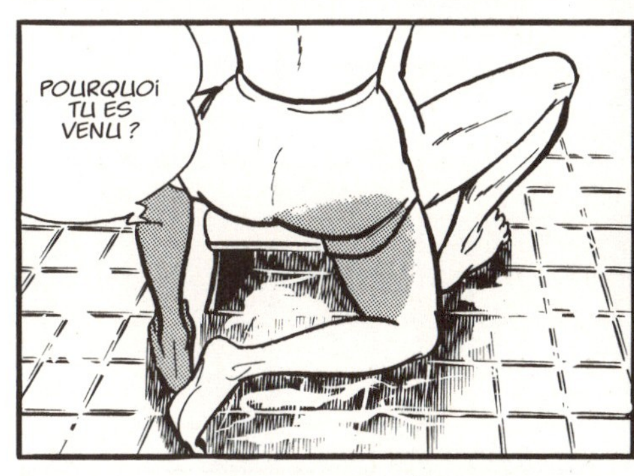
POURQUOI TU ES VENU ?

TU AS HONTE... QUE JE TE RETROUVE ICI ?

QU'EST-CE QUE TU VEUX QUE J'Y FASSE...? C'EST MOI, C'EST CE QUE JE FAIS MAINTENANT...
ÇA NE SERT PAS À GRAND-CHOSE D'AVOIR HONTE, MAINTENANT QUE JE SUIS LÀ, NON ?

C'EST CE QUE JE SUIS MAINTENANT. N'EST-CE PAS, KEN-CHAN ?
HMM...

TIENS, ALLONGE-TOI LÀ. JE VAIS TE FAIRE UN MASSAGE.
TU SAIS FAIRE LES MASSAGES, TOI ?

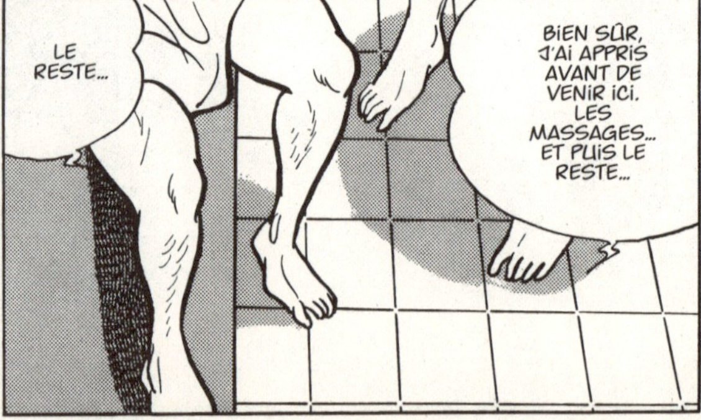
BIEN SÛR, J'AI APPRIS AVANT DE VENIR ICI. LES MASSAGES... ET PUIS LE RESTE...
LE RESTE...

OUI ! LE RESTE.

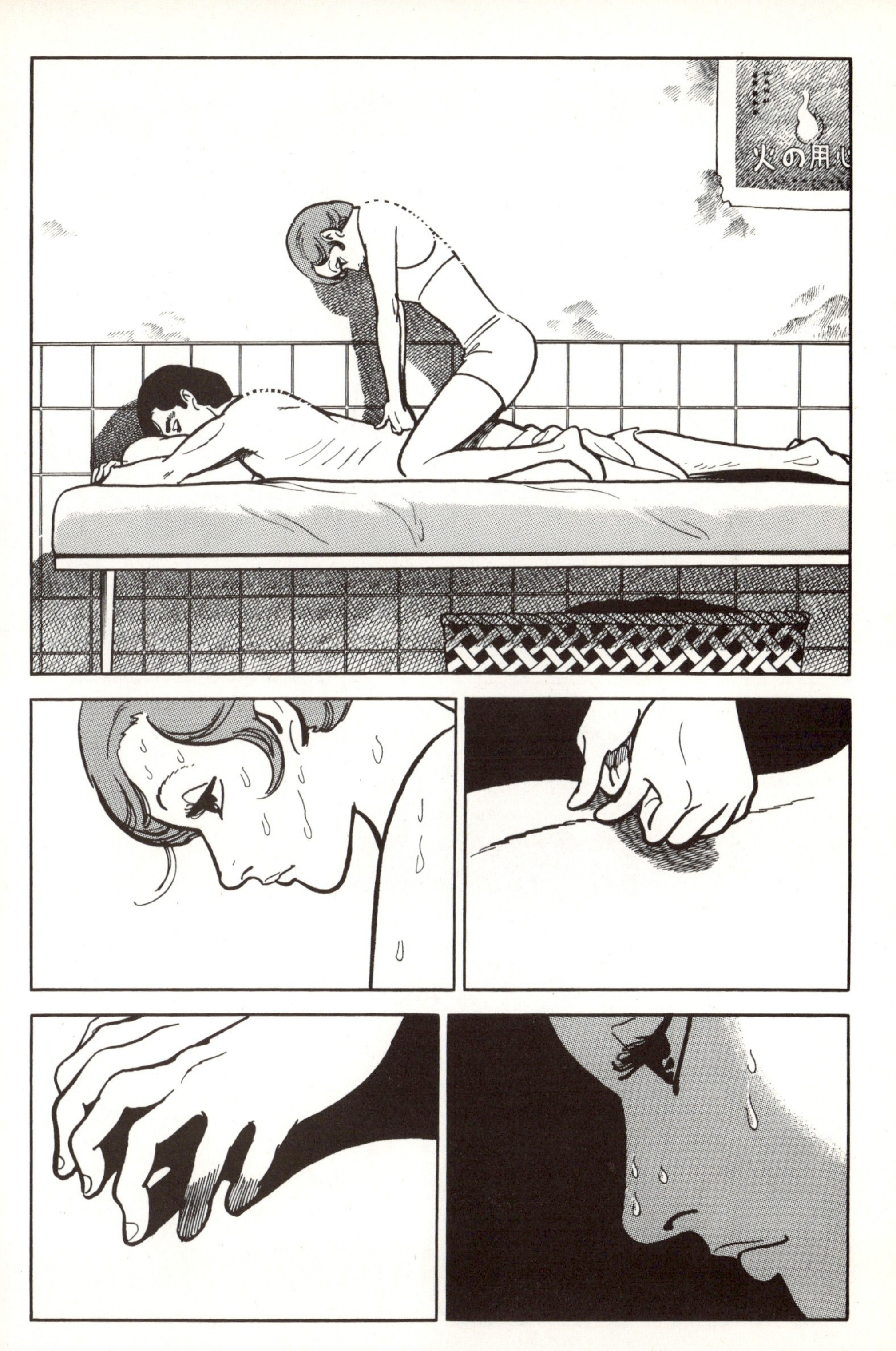
火の用心

J'ESPÈRE QUE TU METS DE L'ARGENT DE CÔTÉ...

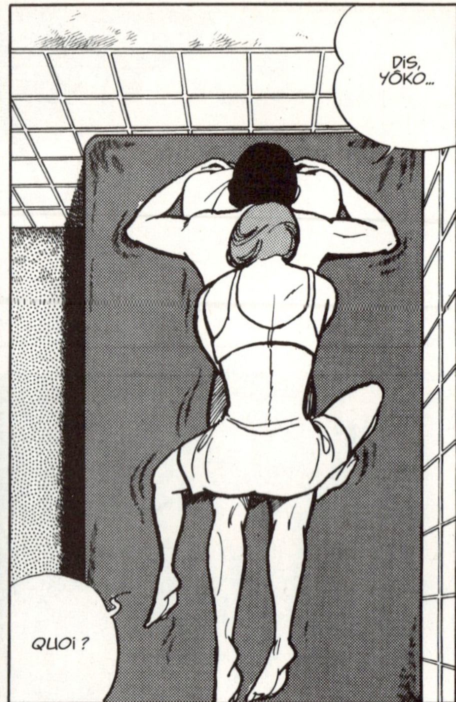
DIS, YÔKO...
QUOI ?

...

METS-EN BIEN DE CÔTÉ ! SI TU GAGNES DE L'ARGENT, TU DOIS ASSURER TES ARRIÈRES !

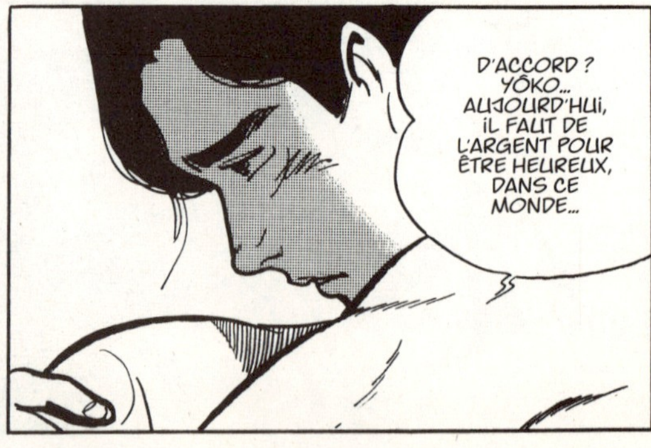
D'ACCORD ? YÔKO... AUJOURD'HUI, IL FAUT DE L'ARGENT POUR ÊTRE HEUREUX, DANS CE MONDE...

L'ARGENT.
IL FAUT ÉPARGNER.
ET POUR ÇA,
TOUS LES MOYENS
SONT BONS, IL N'Y A
PAS DE QUOI
AVOIR HONTE.

KEN-
CHAN...

BAINS TURCS

TU REVIENDRAS ?

SHLAK
NON, JE NE REVIENDRAI PAS.

PFIOU !

FAIS ATTENTION À TOI.

ALLEZ, CIAO !

KEN-CHAN...

MAMA... TU LUI PASSERAS LE BONJOUR, HEIN ?
OUI.

JE... JE L'AIMAIS BEAUCOUP, YŪKO.

C'EST POUR ÇA QUE JE N'AI PAS PU LUI DIRE QUE J'ÉTAIS PARTIE POUR ALLER TRAVAILLER DANS DES BAINS TURCS...

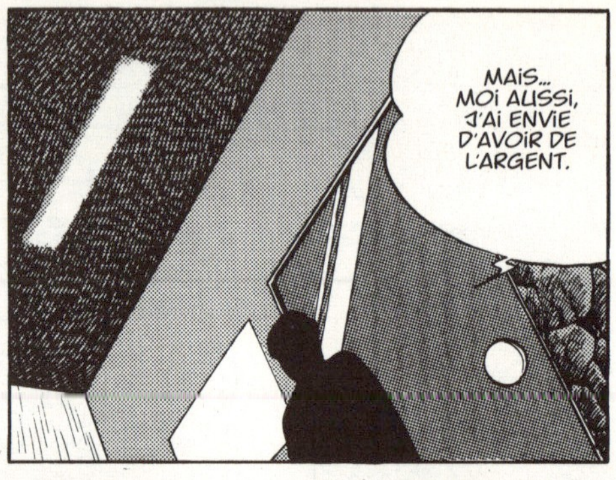
MAIS... MOI AUSSI, J'AI ENVIE D'AVOIR DE L'ARGENT.

BAH, C'EST BIEN ! POUR L'INSTANT, C'EST COMME ÇA QUE TU EN GAGNES.

HMM...
ALLEZ, À PLUS TARD, LES CLIENTS ATTENDENT.
OUI, VAS-Y !

AU REVOIR !
JE TE FERAI PLEIN D'EXTRAS !
トルコ

Hi ! Hi !

ひのき*

* HINOKI.

BONSOIR...
OH ! KEN-CHAN !

YÛKO N'EST PAS VENUE CE SOIR ?
AH, TU ARRIVES TROP TARD. ELLE VIENT JUSTE DE RENTRER.

LES AUTRES FILLES SONT ENCORE LÀ. TU NE VEUX PAS LES EMMENER BOIRE AILLEURS ?

ELLES VEULENT QUITTER LE CLUB, CES DEUX-LÀ... ELLES SONT INFERNALES DEPUIS TOUT À L'HEURE, À TANCER YŪKO COMME ÇA...
C'EST POUR ÇA QUE J'AIMERAIS BIEN QUE TU M'EN DÉBARRASSES...
MAIS BON, SI TU ES LÀ, C'EST DÉJÀ ÇA...

HMM, JE VAIS PEUT-ÊTRE PASSER MON TOUR CETTE FOIS-CI. SI JE RESTE LÀ, ON VA SÛREMENT FINIR PAR S'ENGUEULER...
AH...

MAIS, NE VOUS GÊNEZ PAS POUR LES METTRE DEHORS !

HMM... ÇA DEVRAIT ALLER. MAIS ÇA DOIT ÊTRE DUR POUR YÛKO...

BON, EH BIEN, JE VAIS RENTRER, MOI...
OUI, DOMMAGE QUE TU N'AIES PAS PU CROISER YÛKO.

BONNE NUIT !
BONNE NUIT.

EH, PETITE RACAILLE ! IL VA FALLOIR QUE TU T'OCCUPES BIEN D'ELLE ! C'EST COMPRIS ?
ひのき

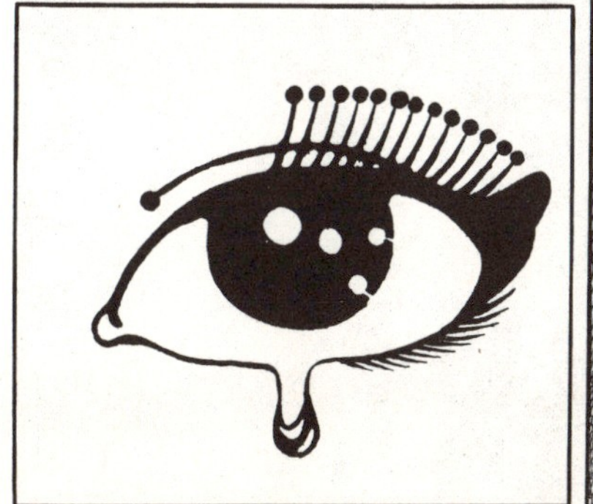

Le Club des
divorcés

Le Club des divorcés

KEN-CHAN...
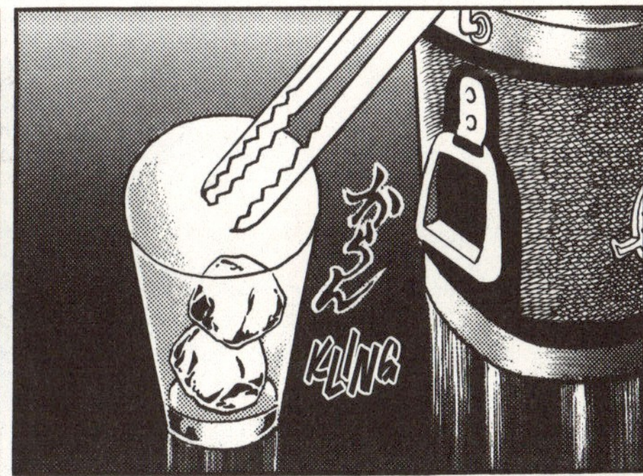
KLING

GLOP
GLOP

ELLE ARRÊTE, LA PETITE...
OUI, ON DIRAIT...

IL PARAÎT QU'ELLE TRAVAILLE DANS DES BAINS TURCS MAINTENANT...
...

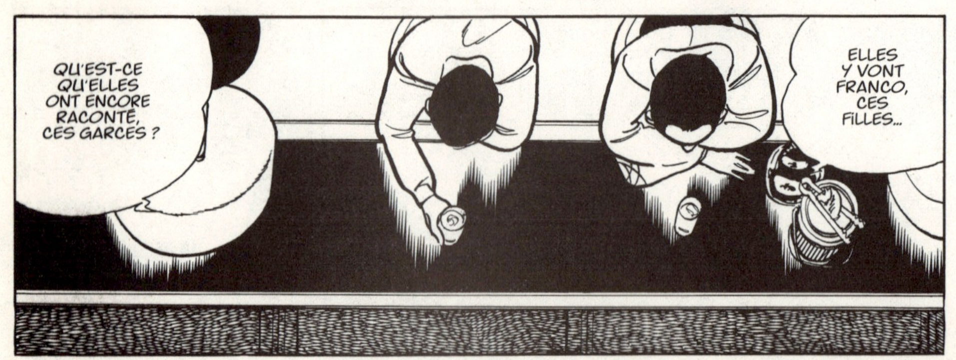
ELLES Y VONT FRANCO, CES FILLES...
QU'EST-CE QU'ELLES ONT ENCORE RACONTÉ, CES GARCES ?

HÉ ! HÉ ! C'ÉTAIT PLUTÔT TRISTE, À VRAI DIRE.
ET PUIS... J'AI EU ENVIE DE BOIRE SEULE.

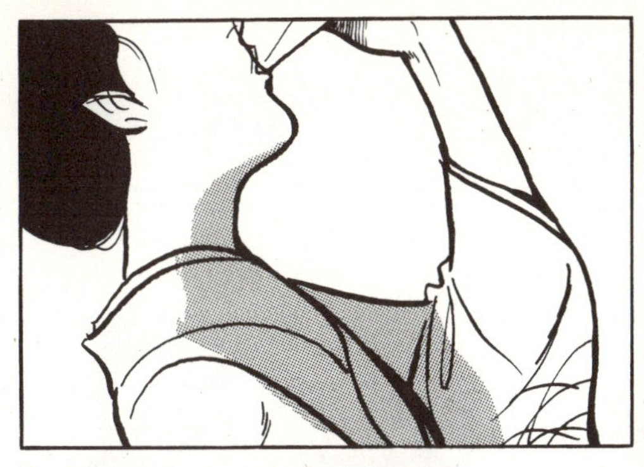

FIUUU

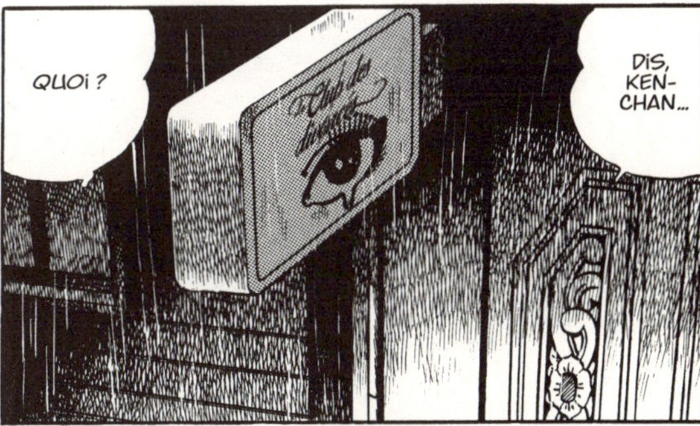
DIS, KEN-CHAN...
QUOI ?

JE VAIS FERMER LE CLUB !

QUOI ?!

JE SUIS FATIGUÉE... ET PUIS J'EN AI MARRE DE FAIRE TRAVAILLER DES FILLES COMME ÇA.

MAMA ! TU... TU NE PEUX PAS ! TU N'Y PENSES PAS !
ON PEUT EN TROUVER AUTANT QU'ON VEUT, DES FILLES COMME ÇA !

HMM... OUI, MAIS JE SUIS VRAIMENT ÉPUISÉE...
MAMA !

KEN-CHAN... ON FERAIT MIEUX DE METTRE LA CLÉ SOUS LA PORTE.

ET QU'EST-CE QUE TU FERAIS APRÈS ?!

EH BIEN... JE ME DIS QUE JE FERAIS MIEUX D'OUVRIR UN PETIT BAR POUVANT ACCUEILLIR ENTRE 10 ET 15 CLIENTS...

SANS HÔTESSES. JUSTE TOI ET MOI...

QUOI ?! MAIS... EN FAIT, TU NE VEUX PAS ARRÊTER ?!

TU ME SUIVRAIS LÀ-DEDANS, KEN-CHAN ?
BIEN SÛR, MAMA !

VRAIMENT ? MERCI, KEN-CHAN...
JE VAIS CHERCHER, VERS LE HUITIÈME BLOC, DANS LES ENVIRONS DE SHINBASHI, UN PETIT BAR QU'ON POURRAIT TENIR TOUS LES DEUX...

CE CLUB EST UNE TROP GROSSE CHARGE POUR MOI...
IL ME FAUT UN TOUT PETIT CLUB DES DIVORCÉS... UN COMPTOIR DE LA TAILLE D'UN PIANO, OÙ L'ON PEUT ÉCOUTER UN PEU DE BONNE MUSIQUE... ÇA M'IRA BEAUCOUP MIEUX...

OUI, FAISONS ÇA ! PARFAIT !

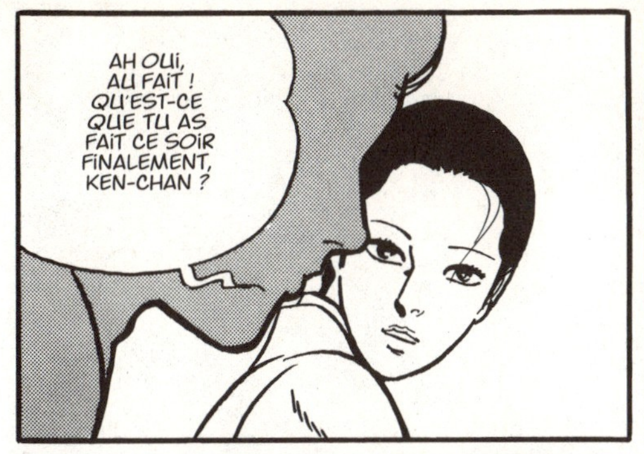
AH OUI, AU FAIT ! QU'EST-CE QUE TU AS FAIT CE SOIR FINALEMENT, KEN-CHAN ?

HEU... EH BIEN, JUSTEMENT...
KLING KLING

JE SUIS ALLÉ VOIR YÔKO.
AH ?!

ELLE M'A DIT QU'ELLE T'AIMAIT BEAUCOUP.

AH, YÔKO ?

OUI...

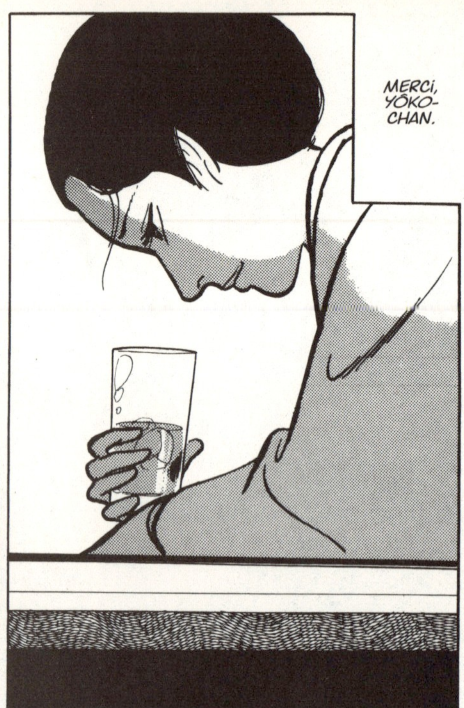
MERCI, YÔKO-CHAN.

MERCI AUSSI, TOKIKO ET JUN-CHAN... VOUS AVEZ TOUTES ÉTÉ PARFAITES !

AIMER OU DÉTESTER LES GENS... CE N'EST PAS QUELQUE CHOSE QUI FAIT PARTIE DE LA VIE, C'EST, D'APRÈS MOI, LA VIE MÊME...
Le Club des divorcés

VOL. 28

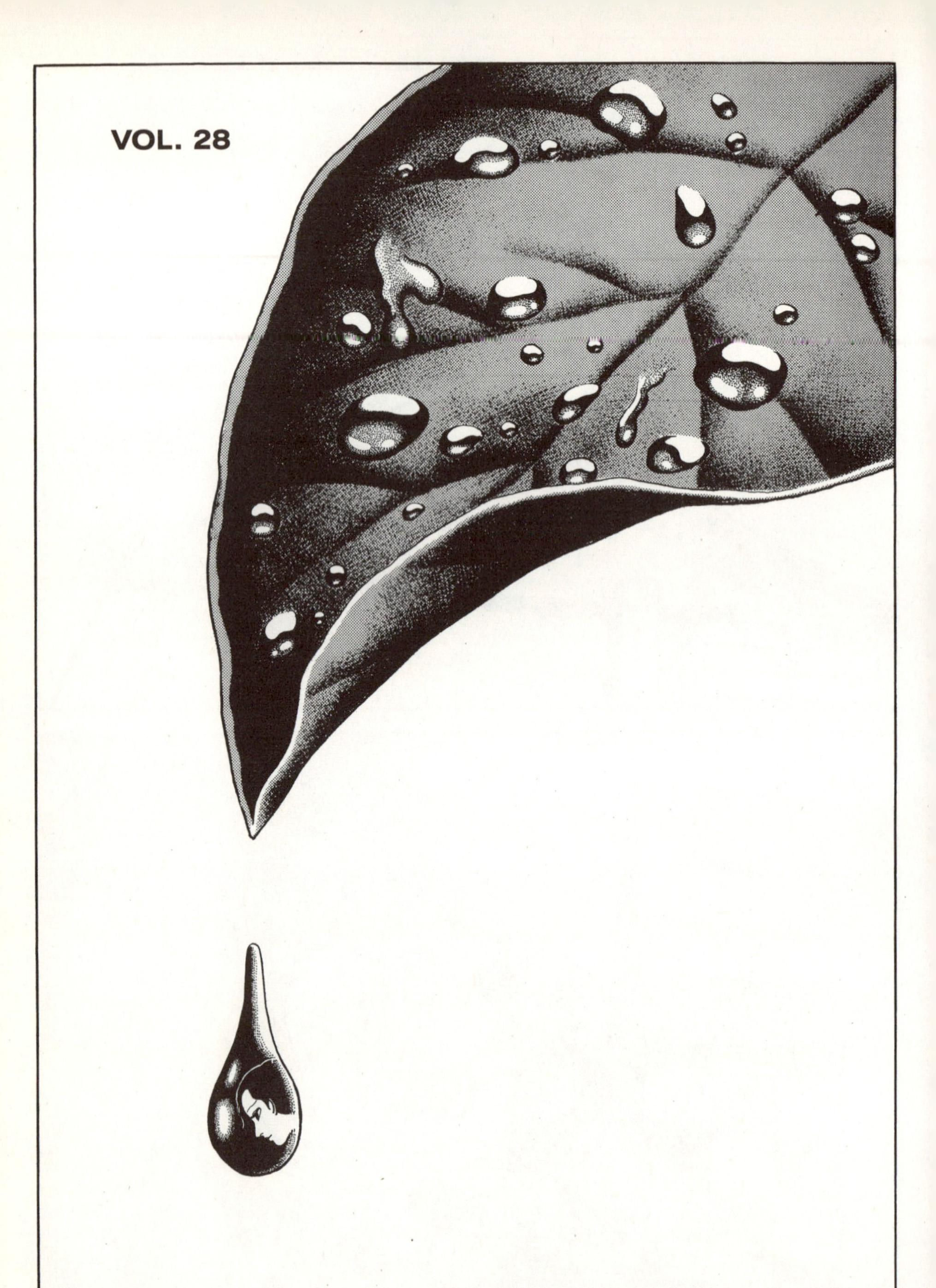

HÉ, ASAKO-CHAN, SI TU NE FAIS PAS ATTENTION, TU VAS RENVERSER TA SOUPE !

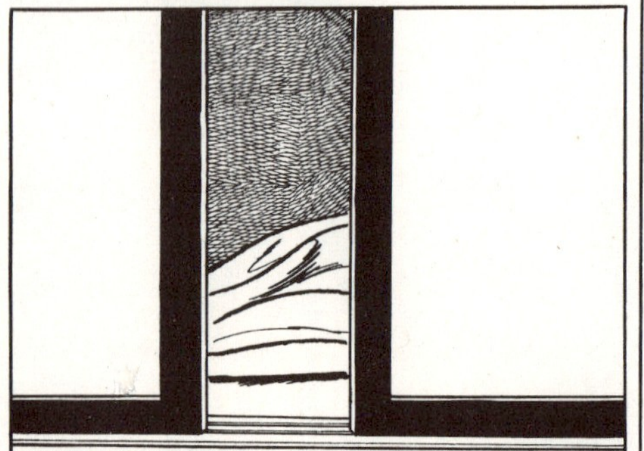

HMM...

DIS, MAMAN...
ALLEZ, LÈVE-TOI ! C'EST LE MATIN...

ASAKO-CHAN ! LAISSE TA MÈRE TRANQUILLE. ELLE EST FATIGUÉE.

ALLEZ, ON VA COMMENCER À MANGER, SINON TU VAS RATER LE BUS POUR L'ÉCOLE.

SHOMP
SHOMP
SHOMP

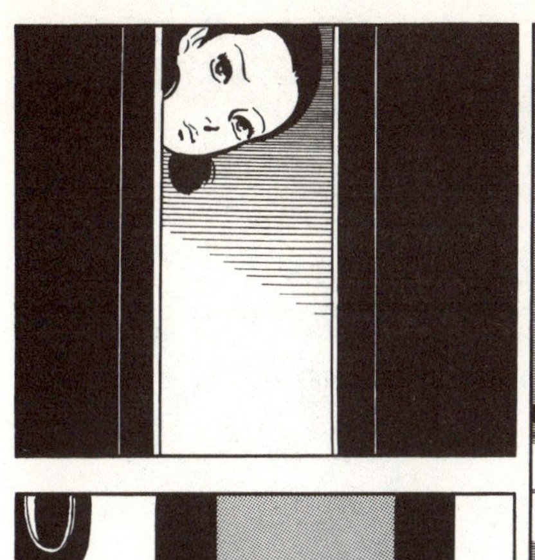

OH,
TU ARRIVES
À TE CHANGER
TOUTE SEULE
MAINTENANT ?
OUI.

DIS, MAMAN...
ALLEZ, LÈVE-TOI ! C'EST LE MATIN...

HMM...

ASAKO-CHAN ! LAISSE TA MÈRE TRANQUILLE. ELLE EST FATIGUÉE.

ALLEZ, ON VA COMMENCER À MANGER, SINON TU VAS RATER LE BUS POUR L'ÉCOLE.

SHOMP
SHOMP
SHOMP

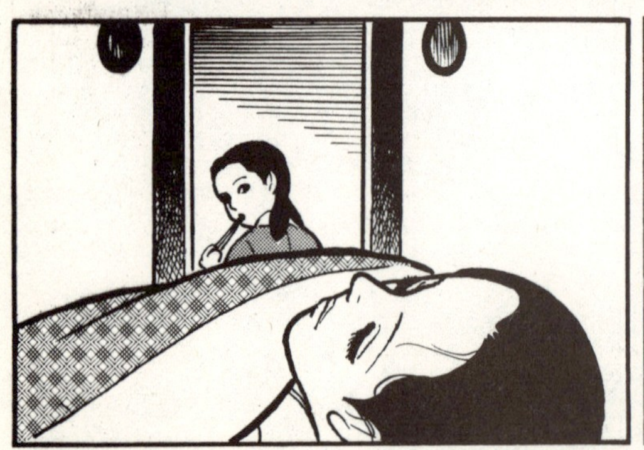

HÉ, ASAKO-CHAN, SI TU NE FAIS PAS ATTENTION, TU VAS RENVERSER TA SOUPE !

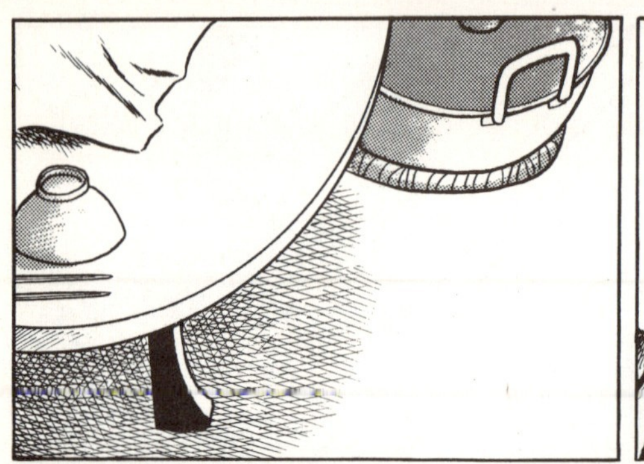

BON-
JOUR...

OH...

VRROM
À CE
SOIR !

AH, TU ÉTAIS DEBOUT ?
DÉSOLÉE, J'AI TRAÎNÉ AU LIT...

HÉ ! HÉ ! TU DEVAIS ÊTRE ÉPUISÉE...
ASAKO NE T'A PAS RÉVEILLÉE ?
NON, MAIS JE M'EN VEUX DE NE PAS L'AVOIR ACCOMPAGNÉE À L'ÉCOLE.

NE T'INQUIÈTE PAS. TU AURAS D'AUTRES MATINÉES. JE M'OCCUPE D'ELLE. SI TU AVAIS ÉTÉ LÀ, ELLE NE T'AURAIT PAS LÂCHÉE.

BON, EH BIEN, MAINTENANT QUE LA PETITE TORNADE EST PARTIE, JE VAIS ME SERVIR UN THÉ.
ATTENDS, JE TE SERS.

MAIS, C'EST VRAI QU'À PARTIR DE DEMAIN, CE SERAIT MIEUX QUE TU TE RÉVEILLES EN MÊME TEMPS QU'ELLE.

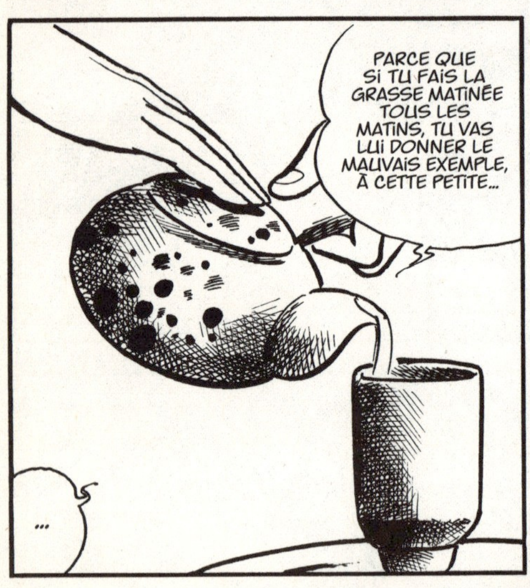
PARCE QUE SI TU FAIS LA GRASSE MATINÉE TOUS LES MATINS, TU VAS LUI DONNER LE MAUVAIS EXEMPLE, À CETTE PETITE...
...

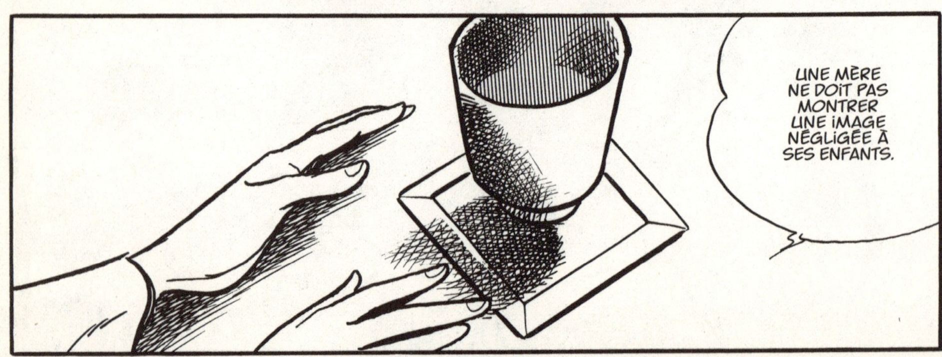
UNE MÈRE NE DOIT PAS MONTRER UNE IMAGE NÉGLIGÉE À SES ENFANTS.

TU PEUX T'HABILLER COMME TU LE FAIS MAINTENANT QUAND ELLE N'EST PAS LÀ, MAIS...

HMPF, JE TE JURE ! MÊME ASAKO SE LAVE BIEN LE VISAGE ET SE BROSSE LES DENTS !

TU T'ES LAVÉ LE VISAGE ?

...

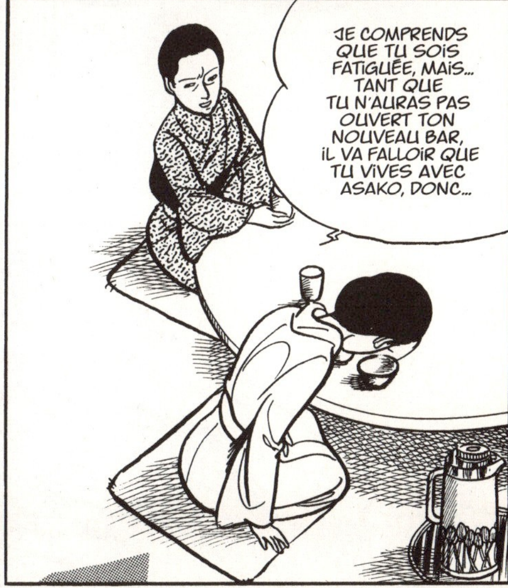
JE COMPRENDS QUE TU SOIS FATIGUÉE, MAIS... TANT QUE TU N'AURAS PAS OUVERT TON NOUVEAU BAR, IL VA FALLOIR QUE TU VIVES AVEC ASAKO, DONC...

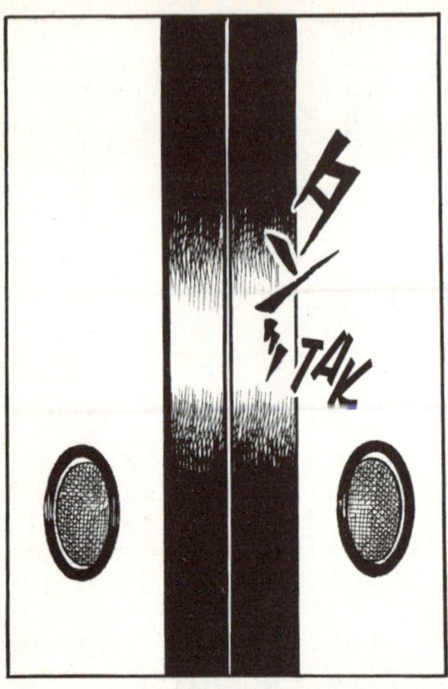
TAK

PFIOUU !
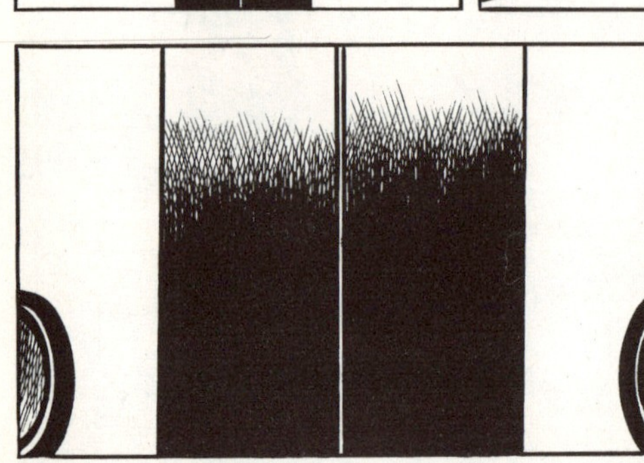
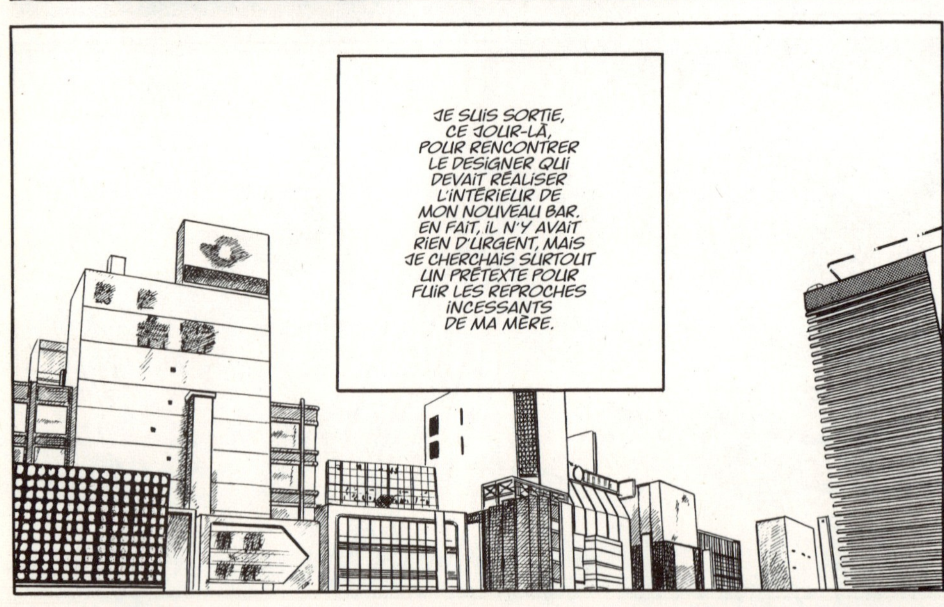
JE SUIS SORTIE, CE JOUR-LÀ, POUR RENCONTRER LE DESIGNER QUI DEVAIT RÉALISER L'INTÉRIEUR DE MON NOUVEAU BAR. EN FAIT, IL N'Y AVAIT RIEN D'URGENT, MAIS JE CHERCHAIS SURTOUT UN PRÉTEXTE POUR FUIR LES REPROCHES INCESSANTS DE MA MÈRE.

MA MÈRE N'AVAIT PAS UN MAUVAIS FOND, LOIN DE LÀ, MAIS SON VISAGE TRISTE ME RAPPELAIT LA MORT PRÉMATURÉE DE MON PÈRE.
ELLE ÉTAIT INCAPABLE D'APAISER SON ENTOURAGE.

ET MOI, SA FILLE, J'APAISAIS LE COEUR DES GENS EN LEUR VENDANT DE L'ALCOOL.
EST-CE CELA QU'ON APPELLE "LA VIE" ?

TAP
TAP
TAP
TAP
PAPA ?!!

OH!

NON ! CE N'EST PAS POSSIBLE...!

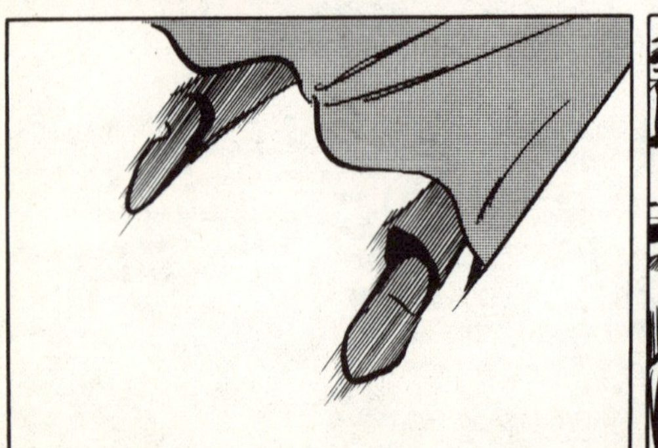

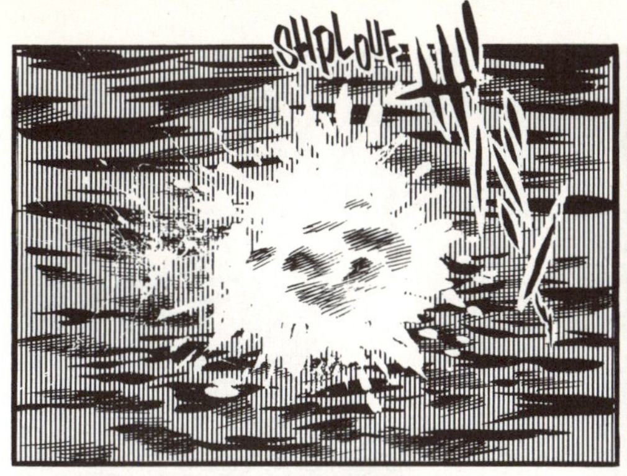
SHPLOUF

AAH!!

SHTOUK
SHTOUK
SHTOUK

SHTOUK
SHTOUK

SHTOUK
SHTOUK
SHTOUK

!

AAAH

OH LÀ LÀ !

TAGADAM
TAGADAM
TAGADAM
TAGADAM
TAGADAM

SHRRK

MAMAN !
TE VOILÀ...

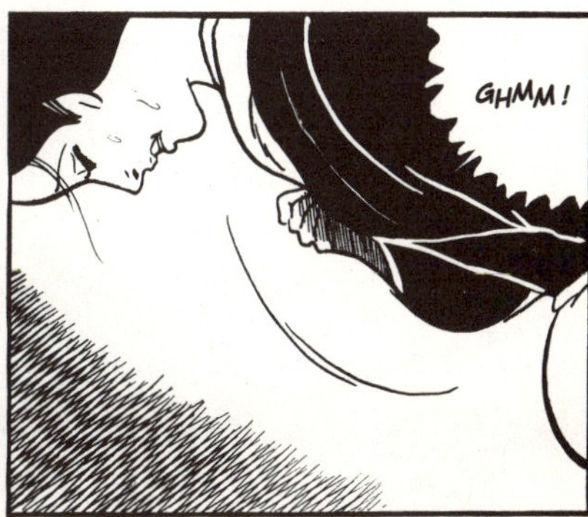
GHMM !

BEURGH!

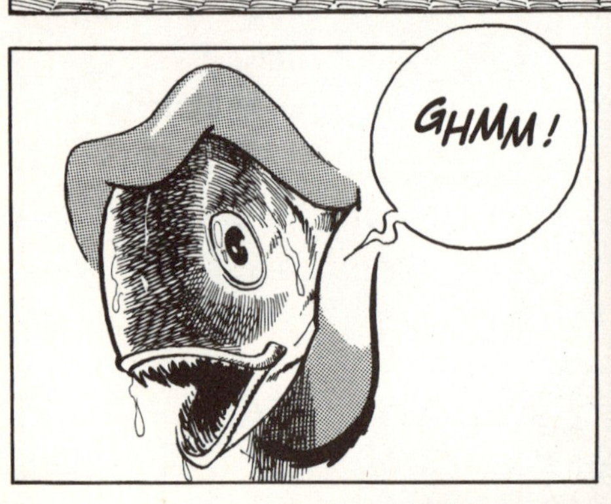
GHMM!

GHEURB!

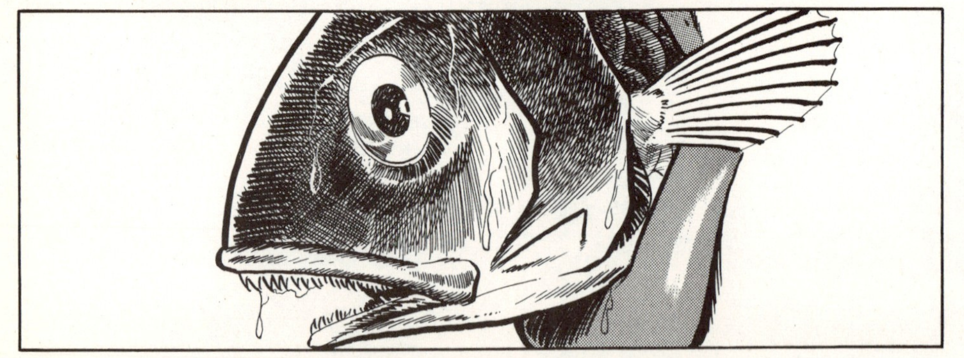

ON N'ABORDE PAS TOUJOURS DES HISTOIRES TRÈS GAIES LORSQU'ON COMMENCE À PARLER SÉRIEUSEMENT DE LA VIE.

Vol. 28 - Un poisson dans les poumons

VOL. 29

ALLEZ, UN SOURIRE...
FUJICA

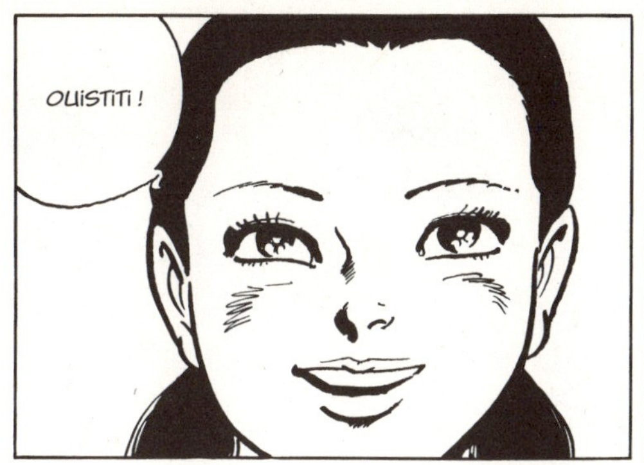
OUISTITI !

TCHAK

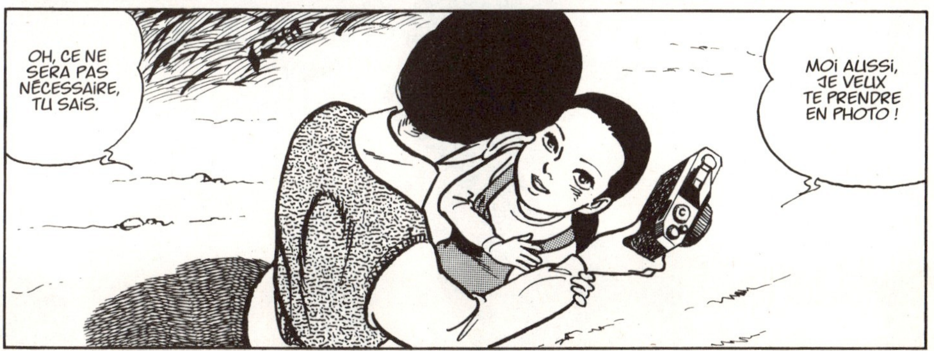
MOI AUSSI, JE VEUX TE PRENDRE EN PHOTO !
OH, CE NE SERA PAS NÉCESSAIRE, TU SAIS.

DIS, YÛKO, VIENS DEUX MINUTES !
POURQUOI ? JE VEUX TE PRENDRE EN PHOTO !

DE QUOI S'AGIT-IL ?
J'AI TROUVÉ QUELQUE CHOSE D'INTÉRESSANT, VENEZ VOIR !

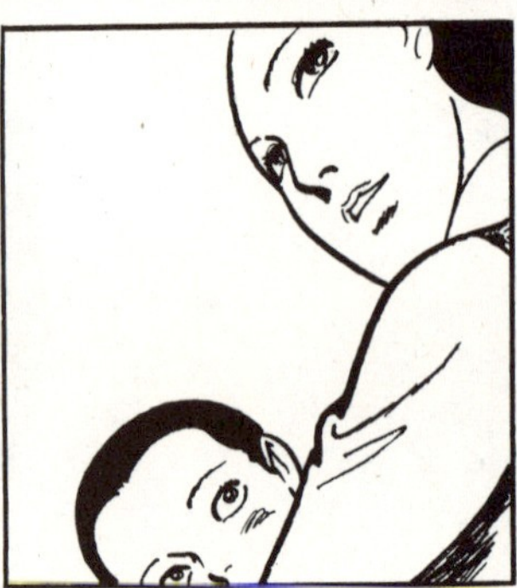

MAIS NON, ENFIN ! VOUS ALLEZ VOIR, VENEZ TOUTES LES DEUX...
MAIS ENFIN, ASAKO !
UN CAFARD ?!

QU'EST-CE QUE C'EST ?
À TON AVIS ? TU ES TRÈS FORTE SI TU ARRIVES À DEVINER.

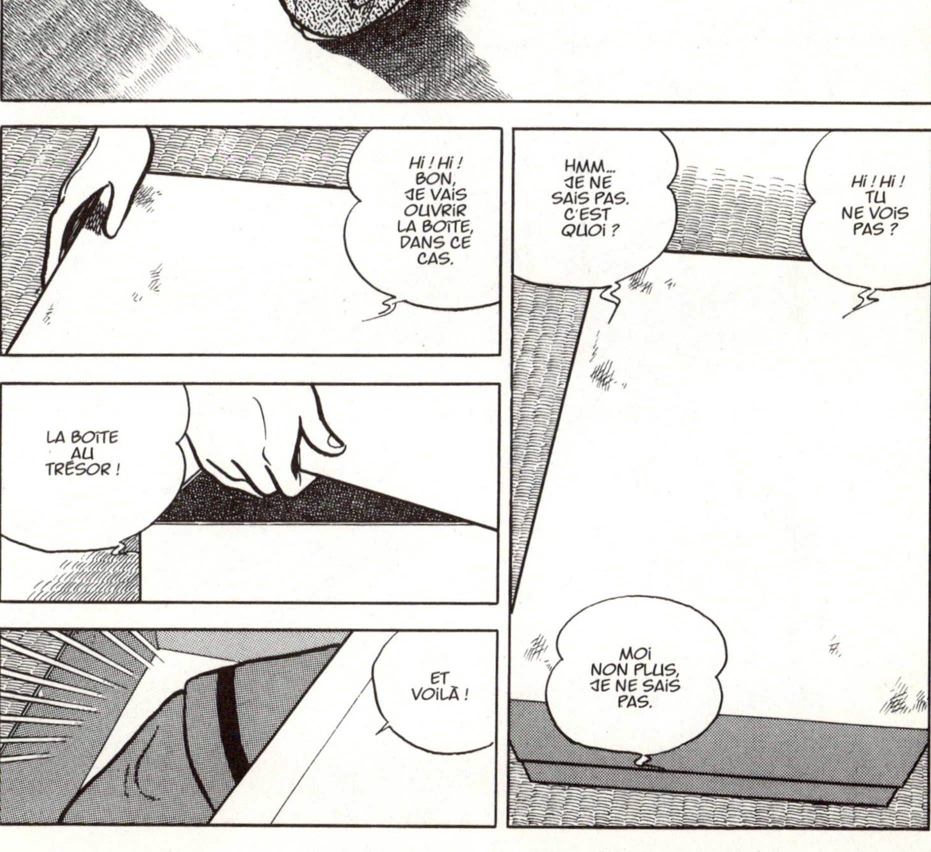
HI ! HI ! TU NE VOIS PAS ?
HMM... JE NE SAIS PAS. C'EST QUOI ?
MOI NON PLUS, JE NE SAIS PAS.
HI ! HI ! BON, JE VAIS OUVRIR LA BOITE, DANS CE CAS.
LA BOITE AU TRÉSOR !
ET VOILÀ !

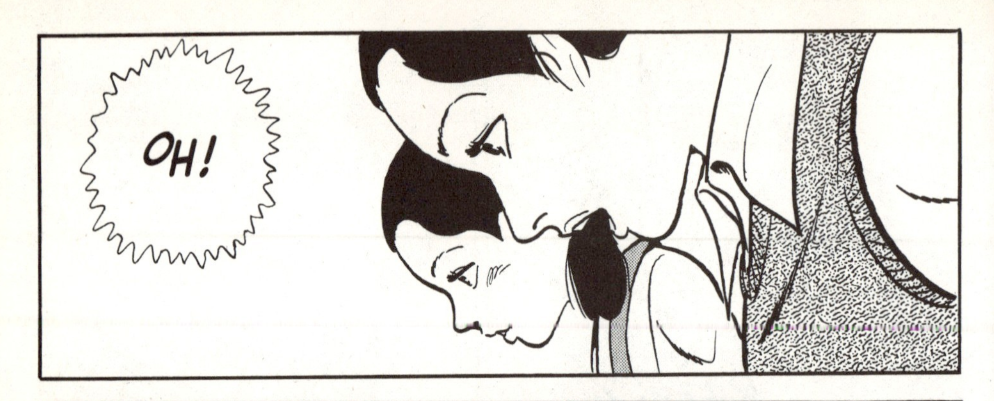
OH!

L'UNIFORME
DE YŪKO !

QUE DE SOUVENIRS !

OUAH ! IL EST MERVEILLEU-SEMENT BIEN CONSERVÉ !
JE L'AI RETROUVÉ EN FAISANT LE MÉNAGE DANS MES ARMOIRES.

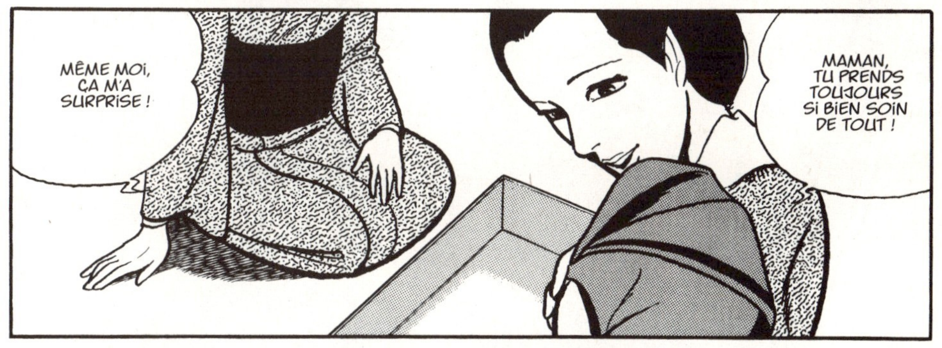
MÊME MOI, ÇA M'A SURPRISE !
MAMAN, TU PRENDS TOUJOURS SI BIEN SOIN DE TOUT !

VRAI-MENT !

IL EST ENCORE EN TRÈS BON ÉTAT ! IL N'Y A PAS À DIRE, C'ÉTAIT DE LA QUALITÉ !
OUAH... QUELS SOUVENIRS !

HÉ ! C'EST VRAIMENT LE TIEN ?
OUI. QUAND J'ÉTAIS LYCÉENNE.

COMMENT TU LE TROUVES ? ÇA M'IRAIT BIEN ?
OUI.

ÇA PARAÎT SI LOIN...

SIX ANS... NON, SEPT ANS, MÊME ?
OUI. TU PORTAIS CET UNIFORME POUR ALLER À L'ÉCOLE. MAINTENANT, TU ES LA MÈRE D'ASAKO...

DÉJÀ ?
SEPT ANS... OUI, ÇA FAIT SEPT ANS QUE TON PÈRE EST MORT.

OUI... CETTE ANNÉE, ÇA FERA SEPT ANS. IL VA FALLOIR PENSER À SON SEPTIÈME SERVICE COMMÉMORATIF CET AUTOMNE.
HMM... SEPT ANS ONT DÉJÀ PASSÉ.

MON PÈRE ÉTAIT MORT À PEINE QUELQUES MOIS APRÈS MA SORTIE DU LYCÉE. À LA FIN DE L'AUTOMNE DE CETTE ANNÉE-LÀ, IL Y AVAIT JUSTE SEPT ANS.

S'IL N'ÉTAIT PAS MORT, JE NE SERAIS SANS DOUTE PAS DEVENUE HÔTESSE DE BAR...
LES SEPT ANNÉES TRÉPIDANTES QUI ONT SUIVI ME REPASSÈRENT TOUTES D'UN COUP PAR LA TÊTE.

MAMAN ! TU ME PRENDS EN PHOTO ?

OUISTITI !

APRÈS QUE MA MÈRE A RETROUVÉ CET UNIFORME, J'AI EU ENVIE, CE JOUR-LÀ, DE REPLONGER DANS MON PASSÉ.

QU'EST-CE QUE TU CHERCHES, MAMAN ?

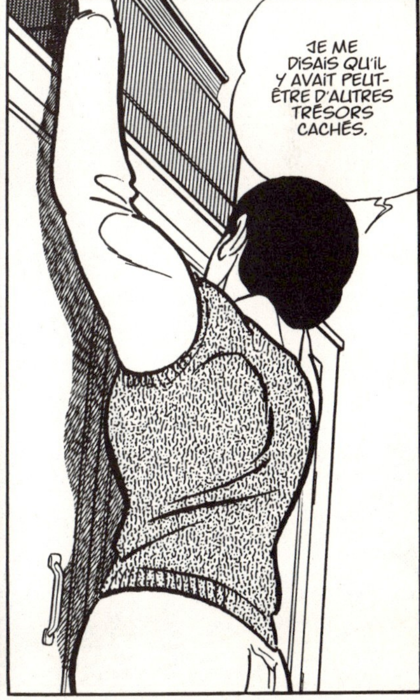
JE ME DISAIS QU'IL Y AVAIT PEUT-ÊTRE D'AUTRES TRÉSORS CACHÉS.

QU'EST-CE QU'IL Y A D'AUTRE ?
ON VA BIEN VOIR...

IL AURAIT MIEUX VALU NE PAS LE REMUER PLUS QUE ÇA.
FLAP

SHH
OH ?!

QU'EST-CE QUE C'EST QUE ÇA ?
SHH

DÉCLARATION DE DIVORCE

Date de la déclaration Année Mois Jour

M. / Mme

Date de réception	Année	Mois	Jour
Numéro			
Date de réception	Année	Mois	Jour
Numéro			

Vérification des documents	Enregistrement sur le carnet de famille	Vérification de l'enregistrement	Vérification

POURQUOI EST-CE QUE C'ÉTAIT ENCORE LÀ ? ÇA AURAIT DÛ ALLER À LA POUBELLE, MAIS J'AI PEUT-ÊTRE EU PEUR QUE QUELQU'UN TOMBE DESSUS.

Nom — Époux / Épouse

Date — Date / Date

Adresse (telle qu'enregistrée sur la carte d'identité) — Ville, Code postal, Nom du soutien de famille / Ville, Code postal, Nom du soutien de famille

Domicile légal (pour les étrangers, n'indiquer que la nationalité) — Ville, Code postal, Nom du signataire, Nom du père de l'épouse

Nom des parents, Position familiale — Nom du père de l'époux, Nom de la mère, Position familiale / Nom du père de l'époux, Nom de la mère, Posit famil

Type de divorce — Divorce à l'amiable, Médiation / Procès Date :, Jugement Date :

J'AVAIS PENSÉ LE BRÛLER, MAIS J'AI DÛ L'OUBLIER DANS CET ALBUM. JE NE ME SOUVIENS PLUS TRÈS BIEN MOI-MÊME COMMENT IL S'ÉTAIT RETROUVÉ LÀ...

Époux

Date

Nom

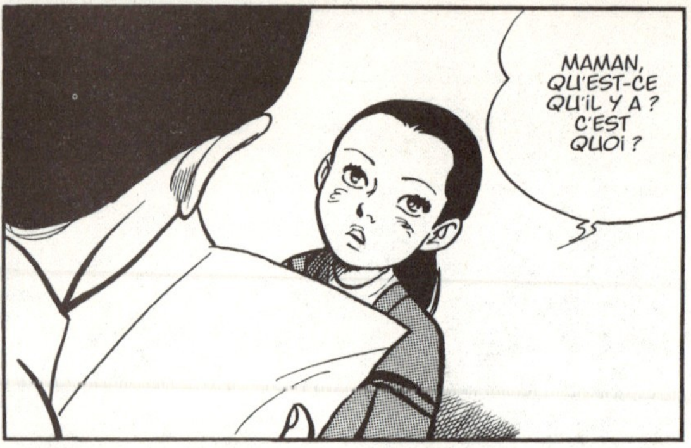

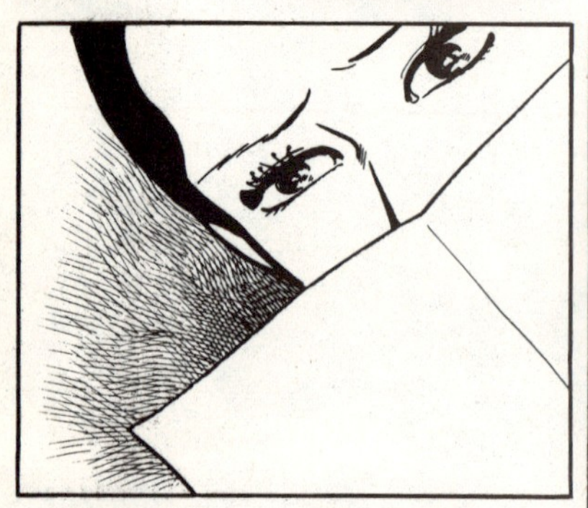

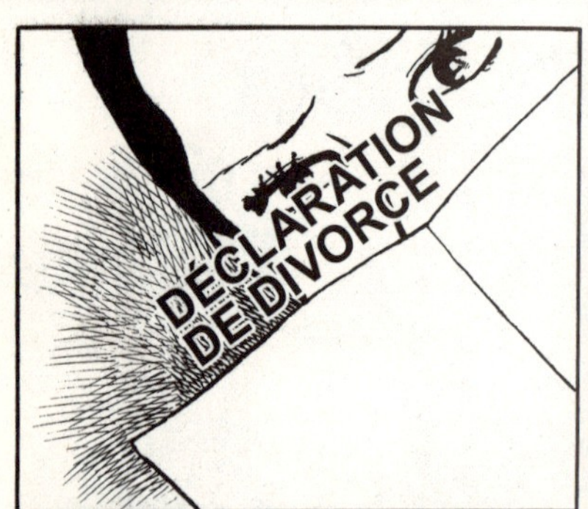

DIVORCE

CE JOUR-LÀ...

… J'ÉTAIS ALLÉE À LA MAIRIE CHERCHER LES PAPIERS DU DIVORCE. IL M'ATTENDAIT AVEC UNE MINE LUGUBRE ET IL ÉTAIT PASSABLEMENT ÉMÉCHÉ.

J'AI APPORTÉ LES DOCUMENTS…
BONSOIR…

POUR UN DIVORCE À L'AMIABLE, IL SUFFIT JUSTE DE REMPLIR LE DOCUMENT ET DE LE SIGNER TOUS LES DEUX…

AH BON… C'EST SI SIMPLE QUE ÇA ?

ALORS QUE, POUR LE MARIAGE, C'EST SI COMPLIQUÉ...
VOILÀ, TU PEUX LE REMPLIR.

HÉ ! REMPLIS-LE D'ABORD !
MAIS NON, C'EST À TOI DE LE REMPLIR EN PREMIER.

NON, À TOI !
MAIS C'EST TOUJOURS AU MARI DE REMPLIR CE DOCUMENT...

TA GUEULE ! C'EST À CELUI QUI A DÉCIDÉ DE DIVORCER DE REMPLIR ÇA EN PREMIER, NON ?!

...

...

ENTENDU. JE VAIS REMPLIR CE DOCUMENT EN PREMIER.

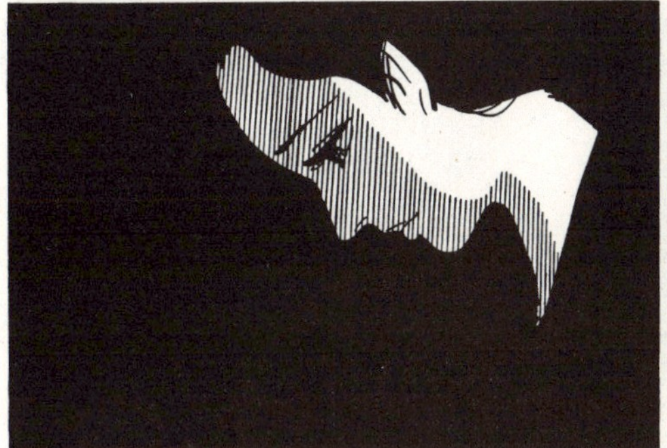

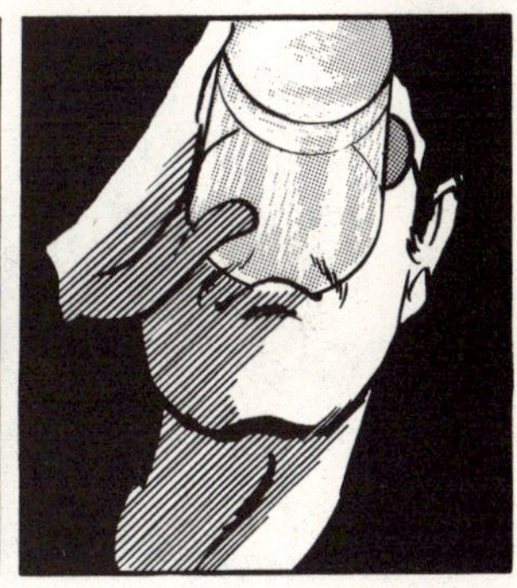

AH, MINCE !
QUOI ?

JE ME SUIS TROMPÉE. J'AI ÉCRIT MON NOM DANS L'ESPACE QUI T'ÉTAIT RÉSERVÉ. COMMENT FAIRE ?
Date de réception
Numéro
Date de réception
Numéro
Vérification des documents
Année Mois Jour
M. / Mme
Époux
Date
Ville

PFF... EH BIEN, IL NE RESTE PLUS QU'À RETOURNER À LA MAIRIE POUR EN OBTENIR UN AUTRE...

MAIS J'EN REVIENS À PEINE ! JE NE ME VOIS PAS Y RETOURNER MAINTENANT POUR EN DEMANDER UN AUTRE...

TU VEUX DIRE QUE TU NE VEUX PLUS QU'ON SE SÉPARE ?

YŪKO !

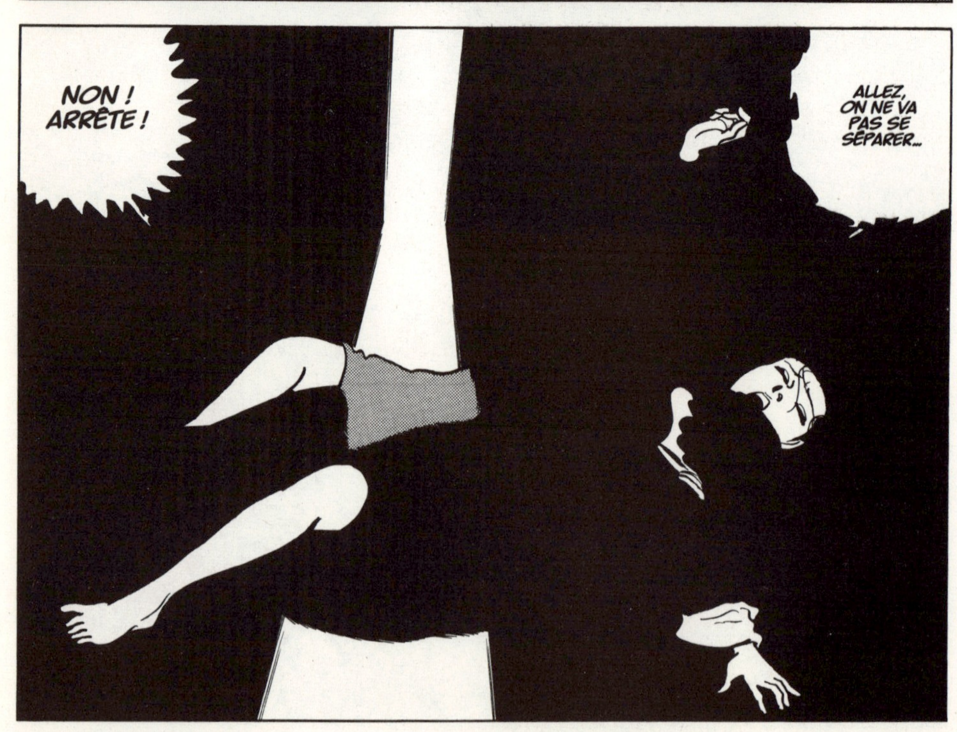
ALLEZ, ON NE VA PAS SE SÉPARER...
NON ! ARRÊTE !

NON !
JE T'EN
SUPPLIE !
HEIN !
ALLEZ !

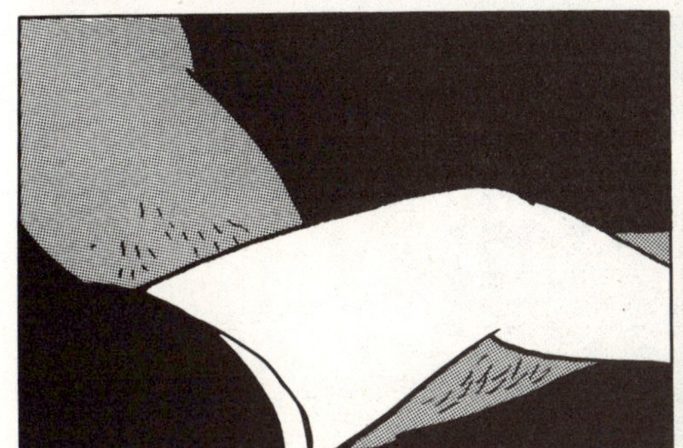

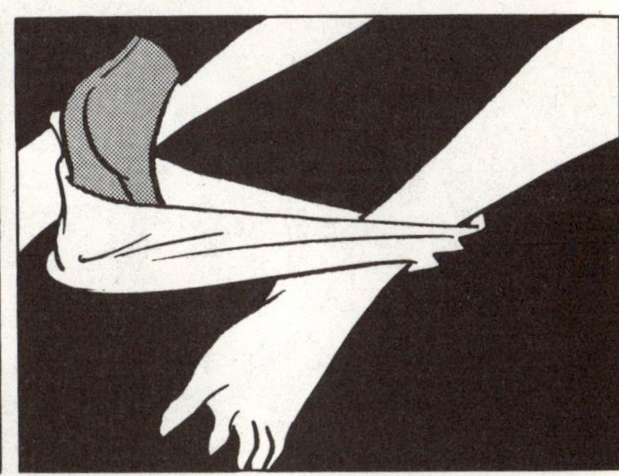

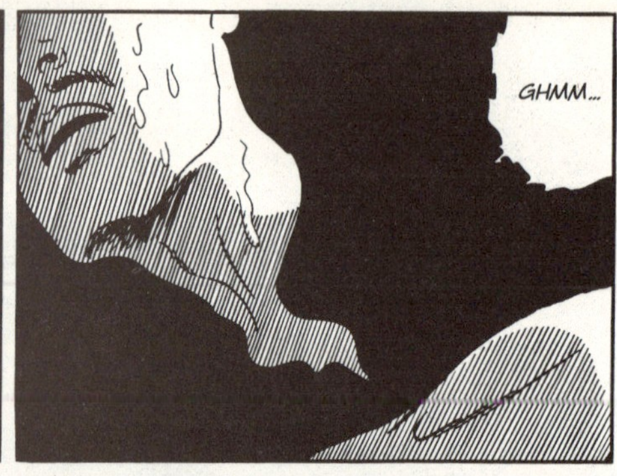
GHMM...

ET PUIS, NOUS NOUS SOMMES SÉPARÉS LE LENDEMAIN.

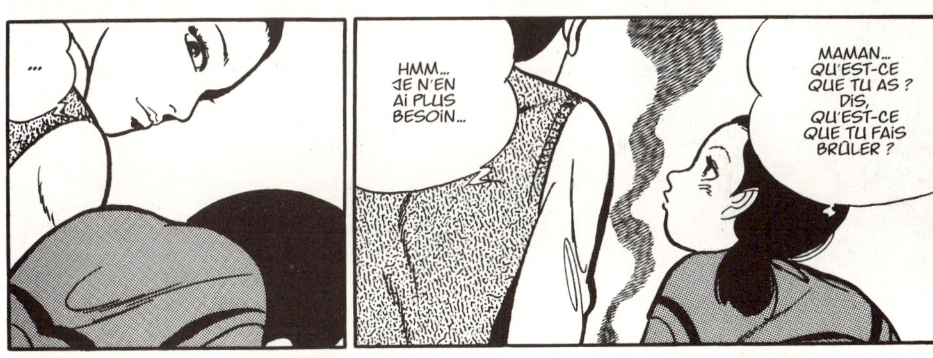
MAMAN... QU'EST-CE QUE TU AS ? DIS, QU'EST-CE QUE TU FAIS BRÛLER ?
HMM... JE N'EN AI PLUS BESOIN...
...

DIS, TU NE VEUX PAS ME RENDRE MON UNIFORME UN INSTANT ?

D'ACCORD.

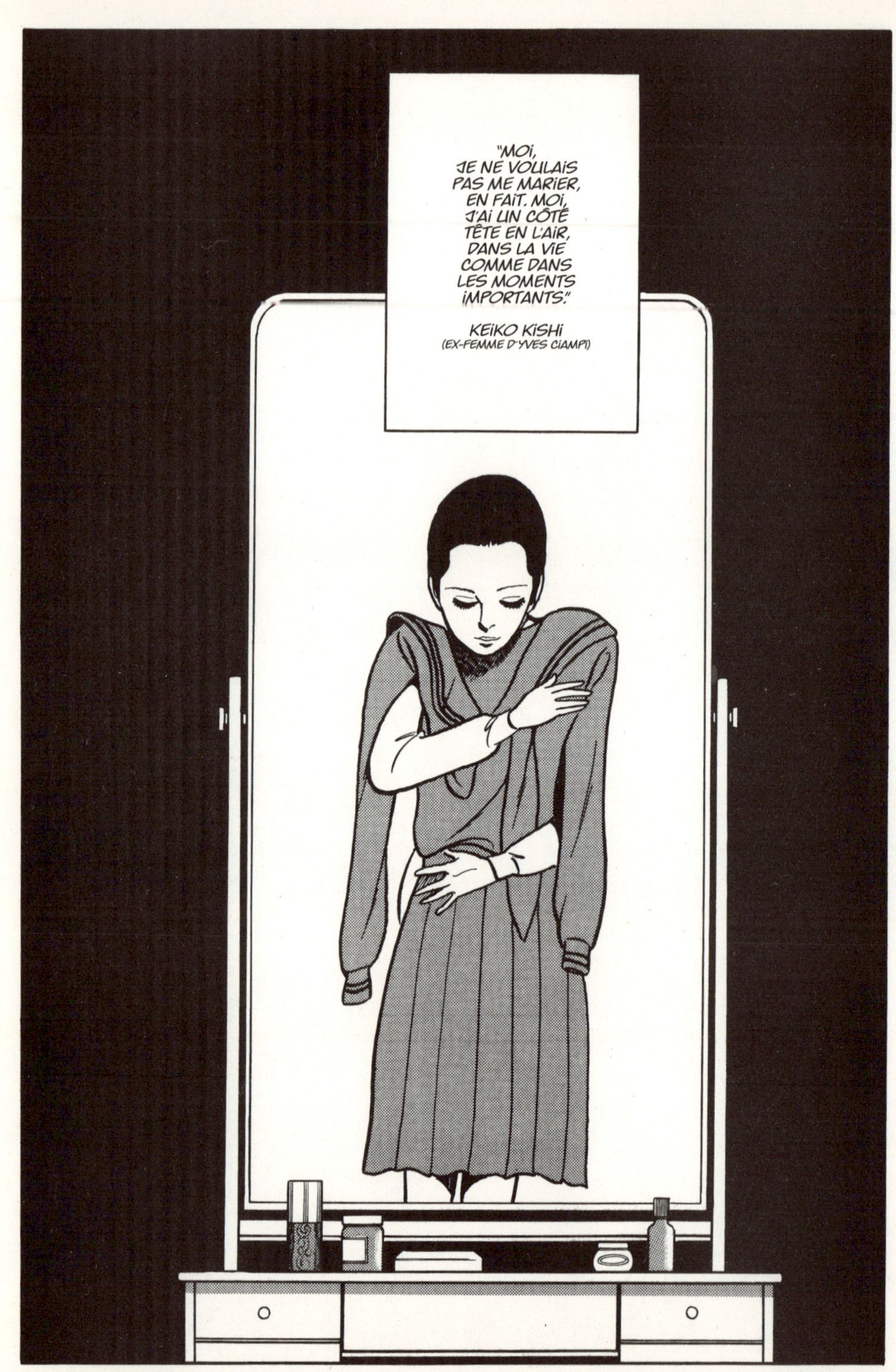
"MOi, JE NE VOULAIS PAS ME MARiER, EN FAiT. MOi, J'Ai UN CÔTÉ TÊTE EN L'AiR, DANS LA ViE COMME DANS LES MOMENTS iMPORTANTS."
KEiKO KiSHi
(EX-FEMME D'YVES CiAMPi)

VOL. 30

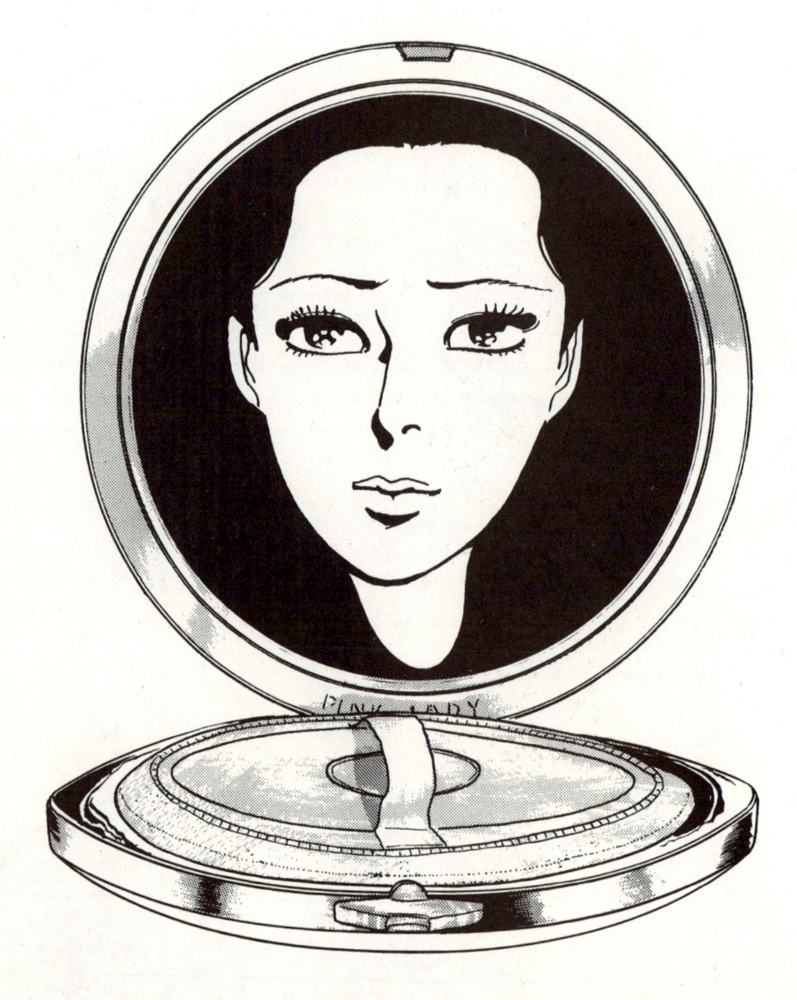

Comme une seconde partie…

ALLÔ ? AH, PROFESSEUR ! C'EST YŪKO, DU CLUB DES DIVORCÉS.

OUI, JE VOUS APPELAIS POUR ÇA... AUJOURD'HUI, NOUS SOMMES OUVERTS.

JE NE VOULAIS PAS M'HABILLER DE MANIÈRE TROP VOYANTE... JE N'AIME PAS TROP LES FÊTES POUR CETTE RAISON... ET PUIS, C'EST UN PETIT CLUB...
"RÉDUCTION DE LA LIGNE DE FRONT" ? OUI, ON PEUT DIRE ÇA COMME ÇA...

MAIS JE PENSAIS QUE VOUS POURRIEZ VENIR SEUL... GRÂCE AU DESIGNER QUE VOUS M'AVEZ PRÉSENTÉ, MAINTENANT, J'AI VRAIMENT UN TRÈS JOLI CLUB.

COMME IL ÉTAIT RECOMMANDÉ PAR VOUS, IL A ÉTÉ TRÈS GENTIL AVEC MOI, ET IL A TOUT FAIT COMME JE LE SOUHAITAIS...
OUI, IL M'A TRANSMIS VOS SALUTATIONS.

DeLMo

C'EST POUR ÇA QUE JE VOUDRAIS VRAIMENT QUE VOUS VENIEZ VOIR LE RÉSULTAT. JE SAIS QUE VOUS DEVEZ ÊTRE OCCUPÉ, MAIS...
LA DATE DE REMISE ? VOUS DEVEZ RENDRE VOTRE MANUSCRIT SUR LE CLUB DES DIVORCÉS AVANT CE SOIR ?

OUI, MAIS JE VAIS PASSER TOUT DE MÊME. À QUELLE HEURE ? SEPT HEURES, ÇA IRAIT ? BON, ALORS JE PASSERAI À SEPT HEURES !

HI ! HI ! EH BIEN, JE VOUS ATTENDS.

CLAC

JE ME SOUVIENS DE L'ODEUR DE MA MÈRE, C'ÉTAIT L'ODEUR DU SAVON, C'ÉTAIT POUR MOI L'UNE DES MEILLEURES ODEURS AU MONDE. ASAKO, ELLE, SE SOUVIENDRA PEUT-ÊTRE DE LA POUDRE COMME DE L'ODEUR DE SA MÈRE.
PAF
PAF
PAF
PAF
PAF
DeLMo

ASAKO NE SE DOUTE PAS, UN SEUL INSTANT, QUE SA MÈRE SE COUVRE DE CETTE ODEUR POUR SE BATTRE. MÊME QUAND ASAKO AURA VINGT ANS, PAS SÛR QU'ELLE COMPRENNE.
PAF
PAF
PARCE QUE MALGRÉ TOUT, UNE MÈRE ET SA FILLE SONT DEUX PERSONNES DIFFÉRENTES, C'EST-À-DIRE QU'ELLES SONT, D'UNE CERTAINE MANIÈRE, ÉTRANGÈRES L'UNE À L'AUTRE.
PAF
PAF
PAF
KHOF ! KHOF !
RENDS-MOI ÇA !

JE RETOURNE, À PARTIR D'AUJOURD'HUI, DANS LE MONDE DE LA POUDRE.
KATCHAC !

JE LAISSE ASAKO DANS UN MONDE TRISTE. MAIS ELLE NE SAIT PAS LEQUEL DE NOS DEUX MONDES EST LE PLUS TRISTE.
SNIFF !

ALLONS, TU SAIS QUE C'EST BIENTÔT DIMANCHE.
ET QUE TU VAS POUVOIR RETOURNER VOIR MAMAN. HEIN ? TU COMPRENDS ?

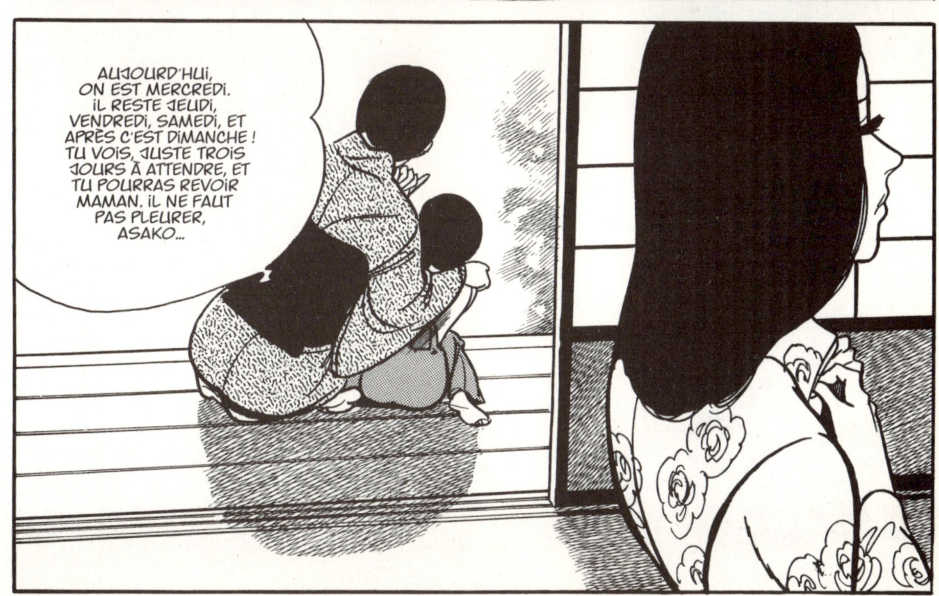
AUJOURD'HUI, ON EST MERCREDI. IL RESTE JEUDI, VENDREDI, SAMEDI, ET APRÈS C'EST DIMANCHE ! TU VOIS, JUSTE TROIS JOURS À ATTENDRE, ET TU POURRAS REVOIR MAMAN. IL NE FAUT PAS PLEURER, ASAKO...

SNIFF !
HIK !
SNIFF !

HEIN, YÛKO...

J'AVAIS CHANGÉ DE COUPE DE CHEVEUX.
J'AVAIS TROQUÉ MON KIMONO CONTRE UNE ROBE À FLEURS.

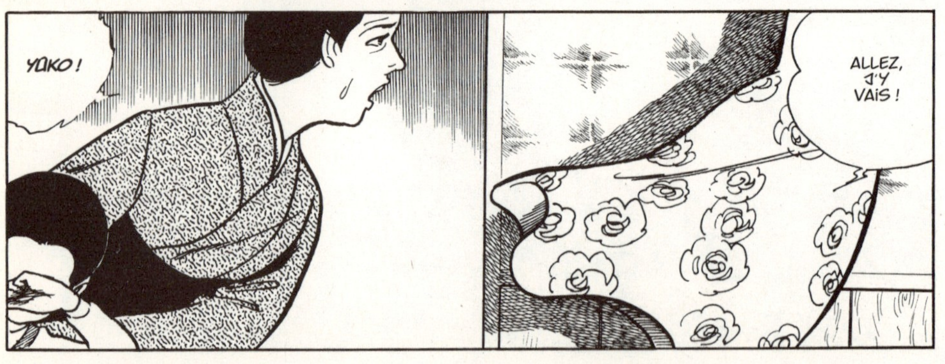
ALLEZ, J'Y VAIS !
YÛKO !

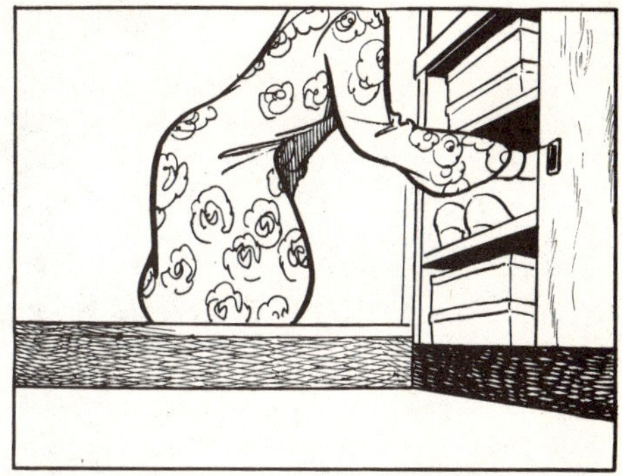

ET MES SANDALETTES...

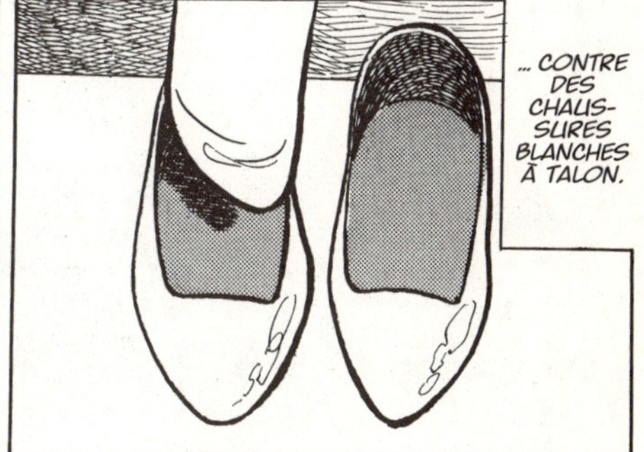

... CONTRE DES CHAUSSURES BLANCHES À TALON.

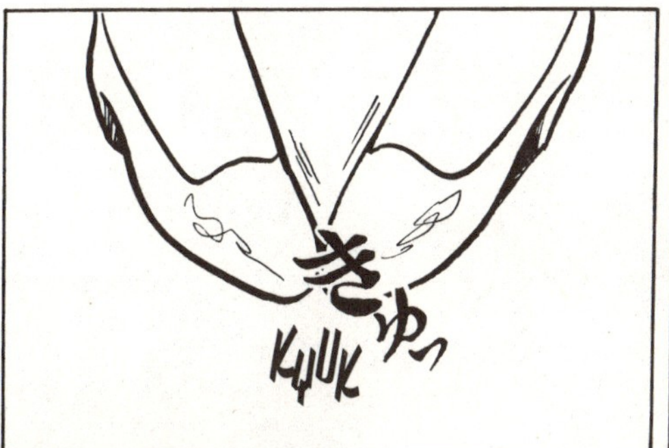

きゅっ
KYUK

JE SAVAIS BIEN QUE CE N'ÉTAIT PAS ÇA QUI ME CHANGERAIT COMPLÈTEMENT, MAIS...

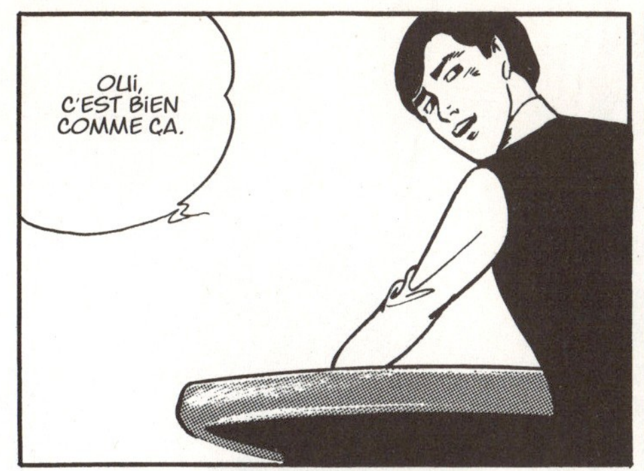
OUi, C'EST BiEN COMME ÇA.

C'EST BiEN COMME ÇA ?

BAH, OUi, C'EST BiEN COMME ÇA, HEiN ?

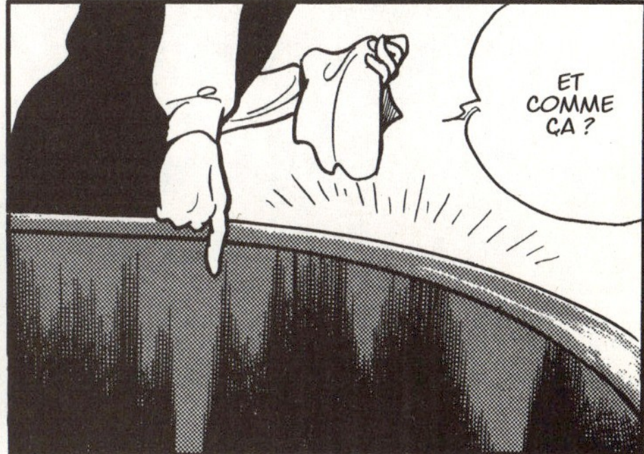
ET COMME ÇA ?

Hi ! Hi !

BON, ALLEZ...

ON VA BIENTÔT ALLUMER L'ENSEIGNE LUMINEUSE.

HÉ ! HÉ !
ALORS, POUR LA LUMIÈRE À L'ENTRÉE, C'EST BIEN CET INTERRUPTEUR...

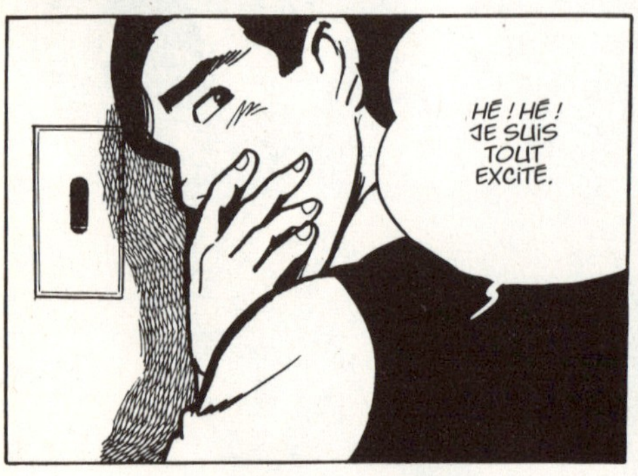
HÉ ! HÉ ! JE SUIS TOUT EXCITÉ.

Hi ! Hi !

IL NOUS FAUDRAIT AUSSI DE LA MUSIQUE !
ATTENDS, JE VAIS ALLUMER LA MUSIQUE.

Petit, regarde le ciel...

HEIN ?! JE NE PENSAIS PAS À CE GENRE DE...

C'EST PAS VRAIMENT DANS L'AMBIANCE...

BAH, ÇA FERA L'AFFAIRE... EST-CE QUE ÇA VA MARCHER, ÇA...?

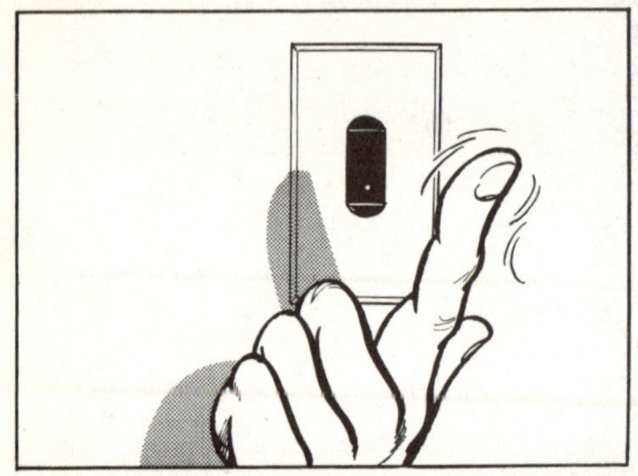

ALLEZ ! ON Y VA !

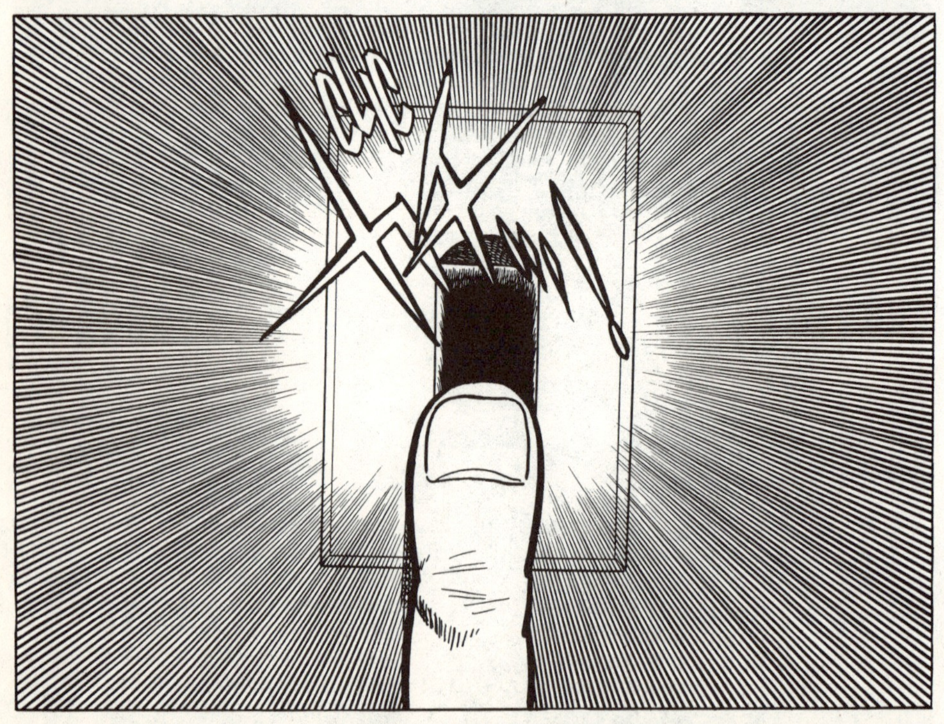
CLIC

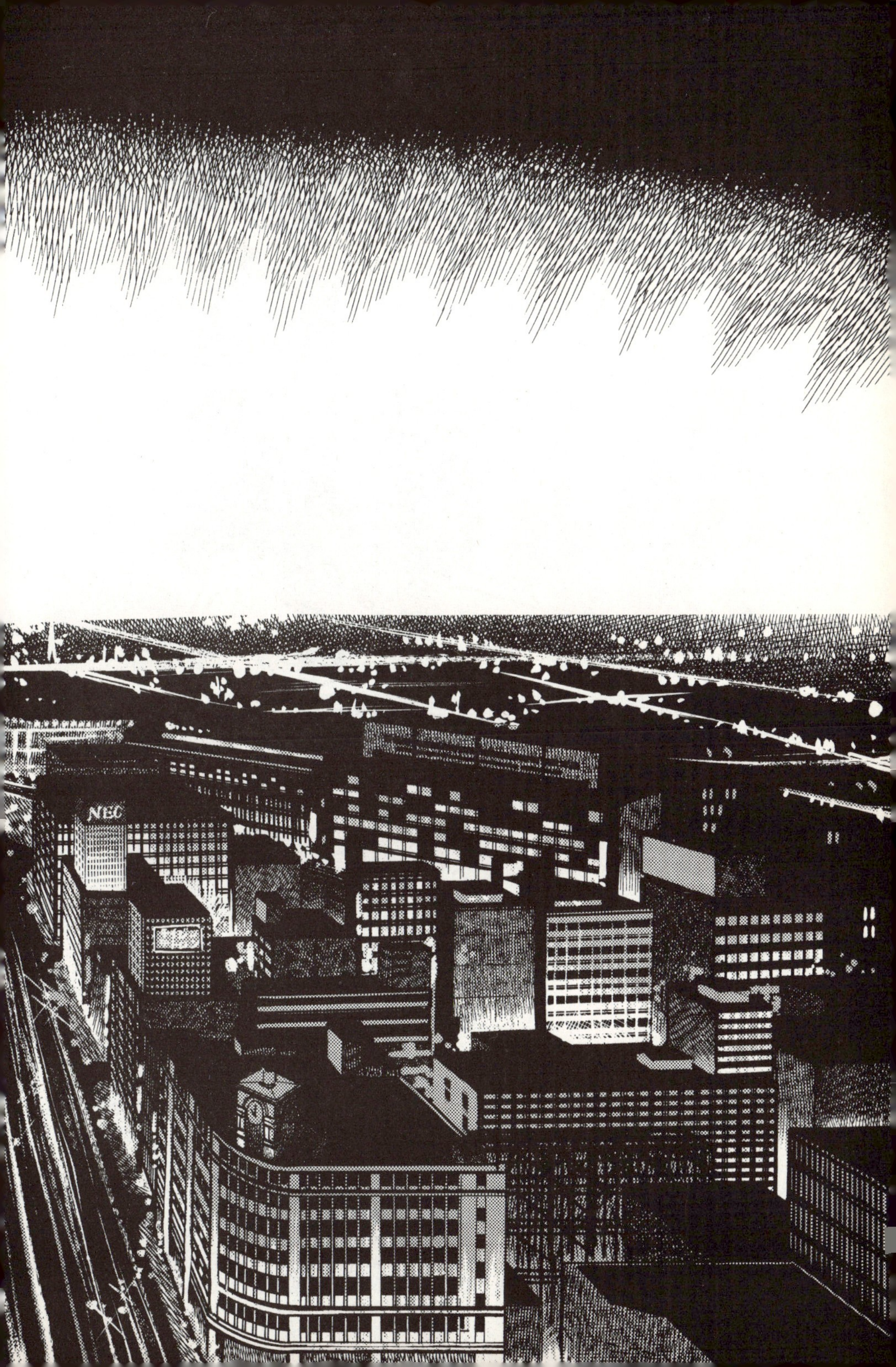
NEC

GINZA
CROWN

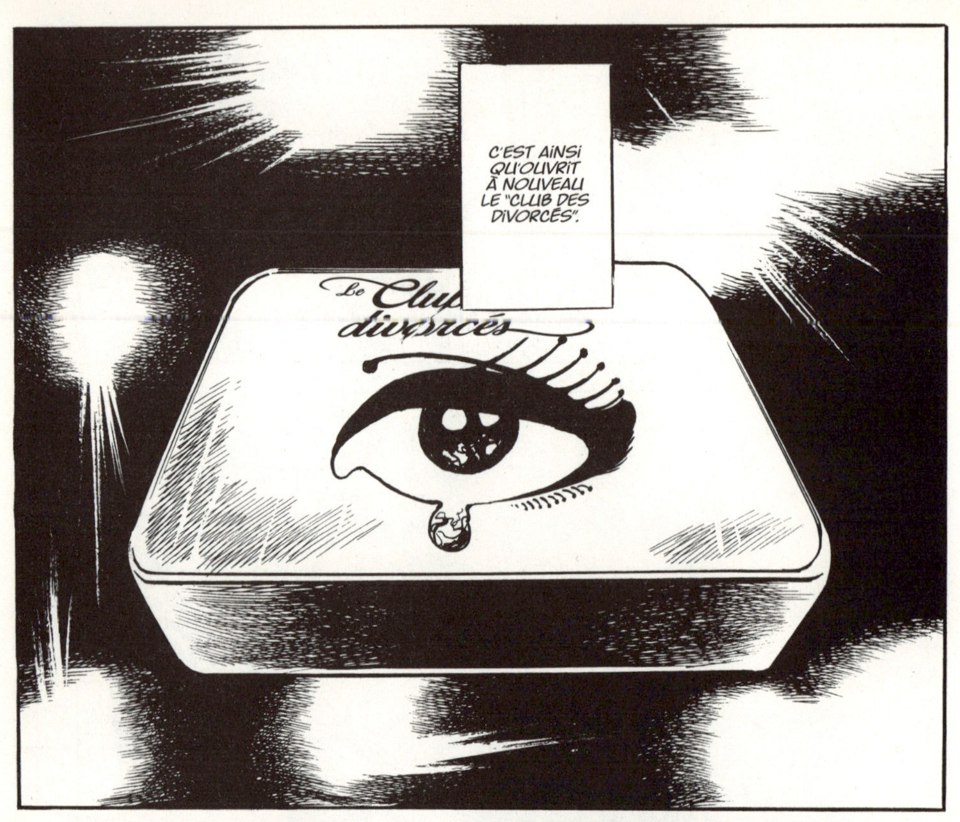
C'EST AINSI QU'OUVRIT À NOUVEAU LE "CLUB DES DIVORCÉS".

Le Club des divorcés
?
C'EST LÀ ?

KHMM ! KHMM !

HAN !
PAF

ALLEZ !

OH !

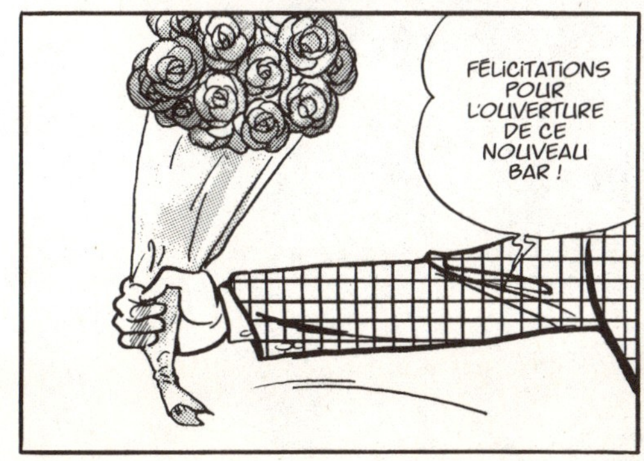
FÉLICITATIONS POUR L'OUVERTURE DE CE NOUVEAU BAR !

OH LÀ LÀ ! AVEC UN PREMIER CLIENT COMME ÇA, JE CRAINS LA SUITE...

Vol. 30 - Un monde triste

VOL. 31

HÉ ! MAIS CE NE SERAIT PAS LE PETIT KEN ? HIJIKATA, DU COMMISSARIAT DE FUKAGAWA.

J'AI ÉTÉ MUTÉ DANS LE COIN, APRÈS NOTRE AFFAIRE. JE SUIS CHARGÉ DE CE SECTEUR. TU TE SOUVIENS DE MOI ?
HEU... OUI, ÇA FAIT QUELQUE TEMPS.

ÇA DOIT BIEN FAIRE TROIS ANS, NON ?
OUI.

ALORS QUOI DE NEUF DEPUIS TROIS ANS ?

...

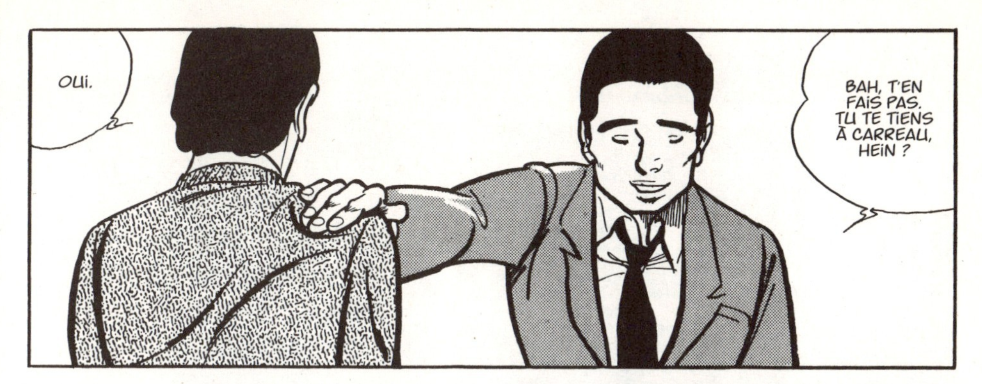
BAH, T'EN FAIS PAS. TU TE TIENS À CARREAU, HEIN ?
OUI.

BON... EXCUSEZ-MOI, HEIN. ON SE CONNAIT UN PEU, C'EST POUR ÇA.

AU FAIT, C'EST OÙ LES CHIOTTES ?

HEU... AH, LES TOILETTES ?

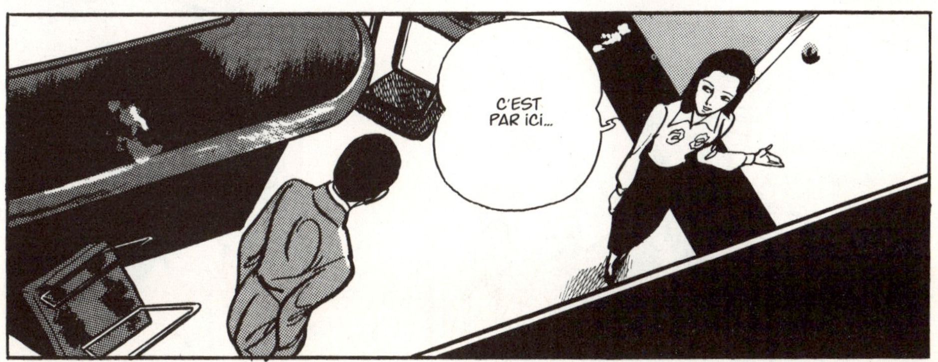
C'EST PAR ICI...

ENFIN, C'EST PAS VRAIMENT QUE JE VEUX LES UTILISER...

CLAC

AH, JE VOIS...
IL EST ENTRÉ PAR LES TOILETTES, APRÈS AVOIR CASSÉ LA FENÊTRE.

DANS L'ANGLE MORT ENTRE DEUX IMMEUBLES, C'EST L'ENDROIT PARFAIT POUR MANOEUVRER.

MAIS ON DIRAIT QU'IL N'Y A PAS LA PLACE POUR SE FAUFILER PAR LÀ, NON ?
ET POURTANT, C'EST BIEN PAR LÀ QU'IL EST ENTRÉ.

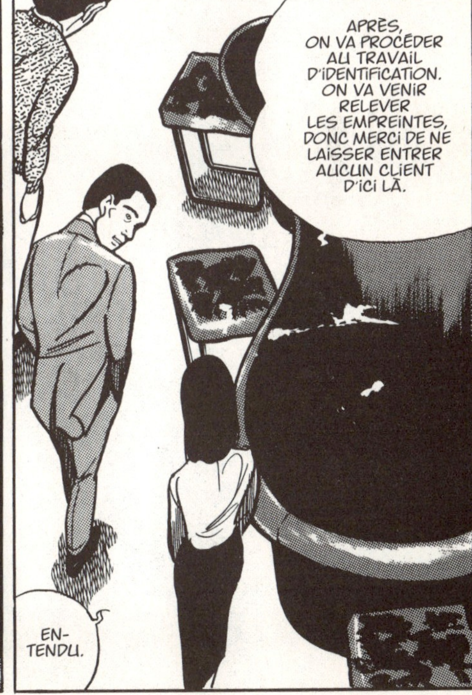
APRÈS, ON VA PROCÉDER AU TRAVAIL D'IDENTIFICATION. ON VA VENIR RELEVER LES EMPREINTES, DONC MERCI DE NE LAISSER ENTRER AUCUN CLIENT D'ICI LÀ.
EN-TENDU.

ALLEZ, KEN, À PLUS !
MERCI, AU REVOIR.
MERCI ENCORE. BONSOIR.

CLAC

PEU DE TEMPS APRÈS L'OUVERTURE, UN VOLEUR S'EST INTRODUIT DANS LE CLUB DES DIVORCÉS, ET MÊME S'IL N'Y A PAS EU DE GROS DÉGÂTS, ÇA NOUS A PAS MAL RETOURNÉS.

ET, C'EST AINSI QUE J'APPRIS DE KEN-CHAN...
Le Club des divorcés

TU LE CONNAISSAIS, CE COMMISSAIRE ?

...

MAMA, TU NE VEUX PAS M'ACCOMPAGNER CE SOIR ?
HEIN ?!

DE TOUTE FAÇON, ON NE PEUT PAS ACCUEILLIR DE CLIENTS CE SOIR...

OUI, D'ACCORD, TU AS RAISON... MAIS QU'EST-CE QUE TU AS, TOUT À COUP ?

CE SOIR-LÀ, APRÈS PLUSIEURS VÉRIFICATIONS EMBARRASSANTES DE LA PART DE LA POLICE, JE TINS COMPAGNIE À KEN-CHAN.

J'AVAIS LE COEUR LOURD APRÈS TOUS CES ÉVÉNEMENTS : LE CAMBRIOLAGE, LES RETROUVAILLES AVEC MON UNIFORME DE LYCÉENNE, TOUS CES CLIENTS QUI DÉBARQUAIENT SANS GÊNE DANS LE BAR. ALORS QUE L'OUVERTURE DU "CLUB DES DIVORCÉS" DEVAIT SONNER COMME UN NOUVEAU DÉPART, J'AVAIS LE SENTIMENT QUE L'AVENIR ÉTAIT JONCHÉ D'ENNUIS.

MAIS JE FUS UN PEU RASSURÉE DE NE PLUS REVOIR CE COMMISSAIRE HIJIKATA, QUE SEMBLAIT CONNAÎTRE KEN-CHAN, DANS LES INVESTIGATIONS QUI SUIVIRENT.

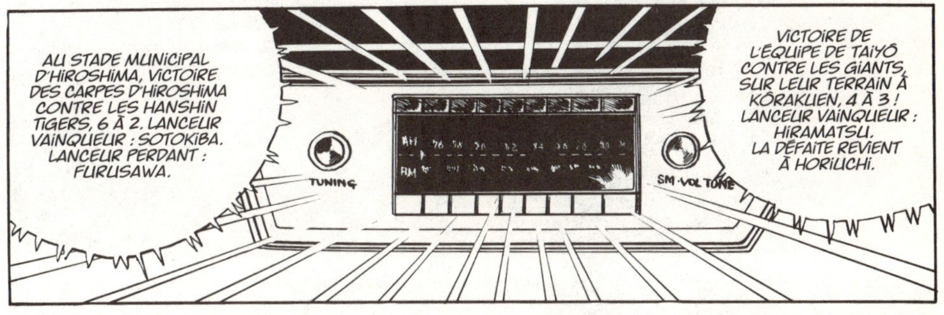
VICTOIRE DE L'ÉQUIPE DE TAIYÔ CONTRE LES GIANTS, SUR LEUR TERRAIN À KÔRAKUEN, 4 À 3 ! LANCEUR VAINQUEUR : HIRAMATSU. LA DÉFAITE REVIENT À HORIUCHI.
AU STADE MUNICIPAL D'HIROSHIMA, VICTOIRE DES CARPES D'HIROSHIMA CONTRE LES HANSHIN TIGERS, 6 À 2. LANCEUR VAINQUEUR : SOTOKIBA. LANCEUR PERDANT : FURUSAWA.
TUNING
SM·VOL TONE

TSSK ! ILS ONT ENCORE PERDU !
OH ! VOUS ÊTES UN FAN DES TIGERS ?

OUI, DEPUIS TOUT PETIT...
HÉ ! MOI AUSSI, JE SUIS UN GRAND FAN ! VOUS CONNAISSEZ LE N° 10, FUJIMURA ?

OUI, DE NOM SEULEMENT... MAIS J'AI COMMENCÉ À M'Y INTÉRESSER DES ANNÉES PLUS TARD.

J'IMAGINE... MAIS CETTE ANNÉE, J'AI L'IMPRESSION QU'ILS PEUVENT Y ARRIVER !

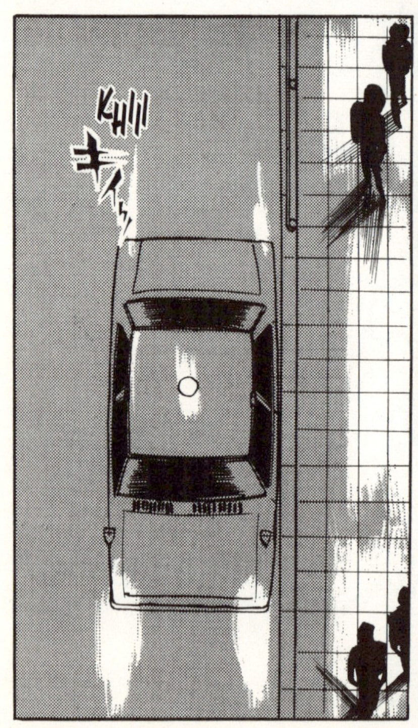
KHIII

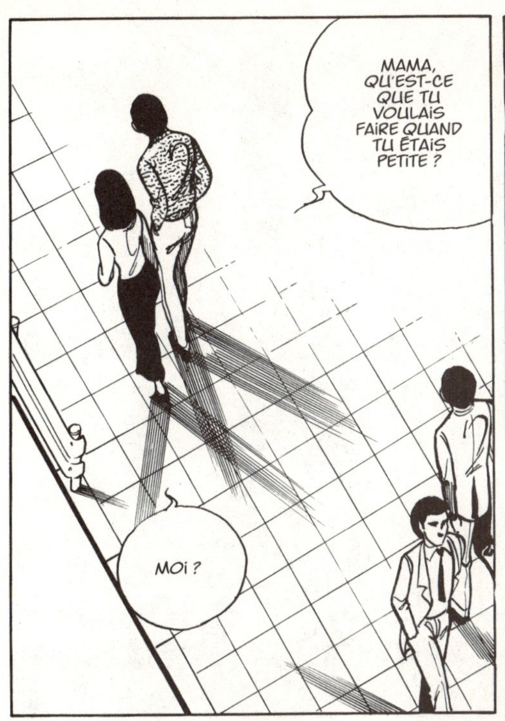
MAMA, QU'EST-CE QUE TU VOULAIS FAIRE QUAND TU ÉTAIS PETITE ?
MOI ?

ET AU LYCÉE ?
AU LYCÉE ?

HMM... JE CROIS QUE JE VOULAIS DEVENIR DOCTEUR.
J'AVAIS UNE ATTIRANCE POUR LA BLOUSE BLANCHE. ET PUIS C'EST DEVENU INFIRMIÈRE. ÇA M'EST RESTÉ JUSQU'À LA FIN DU COLLÈGE.

C'EST L'ÉPOQUE OÙ L'ON N'A PLUS ENVIE DE DEVENIR QUELQUE CHOSE EN PARTICULIER.
...

SNACK

ET ÇA T'ANGOISSE, L'IDÉE DE NE PAS ÊTRE DEVENUE CE QUE TU AURAIS VOULU ?
UN PEU. ENFIN, CE N'EST PAS TANT ÇA QUE...

* SNACK ANA.

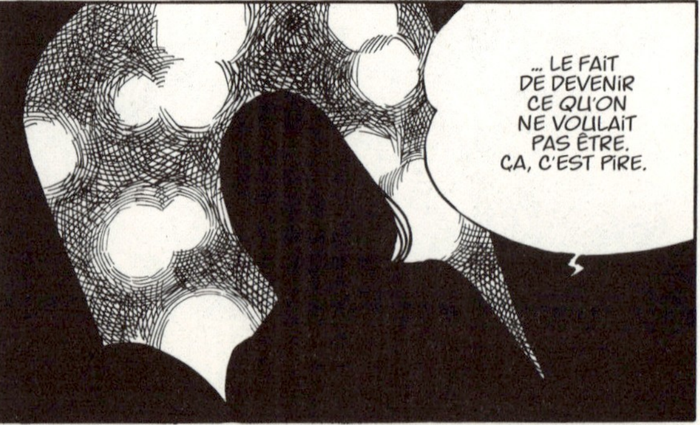
... LE FAIT DE DEVENIR CE QU'ON NE VOULAIT PAS ÊTRE. ÇA, C'EST PIRE.

...

ET TOI, KEN-CHAN ? QU'EST-CE QUE TU VOULAIS DEVENIR ?

MOI... JE VOULAIS DEVENIR JOUEUR DE BASEBALL !

JE FAISAIS PARTIE DE L'ÉQUIPE DE BASEBALL DU LYCÉE...
AH, VRAIMENT ? ET TU AS PARTICIPÉ À LA COMPÉTITION NATIONALE, AU KÔSHIEN ?

TU PARLES ! ON N'ÉTAIT PAS DE CE NIVEAU !
ON ÉTAIT UNE ÉQUIPE DE BRAS CASSÉS ! MAIS C'EST SÛR QU'ON RÊVAIT D'ALLER AU KÔSHIEN. QUAND J'Y REPENSE, ÇA ME FAIT RIGOLER !

QUAND ON EST JEUNE, ON Y CROIT À FOND. ON A BEAU ÊTRE UNE ÉQUIPE DE FOND DE CLASSEMENT, QUELQUE PART ON RÊVE TOUT DE MÊME D'ARRIVER AU KÔSHIEN, ON Y CROIT MÊME SÉRIEUSEMENT...

C'EST PRESQUE RISIBLE, NON ?

HMM... MAIS ÇA N'A RIEN DE DRÔLE. JE CROIS QUE JE COMPRENDS CE SENTIMENT.

DU COUP, ON S'Y CONSACRAIT À FOND, POUR ARRIVER AU KÔSHIEN... ALORS QU'ON N'ÉTAIT MÊME PAS CAPABLES DE PASSER LES SÉLECTIONS RÉGIONALES. MAIS ON AVAIT VRAIMENT L'INTENTION D'Y ARRIVER. ON CROYAIT QU'ON Y ARRIVERAIT... ET ON S'ENTRAÎNAIT COMME DES FOUS POUR ÇA.
JE PENSE QUE LA MAJORITÉ DES LYCÉENS DOIVENT ÊTRE COMME ÇA, DANS LES CLUBS DE BASEBALL...

OUI, C'EST SÛR. ENSUITE, ILS SE SOUVIENNENT DU BASEBALL TOUTE LEUR VIE. ET EN CE MOMENT, QUELQUE PART, D'AUTRES DOIVENT CONTINUER À FAIRE DU BASEBALL.

...

MAMA... TU SAIS, C'EST LA PREMIÈRE FOIS QUE JE PARLE DE MON PASSÉ COMME ÇA...

EN SORTANT DU LYCÉE, J'AI COMMENCÉ À TRAVAILLER DANS UNE USINE DANS LE QUARTIER DE SUMIDA... "KAWAI BOTTLE", C'ÉTAIT UNE USINE OÙ L'ON FABRIQUAIT DES VIS.

LE PATRON ÉTAIT UN FOU DE BASEBALL, ET IL AVAIT CONSTITUÉ UNE ÉQUIPE DANS LAQUELLE IL FAISAIT JOUER SES EMPLOYÉS. ET BIEN SÛR, JE FIS RAPIDEMENT PARTIE DE L'ÉQUIPE.

LA PLUPART ÉTAIENT DES AMATEURS, DONC JE ME SUIS VITE FAIT REMARQUER, COMME J'AVAIS FAIT PARTIE DE L'ÉQUIPE DU LYCÉE...

J'ÉTAIS UN PEU LA STAR DU QUARTIER, À L'ÉPOQUE...

TU ÉTAIS LANCEUR, 4e BATTEUR ?
OUI, QUELQUE CHOSE COMME ÇA.

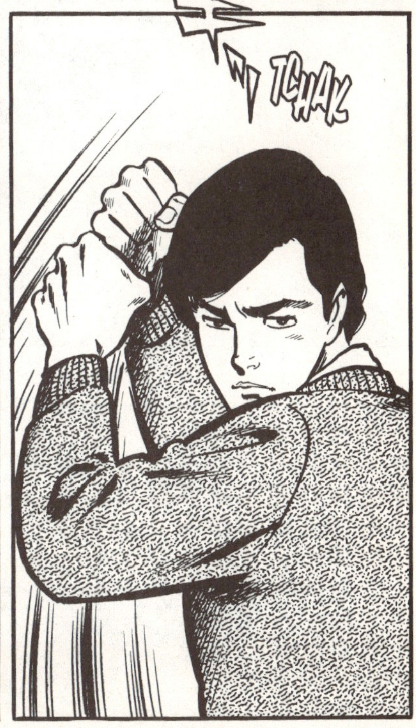
TCHAK

MAIS UN SOIR, JE ME SUIS DISPUTÉ AVEC LE PATRON, ET...

ET LE COMMISSAIRE CHARGÉ DE L'AFFAIRE À L'ÉPOQUE, C'ÉTAIT CE HIJIKATA. C'EST LUI AUSSI QUI M'A PERMIS DE TROUVER UN COMPROMIS AVEC LE PATRON, QUE J'AVAIS SALEMENT AMOCHÉ.

LUI AUSSI, IL AIMAIT LE BASEBALL.
AH... JE VOIS.

DIS, KEN-CHAN, TU NE VEUX PAS ME MONTRER TON SWING ENCORE UNE FOIS ? C'ÉTAIT CLASSE !

HEIN ?
ALLEZ, S'IL TE PLAIT !

SUPER, KEN-CHAN !
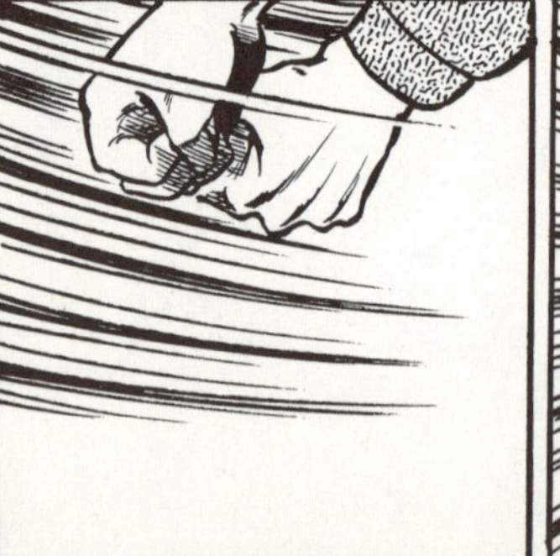
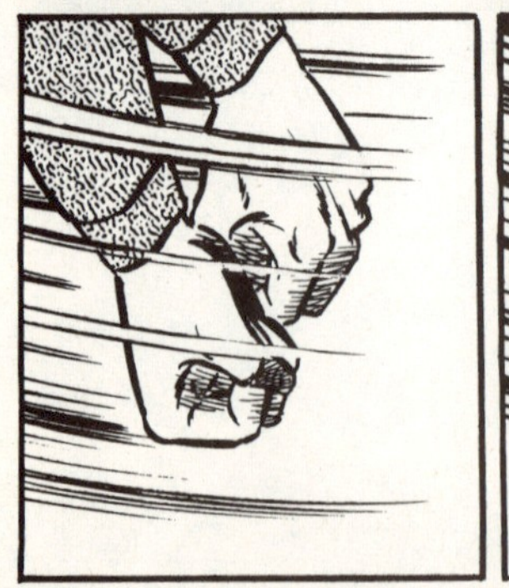

OUAH
OUAH
OUAH
OUAH

KLIING
OUAH
OUAH
OUAH
OUAH

CE SOIR-LÀ, NOUS REGARDIONS LA BALLE BLANCHE IMAGINAIRE, QU'AVAIT FRAPPÉE KEN-CHAN, S'ÉLEVER HAUT DANS LE CIEL ÉTOILÉ DE SHINJUKU.
Vol. 31 - Home run du soir

VOL. 32
CLUB
Club des divorcés
紳士の談話室
サンボア
ニコー
サンモリ

LA PLUPART DES CLIENTS DE LA NUIT DE GINZA SONT DES PARASITES DE LA SOCIÉTÉ. SI ON CONSIDÈRE QU'ILS REPRÉSENTENT 50 % DE LA CLIENTÈLE, LE RESTE EST COMPOSÉ DE GENS QUI TRAVAILLENT OU QUI ONT RÉUSSI DANS LES AFFAIRES. ON PEUT CONSIDÉRER QUE LES RICHES REPRÉSENTENT 20 % DE LA CLIENTÈLE.

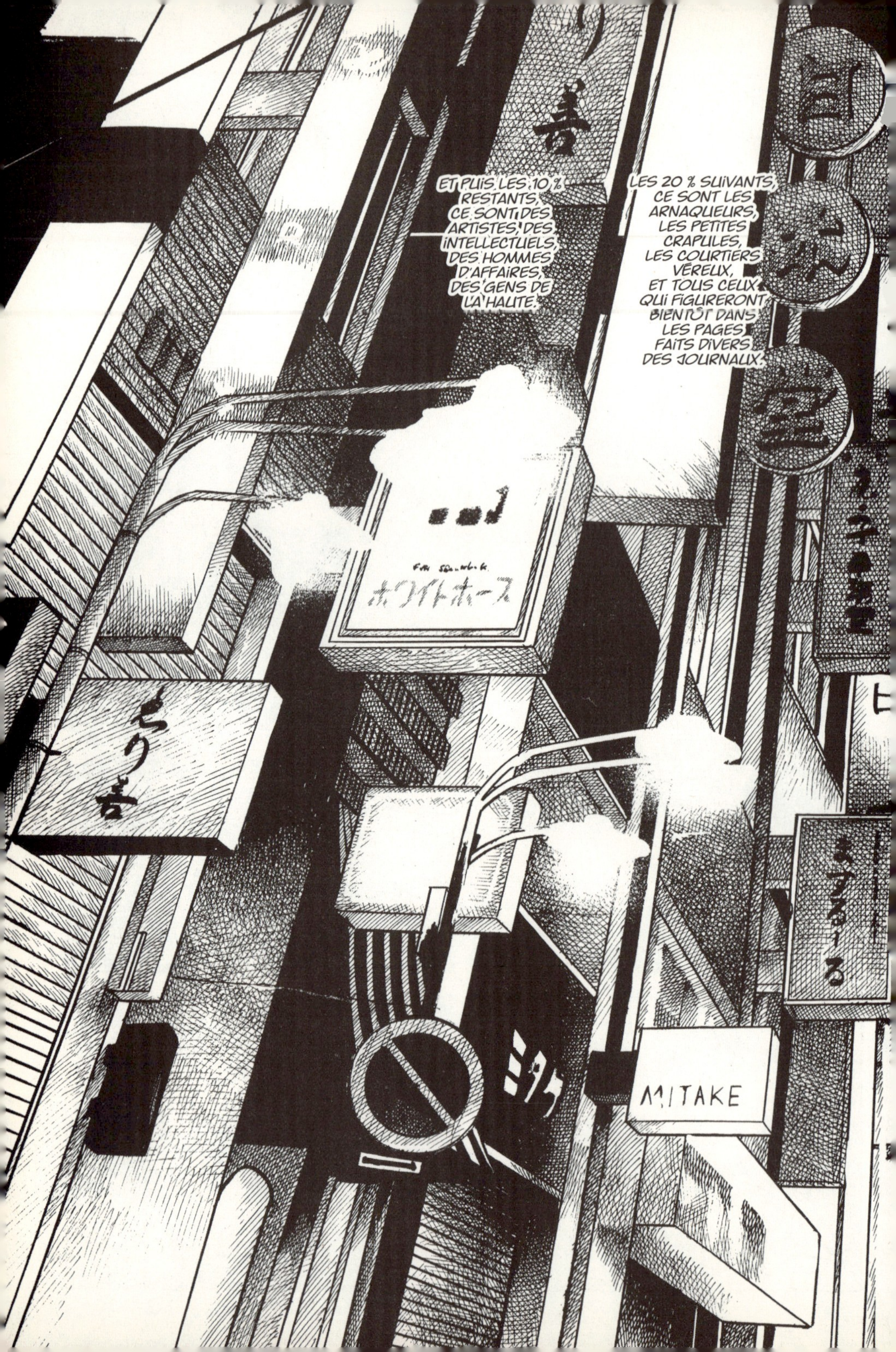
LES 20 % SUIVANTS, CE SONT LES ARNAQUEURS, LES PETITES CRAPULES, LES COURTIERS VÉREUX, ET TOUS CEUX QUI FIGURERONT BIENTÔT DANS LES PAGES FAITS DIVERS DES JOURNAUX.
ET PUIS LES 10 % RESTANTS, CE SONT DES ARTISTES, DES INTELLECTUELS, DES HOMMES D'AFFAIRES, DES GENS DE LA HAUTE.
ホワイトホース
MITAKE

GINZA...

COMME C'EST LUMINEUX !

C'EST GINZA...

OÙ EST LA VOITURE ?

TOI...
HEIN ?

* KITA-KAMAKURA : ZONE RÉSIDENTIELLE TRÈS HUPPÉE AU SUD DE TOKYO.

VRROOM

HMM ! AH, JE VOIS LE GENRE !
OUAH ! C'EST VRAIMENT PAS LE MÊME MONDE... GINZA !

CLAC ! "À KITA-KAMAKURA !"
"VRROOM..."
JE VOIS...

HMM ?

LE CLUB DES DIVORCÉS... ÇA A L'AIR PAS MAL !
Le Club des divorcés

BONSOIR !

BONSOIR !

C'EST POUR ÇA QUE JE TE DIS QUE LE FAIT DE SAVOIR SI LE GEKIGA S'EST FINALEMENT CONSTITUÉ COMME UN MÉDIA À PART N'EST PAS LE PROBLÈME.
JE PENSE QU'IL EST PLUS IMPORTANT D'ESSAYER DE CAPTIVER LE GRAND PUBLIC PLUTÔT QUE DE SE POSER CE GENRE DE QUESTION.

SI ON DIT QUE LE GEKIGA EST DEVENU ENNUYEUX...
ENFIN, C'EST VRAI QUE LA SITUATION N'EST PAS TRÈS RELUISANTE... MAIS C'EST JUSTEMENT POUR ÇA QU'IL FAUT RÉPONDRE AUX ATTENTES DU PUBLIC...

VOILÀ.
AH, MERCI.

ET TU VEUX QUE JE TE DISE CE QU'IL FAUT ? EH BIEN, JE VAIS TE LE DIRE...

PAF

EH BIEN, MOI, JE PENSE QU'IL FAUT FAIRE QUELQUE CHOSE POUR ÇA...

* LE GEKIGA EST UN STYLE DE MANGA POUR ADULTES. IL DÉSIGNE LES ŒUVRES PUBLIÉES DANS LES ANNÉES 1960, 1970 QUI ABORDENT DES SUJETS GRAVES, HISTORIQUES OU SOCIOLOGIQUES.

AU FAIT, QU'EST-CE QUE JE VOUS SERS ?
HEU... EH BIEN...

LE SAKÉ LE PLUS CHER QUE VOUS AVEZ !

?

HMM... POUR L'ARGENT, NE VOUS INQUIÉTEZ PAS...

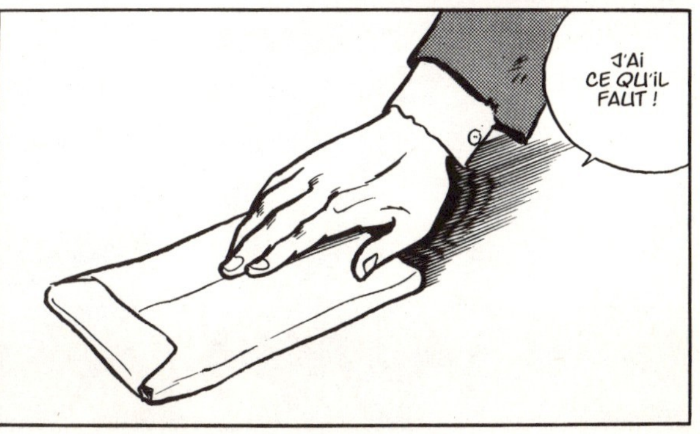
J'AI CE QU'IL FAUT !

?!

C'EST QUE... EH BIEN... J'AI... COMMENT DIRE, À PARTIR D'AUJOURD'HUI...

J'AI PRIS MA RETRAITE AUJOURD'HUI !

HÉ, REGARDEZ, C'EST ÉCRIT LÀ-DESSUS, VOUS VOYEZ ?
"PRIME DE RETRAITE... DIRECTEUR DÉLÉGUÉ, HEIGORÔ OZEKI"...

HEIGORÔ OZEKI, C'EST MON NOM... J'AI TRAVAILLÉ QUARANTE ANS POUR CETTE SOCIÉTÉ.
ET AUJOURD'HUI, C'EST MON JOUR DE DÉPART À LA RETRAITE.

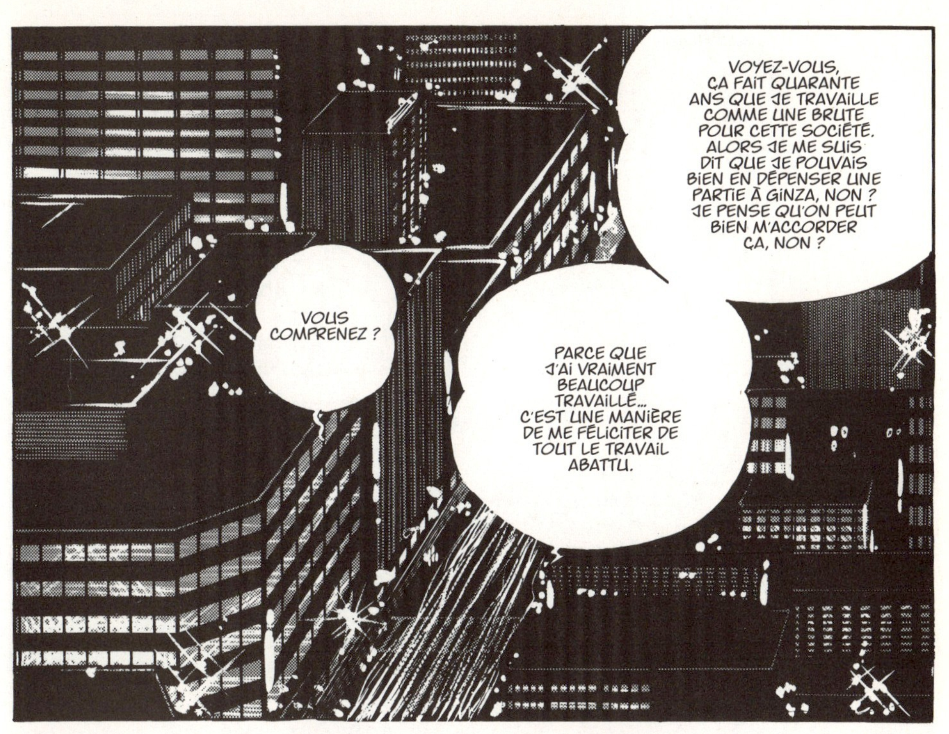
VOYEZ-VOUS, ÇA FAIT QUARANTE ANS QUE JE TRAVAILLE COMME UNE BRUTE POUR CETTE SOCIÉTÉ. ALORS JE ME SUIS DIT QUE JE POUVAIS BIEN EN DÉPENSER UNE PARTIE À GINZA, NON ? JE PENSE QU'ON PEUT BIEN M'ACCORDER ÇA, NON ?
PARCE QUE J'AI VRAIMENT BEAUCOUP TRAVAILLÉ... C'EST UNE MANIÈRE DE ME FÉLICITER DE TOUT LE TRAVAIL ABATTU.
VOUS COMPRENEZ ?

MAIS... VOUS ÊTES SÛR ? CET ARGENT EST PRÉCIEUX, NON ?
VOUS N'AVEZ PAS BESOIN DE CONSULTER VOTRE FEMME ?
MA FEMME ?
MAIS NON, PAS BESOIN !

PAS BESOIN ! C'EST MOI QUI AI TRAVAILLÉ, CE N'EST PAS ELLE !

HÉ ! LE SAKÉ LE PLUS CHER, HEIN ?

iNCROYABLE ! TU VOIS, C'EST ÇA LE GRAND PUBLiC !
LE TYPE QUi SE MOUCHE DANS SA SERViETTE ET QUi MET SUR LA TABLE DU BAR TOUTE SA PRIME DE RETRAITE, ÇA C'EST LE GRAND PUBLiC !

VOiLÀ.

OH ! C'EST ÇA LE SAKÉ LE PLUS CHER ?

CE N'EST PAS SEULEMENT LE SAKÉ LE PLUS CHER DE CE BAR, MAiS AUSSi DE TOUT GiNZA !
C'EST LE SAKÉ LE PLUS CHER DE TOUT LE JAPON. PROFiTEZ-EN BiEN, ET FÉLiCiTATiONS POUR VOTRE RETRAiTE.

MONSIEUR ! NOUS AUSSI, ON VOUDRAIT BIEN TRINQUER À VOTRE RETRAITE. TRINQUONS À VOS QUARANTE ANNÉES DE SERVICE !
AAH ! HA ! HA ! HA ! JE VOIS !

CLING
O.K., C'EST PARTI !

OH OUI ! ON VA TRINQUER AVEC VOUS, NOUS AUSSI !

AH ! QU'EST-CE QUE JE SUIS HEUREUX ! ÊTRE FÊTÉ COMME ÇA PAR DES GENS QUE JE NE CONNAISSAIS PAS IL Y A ENCORE UNE HEURE... J'AI VRAIMENT BIEN FAIT DE VENIR À GINZA !
VOUS L'AVEZ BIEN MÉRITÉ !
ALLEZ, VIEUX... FÉLICITATIONS, BEAU BOULOT !

KANPAI !

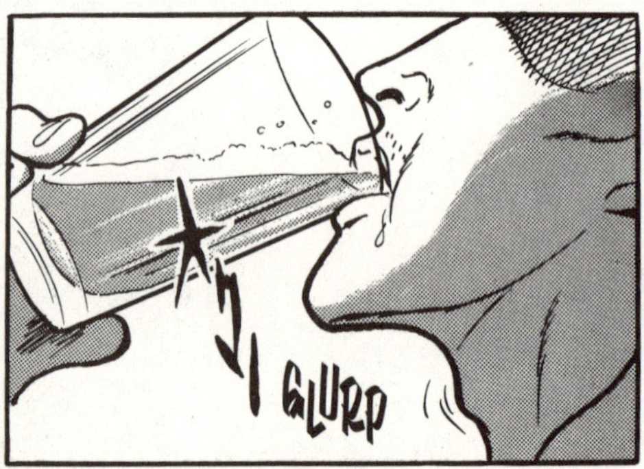
GLURP

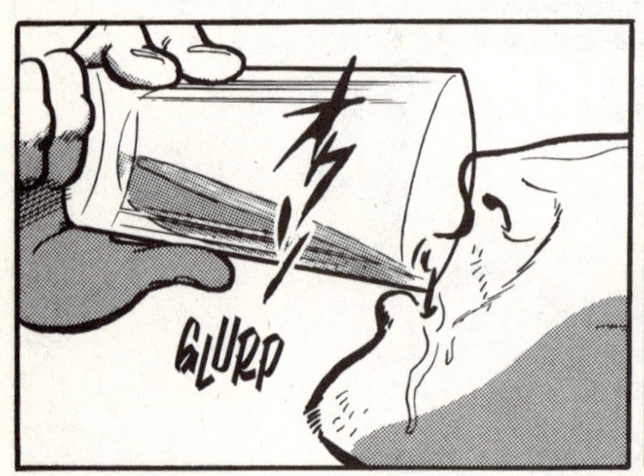
GLURP

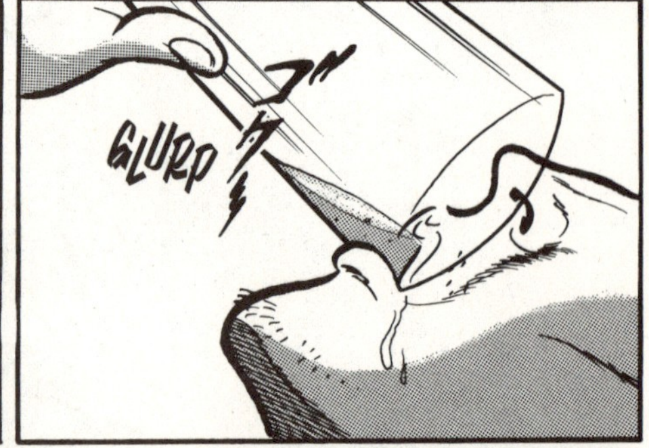
GLURP

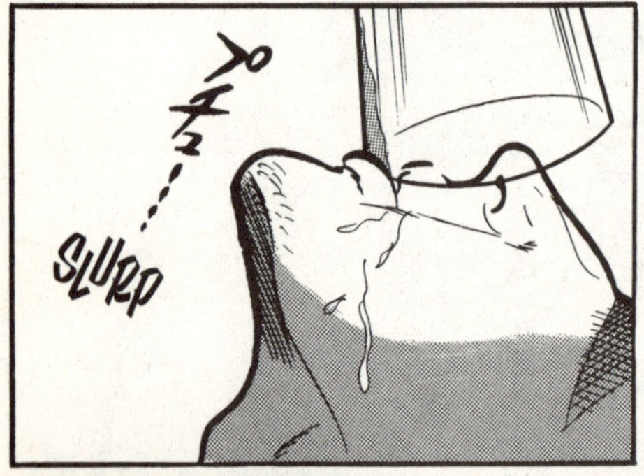
SLURP

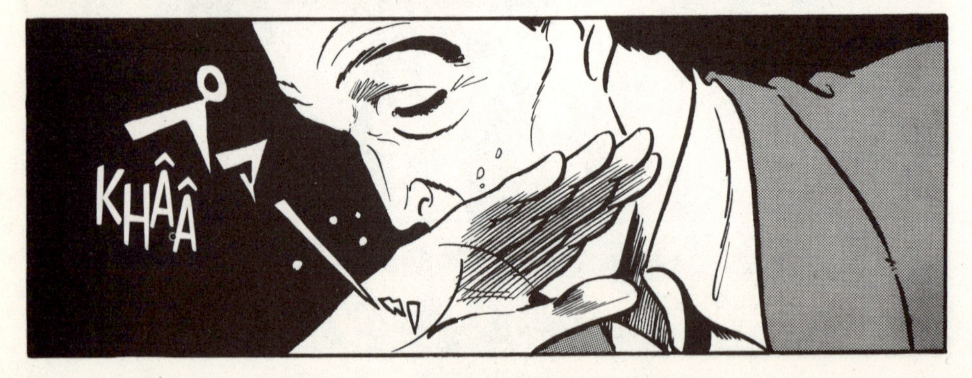
KHÂÂ

AH ! QU'EST-CE QUE C'EST BON !

VOUS SAVEZ, J'AI TOUJOURS VOULU VENIR BOIRE À GINZA.

ÊTRE DIRECTEUR DÉLÉGUÉ D'UNE SOCIÉTÉ DE CONSTRUCTION EN BOIS, C'ÉTAIT PAS VRAIMENT LE POSTE DONT JE RÊVAIS, J'EN AVAIS FAIT LE TOUR...
MAIS, GRÂCE À ÇA ET À CETTE PRIME, J'AI PU ME PAYER UNE SOIRÉE DANS UN BAR DE PREMIER PLAN À GINZA !
VRAIMENT...

HEU, EXCUSEZ-MOI, MAIS ON EST BIEN DANS UN BAR DE PREMIER PLAN, HEIN ?
MÊME À GINZA, C'EST UN BAR DE PREMIÈRE CLASSE, NON ?
HEIN ? N'EST-CE PAS ?...

* KITA-SENJU : QUARTIER POPULAIRE ET ASSEZ PAUVRE AU NORD-EST DE TOKYO.

JE SUIS RENTRÉ !

OH ? SHIZUKO ?
BAH, ELLE EST PARTIE LA PREMIÈRE ? ALORS QU'ON S'ÉTAIT PROMIS DE MOURIR TOUS ENSEMBLE...

MON CHÉRI...
TE REVOILÀ...
ALORS, COMMENT C'ÉTAIT, GINZA ?

HMM, C'ÉTAIT TRÈS SYMPATHIQUE ! J'AI BU LE PLUS CHER DES SAKÉS DANS L'UN DES MEILLEURS BARS DU QUARTIER.
AH, TRÈS BIEN ! TOI QUI RÊVAIS TANT D'ALLER AU MOINS UNE FOIS À GINZA.

ET VOUS ? VOUS AVEZ BIEN MANGÉ ?
OUi, ON S'EST RÉGALÉES AVEC SHiZUKO...
AH, EH BiEN TANT MiEUX...
LA PAUVRE... ALORS QUE LA DATE DE SON MARiAGE APPROCHAiT.

PARDONNE-MOi. APRÈS QUARANTE ANS AU SERViCE DE CETTE SOCiÉTÉ, JUSTE AU MOMENT OÙ JE PASSAiS DiRECTEUR DÉLÉGUÉ, LA BOÎTE FAiT FAiLLiTE. JE NE VOYAiS PAS QUOi FAiRE D'AUTRE.
PARDONNE-MOi, SHiZUKO.

OUi...

BON, CHÉRiE, ON VA PAS TARDER, NOUS NON PLUS.

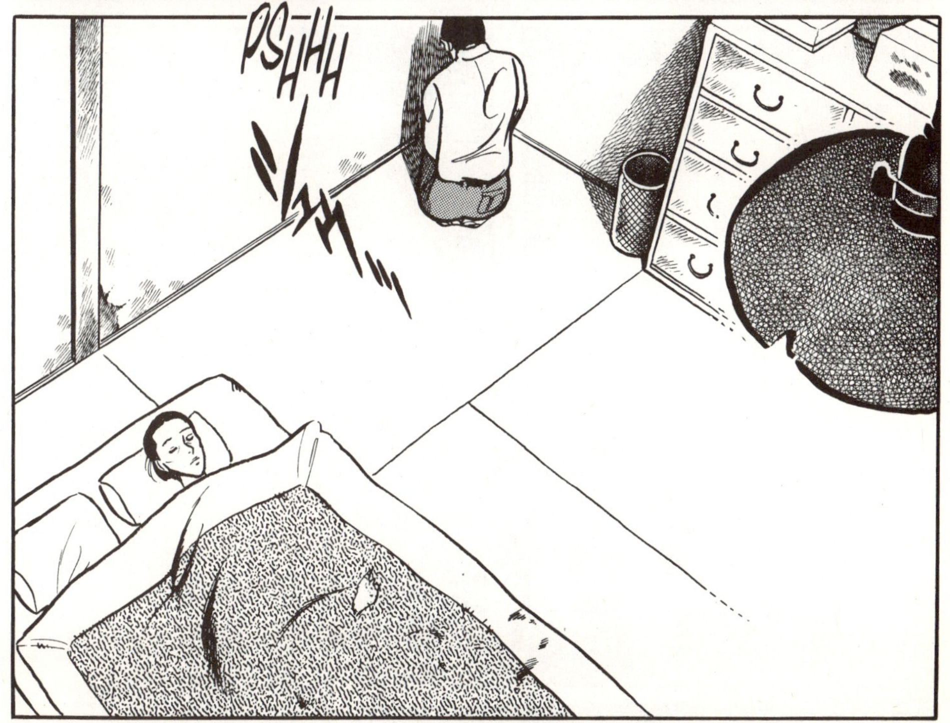
PSHHHH

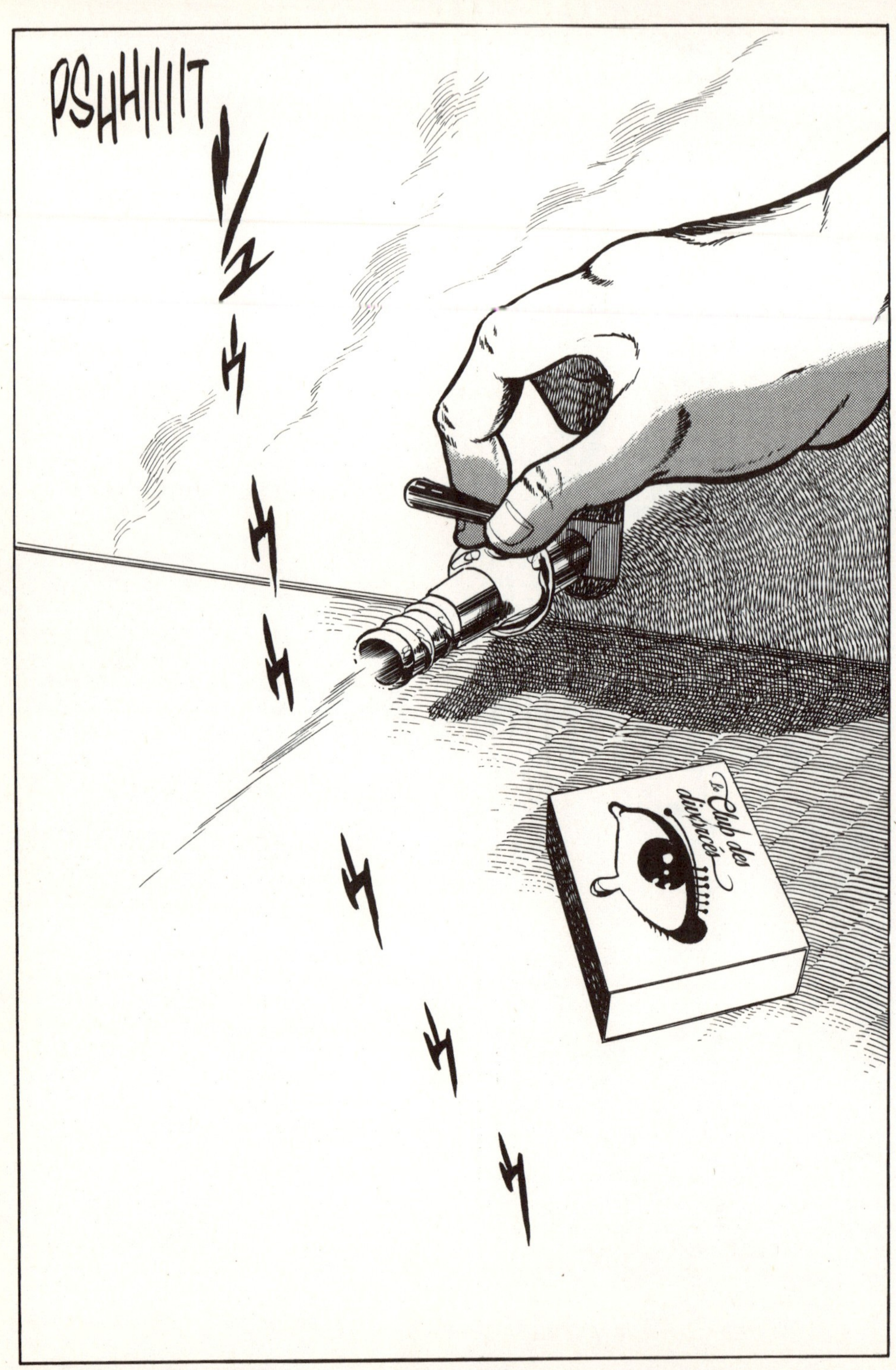
PSHHIIIIT
Le Club des divorcés

VOL. 33

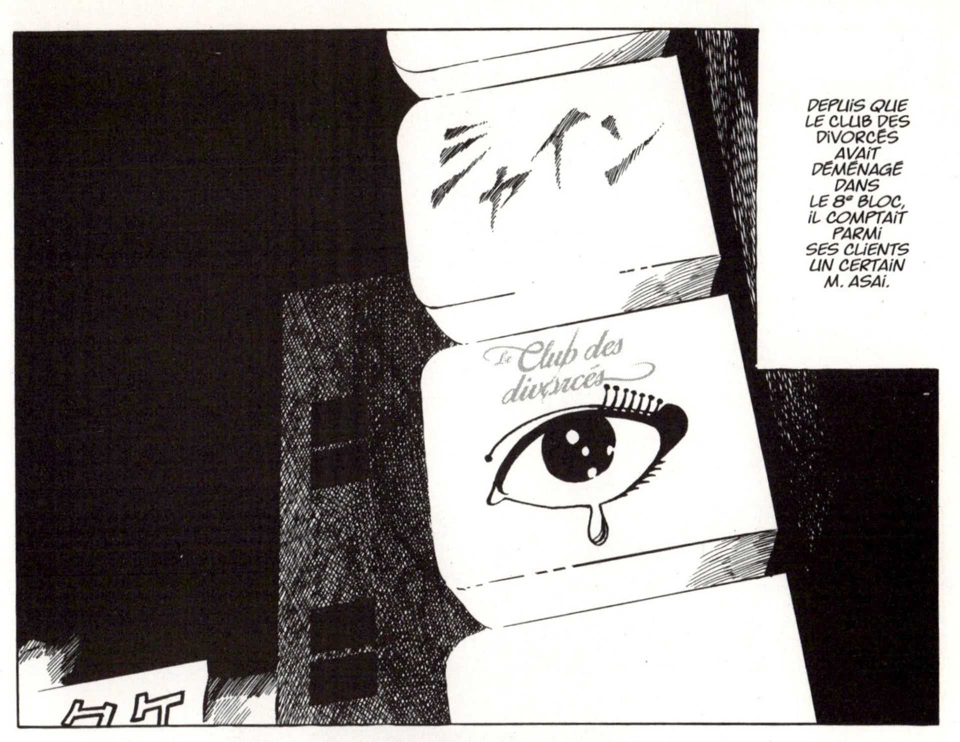
DEPUIS QUE LE CLUB DES DIVORCÉS AVAIT DÉMÉNAGÉ DANS LE 8e BLOC, IL COMPTAIT PARMI SES CLIENTS UN CERTAIN M. ASAI.
シャイン
Le Club des divorcés

M. ASAI ÉTAIT UN PERSONNAGE ÉTRANGE, CRITIQUE LITTÉRAIRE PAS SPÉCIALEMENT CONNU DONT LA SPÉCIALITÉ ÉTAIT LA LITTÉRATURE FRANÇAISE. IL ÉTAIT PASSIONNÉ DE MATHÉMATIQUES ET DE PHYSIQUE.

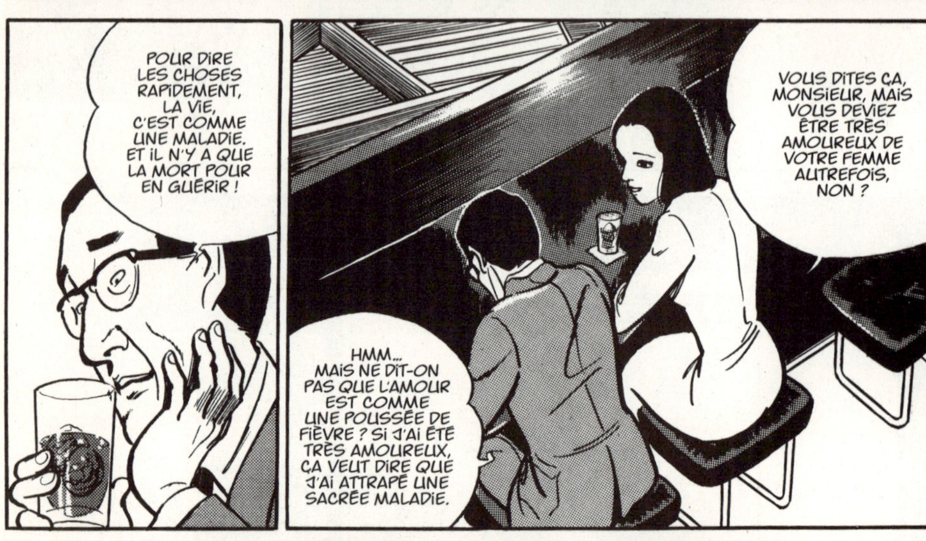

* MORI NO ISHIMATSU : *PERSONNAGE HISTORICO-FOLKLORIQUE, SORTE DE ROBIN DES BOIS JAPONAIS.*

VOUS NE VOULEZ PAS MOURIR AVEC MOI ?

EN VOUS ÉCOUTANT, ON DIRAIT QU'IL NE RESTE PLUS QU'À MOURIR, NON ?
C'EST VRAI...

EH BIEN !

C'EST UNE ÉTRANGÈRE ?
OUI.
TOILET

PEUT-ÊTRE QU'ELLE COMPREND LE FRANÇAIS ! LA PAUVRE, ELLE EST TOUTE SEULE DEPUIS TOUT À L'HEURE.
ENFIN, JE DIS ÇA, JE NE LUI AI MÊME PAS PARLÉ...

MAIS AU FAIT ! VOUS DEVEZ PARLER ANGLAIS, NON ?

HEU... NON, JE SUIS NUL. J'AI APPRIS LE FRANÇAIS, EN FAIT...

OUI, ENFIN, ÇA FAIT VINGT ANS QUE JE N'AI PAS PARLÉ FRANÇAIS...
CE N'EST PAS GRAVE, CE N'EST PAS COMME SI C'ÉTAIT UN GÂTEAU PÉRIMÉ DEPUIS VINGT ANS...

BEN, OUI MAIS...

BON... BONSOIR !
?

* L'ACCENT D'OSAKA EST TRÈS MARQUÉ, AU POINT QU'UNE LANGUE ÉTRANGÈRE MAL MAITRISÉE PUISSE PASSER POUR CE FORT ACCENT.

TU AS UNE TRÈS BELLE VOIX. TU NE VEUX PAS DEVENIR CHANTEUR ?
VRAIMENT ? PARCE QUE, VU VOTRE FRANÇAIS, JE NE SAIS PAS SI JE PEUX ME FIER À VOTRE JUGEMENT...

JE VOUS ASSURE ! HEIN, TU ES CHANTEUSE, HEIN ?

JE T'ASSURE ! ELLE CHANTE AUSSI, M'A-T-ELLE DIT...
VRAIMENT ?!
"I AM A SINGER", ÇA VEUT DIRE : "JE SUIS CHANTEUSE."

HEU... JE PEUX VOUS POSER UNE QUESTION ?

?
OUI, QU'EST-CE QU'IL Y A ?
JE SUIS VRAIMENT UNE CHANTEUSE. MAIS LE POSTER QUI PRÉSENTE MON RÉCITAL EST UN PEU BIZARRE.

UN RÉCITAL ?! VOUS FAITES UN RÉCITAL, ICI AU JAPON ?!

YES ! MON PROMOTEUR M'A PROMIS QU'IL ME FERAIT CHANTER SI JE VENAIS AU JAPON.

EH BIEN, MONTRE-NOUS CE POSTER ALORS !

O.K. !

OH !
?

QU'EST-CE QU'IL Y A ?

EH BIEN, REGARDEZ !

!

ストリップ
STRIP

LIEU : KAGURAZAKA - SAMBA MUSIC

UNE STRIP-TEASEUSE ÉTRANGÈRE DÉBARQUE AU JAPON !!

UN SHOW SM FANTASTIQUE PAR UNE BLONDE AMÉRICAINE !

UN CORPS MERVEILLEUX QUI ONDULE !

DES CUISSES GÉNÉREUSES QUI S'OUVRENT RIEN QUE POUR VOTRE PLAISIR !

QU'EST-CE QUE ÇA VEUT DIRE, ÇA ?
HEU... EH BIEN...

ÇA... ÇA, ÇA VEUT DIRE... C'EST PEUT-ÊTRE TON NOM.

OH ! MY NAME !
MY NAME IS BARBARA RICHMOND... C'EST VRAIMENT ÉCRIT LÀ ?
HEU, OUI... C'EST ÉCRIT LÀ.
HEU... VOUS ÊTES SÛR QUE C'EST UNE BONNE IDÉE DE LUI DIRE ÇA ?

MAIS QUE VEUX-TU QUE JE FASSE ? JE NE PEUX PAS LUI DIRE QU'IL S'AGIT D'UN STRIP-TEASE !

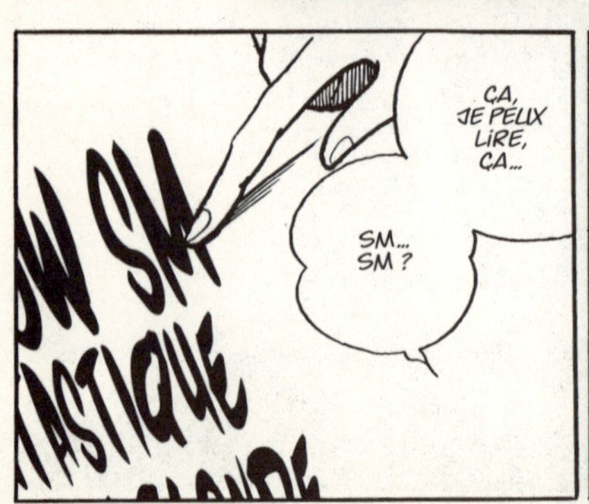
ÇA, JE PEUX LIRE, ÇA...
SM... SM ?

Club des

QU'EST-CE QU'IL A L'INTENTION DE FAIRE ?
BAH... JE CROIS QU'IL VA L'EMMENER BOIRE AILLEURS POUR LUI EXPLIQUER LA VÉRITÉ...

LA PAUVRE, ELLE S'EST FAIT ARNAQUER PAR UN SALAUD...

ÇA DOIT PAS ÊTRE FACILE.

ON NE SAIT PAS CE QUE FIT M. ASAI CE SOIR-LÀ...

TU VEUX ALLER QUELQUE PART ?
N'IMPORTE...

RRRR
ALLÔ ?
AH ! M. ASAI ! COMMENT ÇA S'EST PASSÉ, AVEC CETTE ÉTRANGÈRE ?

HMM... ON EST ENCORE ENSEMBLE EN FAIT... C'EST DIFFICILE DE TOUT LUI EXPLIQUER, ET PUIS IL EST TARD...
HMM...

EN FAIT, JE L'AI EMMENÉE À LA PLAGE, C'EST UN PAYSAGE MAGNIFIQUE, JE VOULAIS LUI MONTRER LE LEVER DU SOLEIL.
JE ME DISAIS QUE C'ÉTAIT SANS DOUTE LE SEUL MOYEN, CETTE FOIS-CI...

HI ! HI ! VOUS AVEZ PRIS CETTE MISSION À CŒUR ! IL FAUT DIRE, VOUS ÊTES DANS LA FLEUR DE L'ÂGE...
LA FLEUR DE L'ÂGE ? OUI, LA FLEUR DE L'ÂGE...

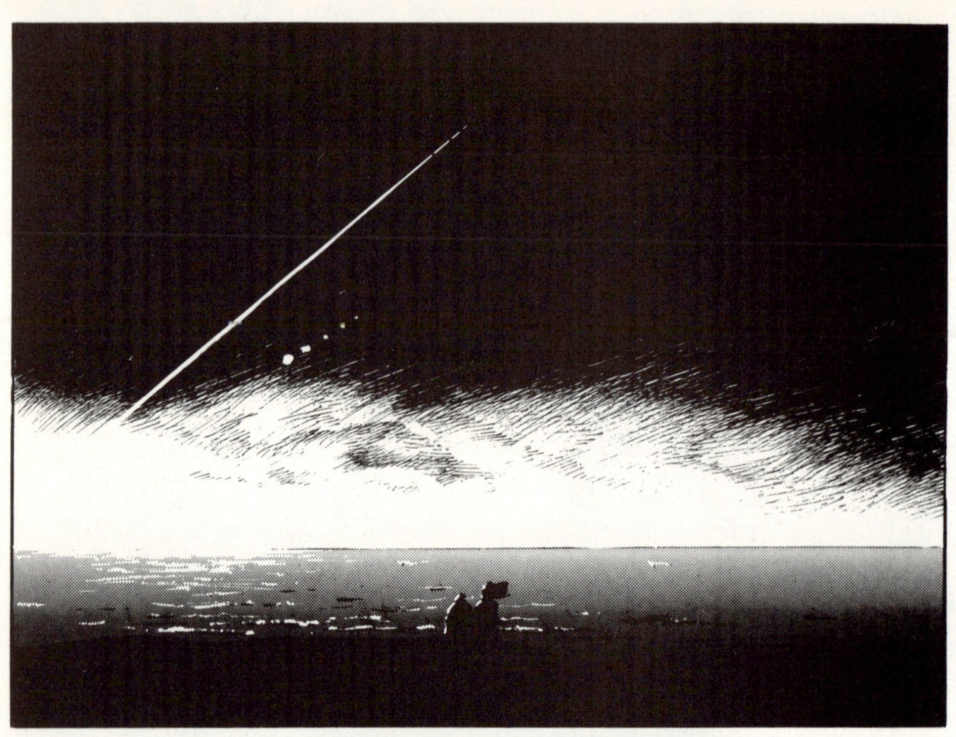

ÇA VA ? ÉCOUTE BIEN, DE TOUTE FAÇON C'EST EN JAPONAIS, TU NE POUVAIS PAS T'EN DOUTER. TIENS, ÉCOUTE, JE VAIS TE DIRE...

...
TU SAIS, MOI, EN FAIT, JE VOULAIS DEVENIR AUTEUR DE ROMANS.
DES ROMANS... ENFIN, DES NOUVELLES.

OUI ?
ET PUIS, BARBARA...

MAIS JE SUIS DEVENU CRITIQUE LITTÉRAIRE, ET JE ME CONTENTE DE JUGER LES ROMANS DES AUTRES.

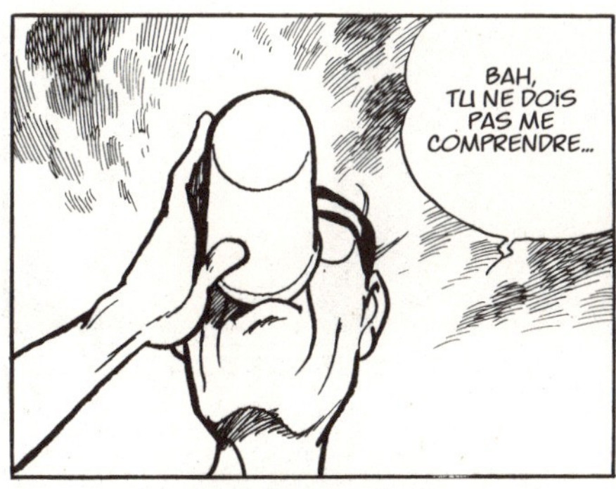
BAH, TU NE DOIS PAS ME COMPRENDRE...

TU VOULAIS DEVENIR CHANTEUSE, ET TU ES FINALEMENT DEVENUE STRIP-TEASEUSE... ON N'EST PAS SI DIFFÉRENTS, EN FIN DE COMPTE.
TU COMPRENDS ?

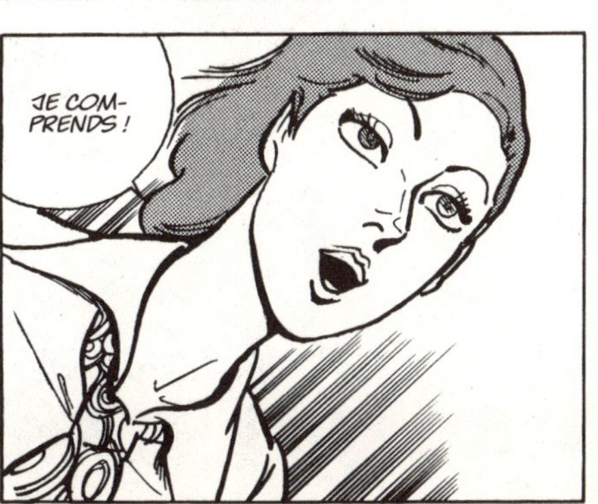
JE COMPRENDS !

TU M'AS RÉCONFORTÉE...

ASAi, JE NE COMPRENDS PAS CE QUE TU DIS.
MAiS JE COMPRENDS CE QUE TU VEUX DiRE !
TU COM-PRENDS ?

ÇA ME RÉCONFORTE DE SAVOIR QUE JE TE RÉCONFORTE.
ASAi ! JE VAiS TE FAiRE UN STRiP-TEASE RiEN QUE POUR TOi, LÀ !

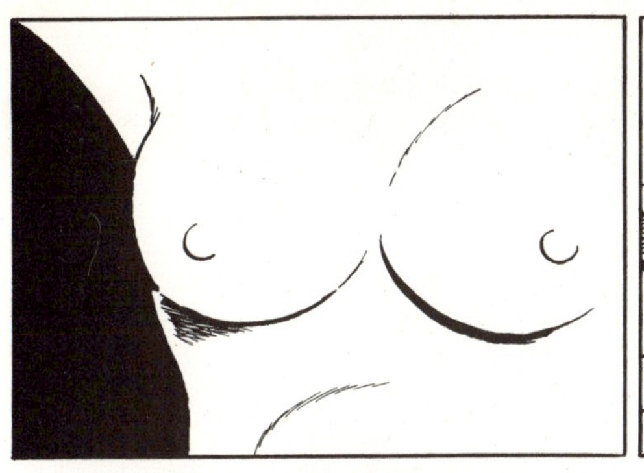

OH !
QU'EST-
CE QUE
TU FAIS ?!

NON !
PAS PLUS
LOIN !

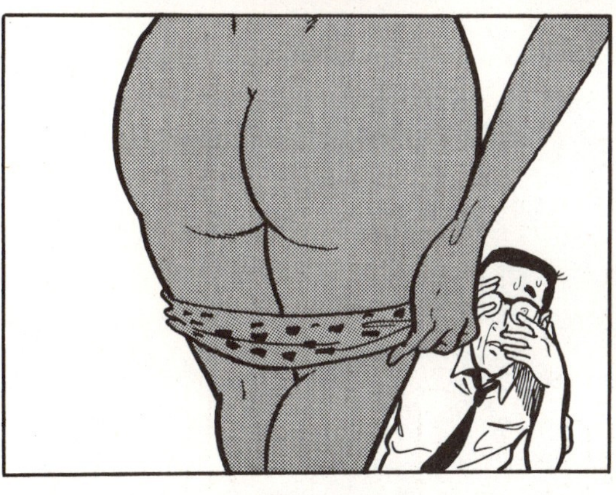

ALORS ?
TU ME
TROUVES
BELLE ?

TRÈS...
TRÈS BELLE !
BEAUTIFUL !
VERY, VERY
BEAUTIFUL !

À CE MOMENT-LÀ,
M. ASAI SE SENTIT
TOUT À COUP
CAPABLE D'ÉCRIRE
UN ROMAN : CELA
DEVAIT FAIRE VINGT
ANS QU'IL N'AVAIT
PAS RESSENTI
CELA...

KEN-
CHAN !
VOL. 34

ELLE EST OÙ, MAMA, CE SOIR ?
HEU... ELLE A DIT QU'ELLE SERAIT UN PEU EN RETARD CE SOIR... ELLE NE DEVRAIT PLUS TARDER À ARRIVER, JE PENSE.

JE L'AIME BIEN, CETTE MAMA, MOI !
TU VOIS... ELLE A, COMMENT DIRE, UN CÔTÉ CLASSE !
HEIN, KEN-CHAN !
HÉ ! HÉ ! OUI...

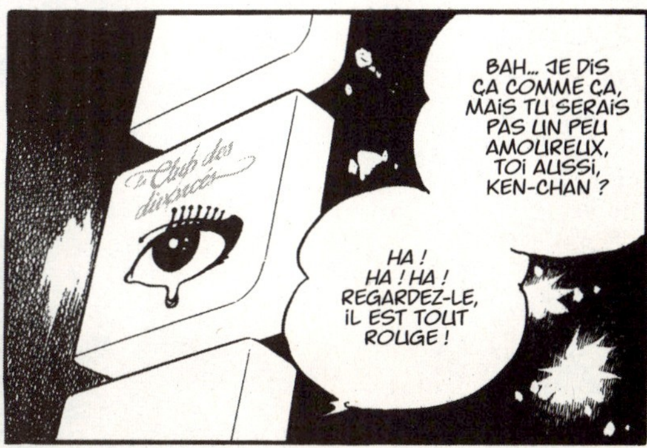
BAH... JE DIS ÇA COMME ÇA, MAIS TU SERAIS PAS UN PEU AMOUREUX, TOI AUSSI, KEN-CHAN ?
HA ! HA ! HA ! REGARDEZ-LE, IL EST TOUT ROUGE !

VOUS LISEZ EN MOI COMME DANS UN LIVRE OUVERT, MONSIEUR KAMIMURA...

C'EST QUI, LE TYPE QUI PARLE FORT ?
C'EST KAZUO KAMIMURA, L'AUTEUR DE MANGAS.
JE CONNAIS PAS. TU M'AURAIS DIT KAZUO KOIKE, LÀ, JE VOIS QUI C'EST, MAIS...

NOUS SOMMES RIVAUX, ALORS...
LAISSEZ-LA-MOI !

EH BIEN, JE VAIS REPRENDRE UN WHISKY DE LA PART DE MON RIVAL !

TOI...
OUI ?

ICI AUSSI, TU AS UN RIVAL !

JE VAIS REPRENDRE UN SCOTCH !

VOILÀ.

C'EST QUI, LUI ? CE NE SERAIT PAS LE PROTECTEUR DE MAMA ?
JE NE LE CONNAIS PAS NON PLUS...

C'EST DONC TOI, KEN-CHAN ?

...

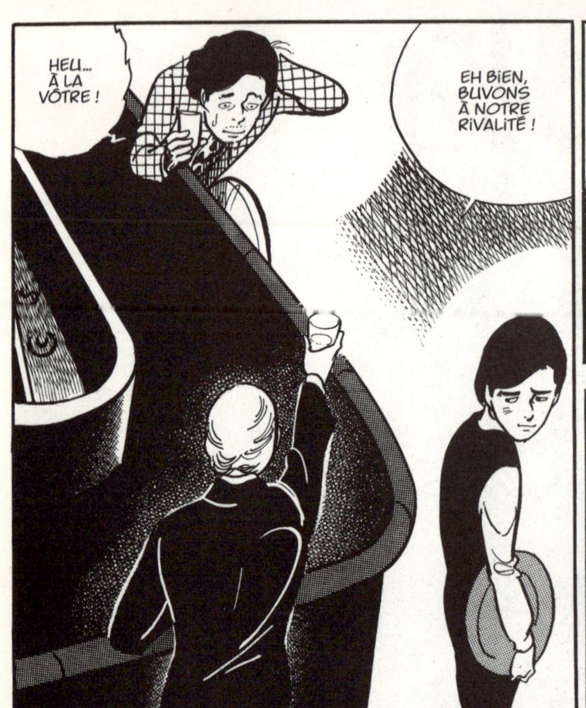
EH BIEN, BUVONS À NOTRE RIVALITÉ !
HEU... À LA VÔTRE !

JE NE SAVAIS PAS QUE M. KUROI, QUI COMPTAIT TANT POUR MOI, AVAIT DÉCIDÉ DE VENIR AU CLUB CE JOUR-LÀ.

J'ÉTAIS PASSÉE DANS UN BAR APPARTENANT À DE VIEUX AMIS À AKASAKA POUR FÊTER SON INAUGURATION ET LES AIDER UN PEU. JE NE SUIS ARRIVÉE À MON CLUB QU'APRÈS HUIT HEURES.

AH, VOUS ÊTES LÀ, VOUS. BONSOIR !
ALORS, T'ES EN RETARD ! T'ES ENCORE TOMBÉE SUR UN BEL HOMME EN CHEMIN ?

BAH QUOI ! ALORS QUE JE T'AI RAMENÉ UN CANDIDAT POUR LE MARIAGE !
MAIS NON, PAS DU TOUT !
DES AMIS OUVRAIENT UN BAR À AKASAKA.

HA ! HA ! HA !
REGARDEZ CE MONSIEUR.
IL S'APPELLE M. UMEDA !
HEIN ?! LE MARIAGE ?!

TU DEVRAIS T'OCCUPER DE MOI, PLUTÔT QUE D'ALLER VOIR TES AMIS À AKASAKA !
JOY
Club des divorcés

BIEN SÛR...
JE LUI AI DIT QUE TU ÉTAIS UNE FEMME FORMIDABLE ET QU'IL FALLAIT ABSOLUMENT QU'IL TE VOIE.
IL NE FAUT PAS FAIRE ATTENDRE TON FUTUR MARI !

BONSOIR, JE M'APPELLE YŪKO.
PARDON D'ÊTRE EN RETARD.
AH, BONSOIR.

MOI, JE NE TE PARDONNE PAS !
AH BON, TU M'EN VEUX TOUJOURS ?

OUI, TANT QUE TU NE M'AURAS PAS FAIT UN BISOU LÀ, JE T'EN VOUDRAI ENCORE !

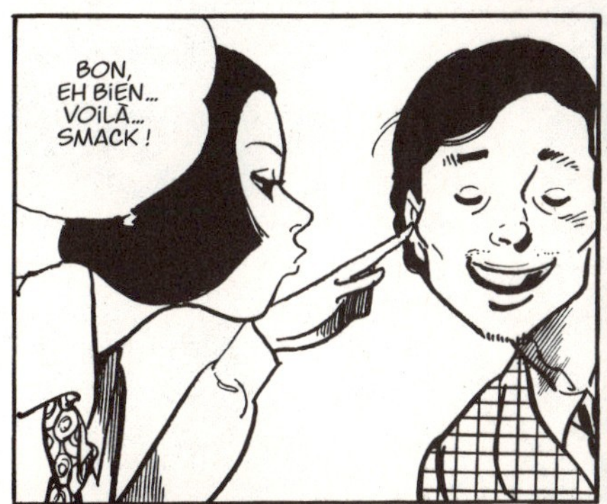
BON, EH BIEN... VOILÀ... SMACK !

...!

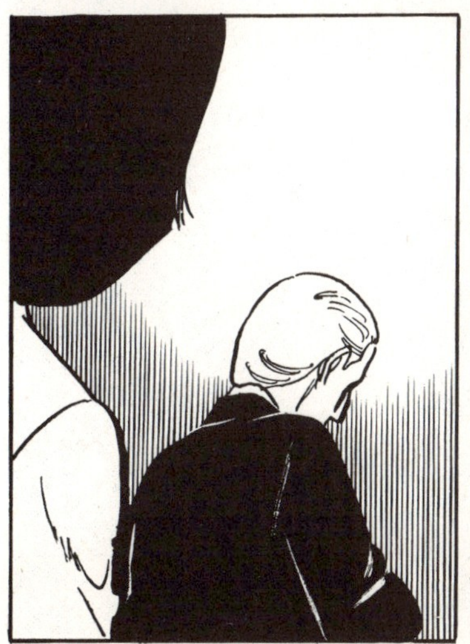

BONSOIR.

QUELLE SURPRISE !
VOUS NE M'AVIEZ PAS DIT QUE VOUS VIENDRIEZ.

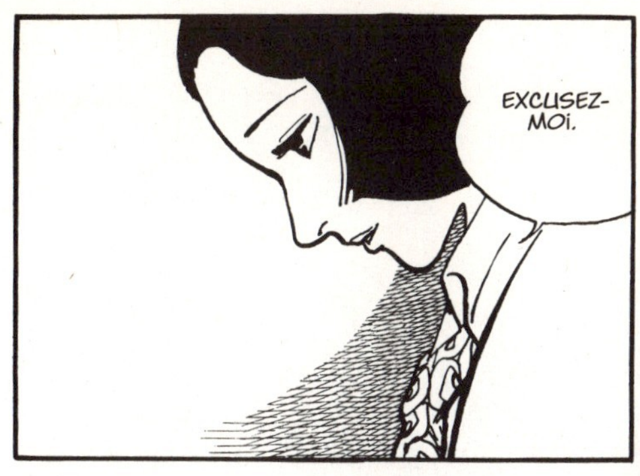
EXCUSEZ-MOI.

HÉ ! HÉ ! C'EST FINALEMENT PLUS DIFFICILE POUR MOI DE VENIR ICI, DANS LA MESURE OÙ JE TE SOUTIENS FINANCIÈREMENT.
SI J'AVAIS SU, J'AURAIS ANNULÉ MON RENDEZ-VOUS AVEC MES AMIS À AKASAKA.

PAS DE SOUCI, YŪKO. JE NE T'AVAIS MÊME PAS PRÉVENUE QUE JE VIENDRAIS.

ET PUIS, ÇA FAISAIT LONGTEMPS QUE JE N'ÉTAIS PAS VENU À TOKYO.
SI TU VEUX, TU POURRAS VENIR À LA MAISON LA PROCHAINE FOIS.
MAIS... ET VOTRE FEMME...?

MA FEMME ?

MA FEMME EST AU COURANT.

?!

L'AUTRE JOUR, ELLE A FAIT UNE BELLE POTERIE.
UN VASE.
ELLE PENSAIT TE L'OFFRIR.
J'AI TOUJOURS BEAUCOUP AIMÉ LA POTERIE.

AH ? DANS CE CAS, VIENS !
OUI, JE VIENDRAI UN JOUR.
MÊME CE SOIR, SI TU VEUX.
CE SOIR ?

OUI, LA VOITURE ATTEND DEHORS. ON PEUT FAIRE LA ROUTE DE NUIT JUSQU'À KAMAKURA...

OUI !

MAMA ! VIENS PAR ICI DEUX MINUTES !

QU'EST-CE QU'IL Y A ?
ALORS, QU'EST-CE QUE TU PENSES DE LUI FINALEMENT, POUR TE REMARIER ?

JE REVIENS. DE TOUTE FAÇON, ON NE VA PAS S'ATTARDER NON PLUS.
FAIS CE QUE TU DOIS FAIRE.

HA ! HA ! HA !
AH, TU ES INCORRIGIBLE !

ALLEZ, AU REVOIR !
OH, VOUS RENTREZ ?

EXCUSEZ-MOI DE NE PAS AVOIR PLUS DISCUTÉ AVEC VOUS, CE SOIR.

EH BIEN, À LA PROCHAINE ALORS !
OUI, ON REVIENDRA !
MERCI BEAUCOUP.
BAR
SNACK

FAITES ATTENTION EN RENTRANT.

BONSOIR !
CLAC

AAH ! J'AI BIEN FAILLI ATTENDRE !
PARDON, J'AVAIS AFFAIRE AILLEURS.
UN AUTRE SCOTCH !

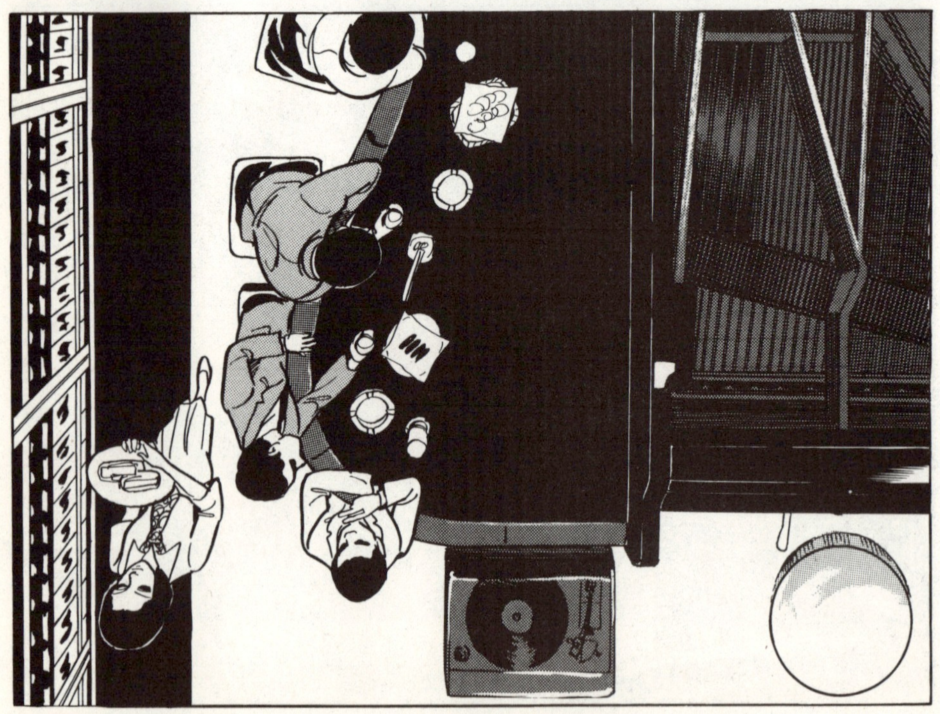

SEUL LE COURS DES CHOSES PERMET DE SAVOIR AVEC QUI ON VA CONTINUER LA SOIRÉE. LES HÔTESSES DE BAR LE SAVENT BIEN ET S'ADAPTENT TOUJOURS À LA MANIÈRE DONT SE DÉROULE LA SOIRÉE POUR CHOISIR PARMI LES MEILLEURS CLIENTS, C'EST-À-DIRE LES CLIENTS DE CLASSE SUPÉRIEURE, CELUI AVEC LEQUEL ELLES VONT FINIR LA NUIT.

BON, BEN IL EST TEMPS D'Y ALLER, JE CROIS.
KEN-CHAN, JE TE LAISSE FERMER.
OUI, ENTENDU.

OUAH !

HMPF !

DIS, LE VIEUX AVEC LES CHEVEUX BLANCS, C'EST QUI ?

TON PETIT AMI ?
MAIS NON ENFIN, QUELLE IDÉE ?

JE T'ASSURE. JE NE SUIS PAS CE GENRE DE FILLE.
JE SUIS PURE.

JE SUIS VRAIMENT PURE.

GLURPS !

VOL. 35

C'ÉTAIT LE JOUR OÙ JE SUIS ALLÉE RENDRE VISITE À M. KUROI À KAMAKURA.

ALORS QUE C'EST À DEUX PAS DE TOKYO, JE NE VENAIS QUASIMENT JAMAIS DANS CETTE ANCIENNE CAPITALE.

MA DERNIÈRE VISITE DATAIT SÛREMENT D'UN VOYAGE SCOLAIRE LORSQUE J'ÉTAIS AU COLLÈGE.
KUROI

C'EST LA MEILLEURE SAISON...
LES FLEURS DU PRINTEMPS SONT PRESQUE TOUTES TOMBÉES ET LES SUIVANTES COMMENCENT À PEINE À FLEURIR.

L'INTERVALLE ENTRE DEUX SAISONS A UN CÔTÉ UN PEU TRISTE...

TOUT A UN CÔTÉ UN PEU TRISTE, C'EST PARFAIT.
MON CHER...

VOUS ÊTES SÛR QUE J'AI BIEN FAIT DE VENIR AUJOURD'HUI ?
POURQUOI ?

HEU... PARDON DE PARLER DE CELA, MAIS IL SEMBLE QUE VOTRE FEMME ET VOTRE FILLE SOIENT LÀ...

ELLES SAVENT QUE JE FINANCE TON CLUB DEPUIS LONGTEMPS. NE T'INQUIÈTE PAS.

MAIS JE NE SAIS PAS SI C'EST UNE BONNE IDÉE QUE JE RENCONTRE VOTRE FEMME...
ÇA NE TE RESSEMBLE PAS. TU AS DÛ AFFRONTER DES SITUATIONS PLUS COMPLEXES DANS L'ENFER DES BARS DE GINZA, J'IMAGINE, NON ?

...

EXCUSE-MOI, C'ÉTAIT UNE PLAISANTERIE.

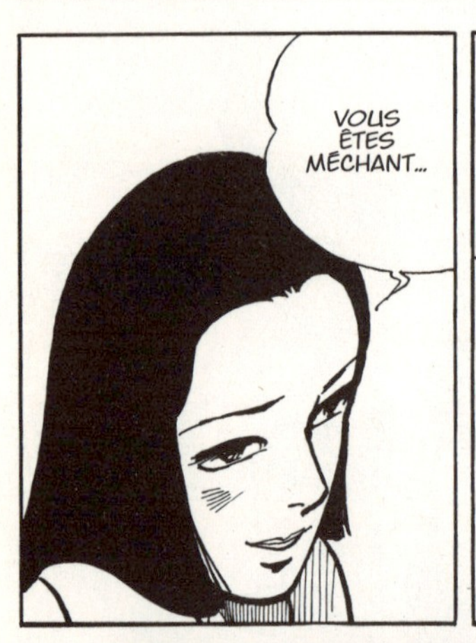
VOUS ÊTES MÉCHANT...

HÉ ! HÉ ! ENFIN, C'EST UN ENFER BIEN AMUSANT, MAIS MALHEUREUSEMENT, MA FEMME NE GOÛTE PAS CE GENRE DE SITUATION...
NE T'INQUIÈTE PAS, ELLE NE DEVRAIT PAS TARDER À VENIR TE SALUER...

...!

BONJOUR !

PAPA, TU ME FILES UNE CIGARETTE ?
MA FILLE, MICHIKO.

JE M'APPELLE YÛKO. JE DOIS BEAUCOUP À VOTRE PÈRE.

AH... C'EST DONC VOUS, YÛKO DU CLUB DES DIVORCÉS...

ÇA DOIT ÊTRE DUR DE TENIR UN CLUB À GINZA, NON ?

OUI, JE FAIS CE QUE JE PEUX...

ET DONC, VOUS ÊTES AMANTS ?

MAIS NON !
PAS DU TOUT !

MAIS POURTANT, PAPA, TU ES BIEN SON PROTECTEUR, NON ?
ÇA CONSISTE EN QUOI, ALORS ?
HE ! HE ! HE !

MAMAN ARRIVE BIENTÔT, ELLE FAIT CHAUFFER LE THÉ.
ÇA TE FAIT QUOI DE LA RENCONTRER ? ÇA TE STRESSE, NON ?
HÉ, MICHIKO !

BON COURAGE POUR CETTE CONFRONTATION ENTRE FEMMES !
TU VAS NOUS LAISSER, OUI !

T'INQUIÈTE, MAMAN EST QUELQU'UN DE BIEN.

ELLE EST TOUJOURS COMME ÇA, NE FAIS PAS ATTENTION.
NON, JE... ELLE A L'AIR TRÈS ÉPANOUIE, CETTE JEUNE FILLE...

JE DIS "MA FILLE", MAIS ELLE A ÉTÉ ADOPTÉE.
VRAI-MENT ?

SI ON LES CHOUCHOUTE TROP, ELLES DEVIENNENT COMME ÇA.

...

FIUUUU
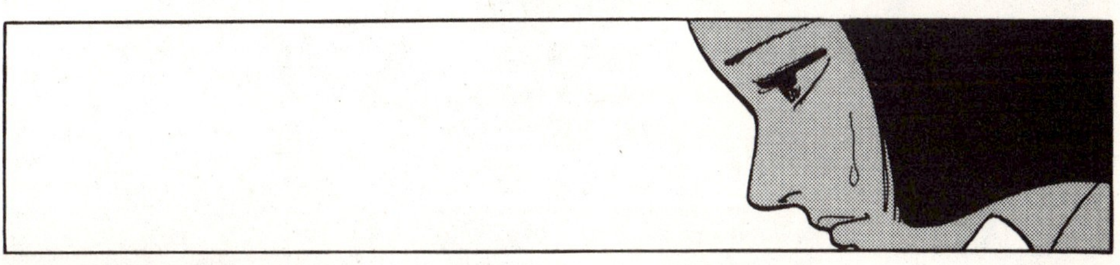

KHIII
KHIII
KHIII
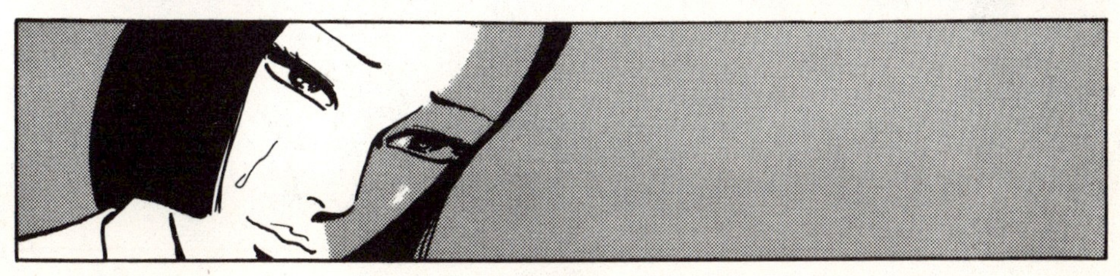

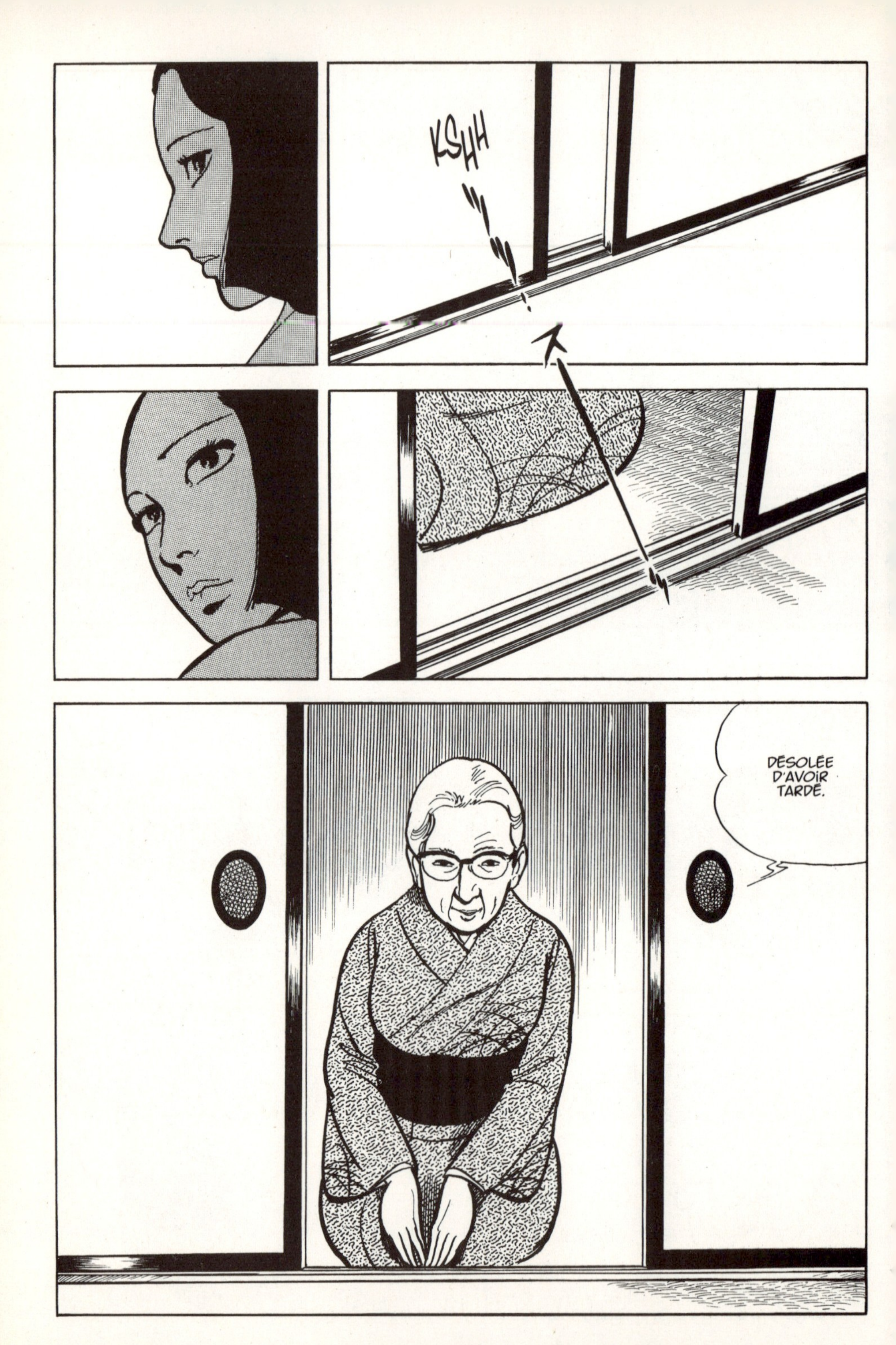
KSHH
DÉSOLÉE D'AVOIR TARDÉ.

PARDON DE VOUS DÉRANGER. JE M'APPELLE YÛKO.

JE VOUS SUIS RECONNAISSANTE...
MERCI.
ALLONS, ASSEYEZ-VOUS.
...

JE SUIS IMAE, L'ÉPOUSE DE KUROI. MON MARI M'A BEAUCOUP PARLÉ DE VOUS...

MON CHÉRI, M. HAKAMADA, DU CONSEIL ADMINISTRATIF DE LA BANQUE, EST ARRIVÉ...
AH BON...

IL T'ATTEND À CÔTÉ, QUE SOUHAITES-TU FAIRE ?
VEUX-TU QUE JE LUI DEMANDE DE REVENIR À UN AUTRE MOMENT ?

TANT PIS...
IL EST VENU EXPRÈS DE TOKYO, JE NE PEUX PAS LE CONGÉDIER COMME ÇA, LE PAUVRE...

DÉSOLÉ, TU PEUX RESTER DISCUTER AVEC MA FEMME UN INSTANT ?
OUI, HEU...

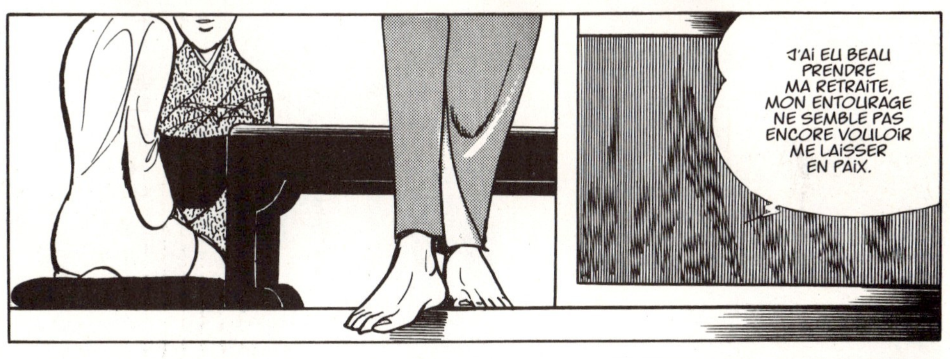
J'AI EU BEAU PRENDRE MA RETRAITE, MON ENTOURAGE NE SEMBLE PAS ENCORE VOULOIR ME LAISSER EN PAIX.

JE REVIENS TOUT DE SUITE.

PLOC

HEU... JE SUIS DÉSOLÉE DE VOUS DÉRANGER ALORS QUE VOUS ÊTES SI OCCUPÉS...
MAIS PAS DU TOUT. D'HABITUDE IL NE SE PASSE RIEN, ET JE M'ENNUIE À MOURIR. NE VOUS INQUIÉTEZ PAS...

TENEZ, MANGEZ.
AH, MERCI BEAUCOUP. VOUS SAVEZ, JE NE VAIS PAS TARDER...

JE VOUS EN PRIE ! SI JE VOUS LAISSAIS RENTRER AVANT QU'IL NE REVIENNE, VOUS N'IMAGINEZ PAS COMME IL M'EN VOUDRAIT.
PARDON DE VOUS IMPOSER CELA, MAIS MERCI D'ÉCOUTER LES HISTOIRES DE POTERIE DE MON MARI.

CES DERNIERS TEMPS, QUE CE SOIT MICHIKO OU MOI, NOUS N'AVONS PLUS LA PATIENCE DE LUI PRÊTER L'OREILLE. JE SUIS DÉSOLÉE QU'IL VOUS AIT APPELÉE JUSTE POUR ÇA.
...

AH, NE VOUS PRIVEZ PAS...

VOUS VOULEZ FUMER ?
NON, JE...

JE VOUS EN PRIE, FAITES COMME CHEZ VOUS.

MERCI... MAIS JE...

JE SAIS BIEN QUE LES FEMMES EXERÇANT VOTRE TYPE DE COMMERCE FUMENT TOUTES LA CIGARETTE.

ALLONS, JE VOUS EN PRIE...

MERCI...

EH BIEN...

HMM ?

C'EST DONC VOUS, LA YŪKO DU CLUB DES DIVORCÉS...

...

SHHAA
SHHAA
SHHAA

Vol. 35 - Le jardin du silence (1ère partie)

VOL. 36

SHHAA
SHHAA
SHHAA
C'EST DONC VOUS, LA YÛKO DU CLUB DES DIVORCÉS...

CHÈRE YŪKO... NE SOYEZ PAS SI TENDUE...

JE COMPRENDS BIEN CE QUE VOUS DEVEZ RESSENTIR...

...

VOUS N'ÊTES PAS LA SEULE QUE KUROI FINANCE. IL Y A D'AUTRES FILLES COMME VOUS...
ET J'AI PASSÉ L'ÂGE DE VOULOIR CONNAÎTRE EN DÉTAIL LES RAPPORTS QU'IL ENTRETIENT AVEC CHACUNE.

QUAND ON A VÉCU AUSSI LONGTEMPS QUE MOI, ON SAIT BIEN CE QUE VEUT DIRE LE MOT "ABSURDE".

ON FINIT PAR COMPRENDRE PARFAITEMENT L'ABSURDITÉ DE LA VIE.

CE SERAIT ABSURDE DE MA PART DE M'ÉNERVER CONTRE KUROI, DANS LA MESURE OÙ MA RELATION AVEC LUI EST ABSURDE ÉGALEMENT.

VOTRE RELATION AVEC LUI EST ABSURDE ÉGALEMENT. VOUS ÊTES D'ACCORD AVEC MOI ?

LES RAPPORTS HUMAINS SONT AINSI.

MADAME !

KUROI DÉPENSE UN ARGENT FOU, CES DERNIERS TEMPS...
JE PENSE QU'IL A DÉCIDÉ DE DÉTRUIRE CETTE MAISON...

J'AI BIEN PEUR QUE CE SOIT LA DERNIÈRE ANNÉE OÙ JE PUISSE CONTEMPLER AUSSI PAISIBLEMENT CE BEAU JARDIN.

JE COMMENCE DÉJÀ À IMAGINER DANS QUEL ÉTAT MISÉRABLE IL SERA DANS TROIS ANS !

MA... MADAME ! MADAME...
VOUS ÊTES SÛRE QUE ÇA VA ?!

...!

VEUILLEZ M'EXCUSER ! JE SUIS DÉSOLÉE.
NON, CE N'EST RIEN...

!
DE TOUTE FAÇON, CET HOMME NE PENSE QU'À DÉTRUIRE CE QU'IL A LUI-MÊME CONSTRUIT.
JE NE FAIS QUE LE SUIVRE PARTOUT OÙ IL VA.

SHHAA
SHHAA
SHHAA

IL A BEAU AVOIR PRIS SA RETRAITE, LES CLIENTS CONTINUENT DE VENIR LE VOIR DEPUIS TOKYO, COMME AUJOURD'HUI.
C'EST SÛR QUE CE N'EST PAS FACILE AVEC LE TYPE D'ACTIVITÉS QU'IL MÈNE.

KUROI NE S'EN CACHE PAS, D'AILLEURS... DE TOUTE FAÇON, IL A CONSTRUIT CETTE MAISON AVEC DE L'ARGENT SALE...

S'IL AVAIT EU UN FILS, IL AURAIT PEUT-ÊTRE PENSÉ AUTREMENT, MAIS AVEC UNE GARCE DE FILLE COMME VOUS AVEZ PU LE VOIR TOUT À L'HEURE... CE N'EST MÊME PAS SA VRAIE FILLE...
JE PENSE DONC QU'IL N'Y A RIEN D'ÉTONNANT À CE QU'IL SOUHAITE DÉTRUIRE CETTE MAISON.

CE QU'IL FERA ENSUITE, JE N'EN SAIS RIEN, MAIS QUOI QU'IL ARRIVE, JE LE SUIVRAI OÙ QU'IL AILLE.

JE NE FERAI QU'ASSISTER À SA DESTRUCTION.

LE DISCOURS, PROFONDÉMENT CALME, DE RENONCEMENT DE CETTE FEMME RÉSONNAIT COMME UNE SORTE DE MUSIQUE DANS MES OREILLES.

SON HÔTE EST PARTI ?

PARDONNEZ-MOI DE VOUS AVOIR ENNUYÉE AVEC CES HISTOIRES...
NON, J'AI ÉTÉ TRÈS TOUCHÉE.

TU NE VEUX PAS ACCOMPAGNER YÛKO AU TEMPLE MYÔGETSU ?
POUR UNE FOIS QU'ELLE VIENT À KAMAKURA.

TU DOIS ÊTRE FATIGUÉE.
NON, ÇA VA.

IL Y A BEAUCOUP DE MONDE CES DERNIERS TEMPS. MAIS PAR ICI, ON RESPIRE !
KUROI !

C'EST ÉTRANGE, LA NATURE. C'EST UNE FORCE QUI APAISE L'HOMME.
C'EN EST TROP !

QU'Y A-T-IL, TOUT À COUP ?
KUROI, VOUS N'EN FAITES QU'À VOTRE TÊTE !

AH, TU CROIS ?
VOUS ÊTES EN TRAIN DE DÉTRUIRE VOTRE FAMILLE !

VOTRE FEMME M'A TOUT RACONTÉ.
LA PAUVRE, JE LA PLAINS !
ET PUIS, MICHIKO...

MICHIKO A ÉTÉ ADOPTÉE.
MAIS CELA N'A RIEN À VOIR !

EST-CE QUE TU CONNAIS SEULEMENT LE POIDS DU SANG ?!
OUI, JE LE CONNAIS, J'AI UNE FILLE !

...
...

JE N'AVAIS PAS L'INTENTION QUE TU TE PRENNES DE COMPASSION POUR MA FEMME ET MA FILLE.
KUROI ! CE N'EST PAS CE QUE JE DIS !

VOUS VOUS PLAISEZ PEUT-ÊTRE À DÉTRUIRE CE QUE VOUS AVEZ VOUS-MÊME CONSTRUIT, MAIS...

MOI... LES FILLES COMME MOI...

... NOUS FAISONS TOUT POUR CONSTRUIRE UN FOYER HEUREUX, MÊME SI L'ON N'Y PARVIENT JAMAIS VRAIMENT...

...

NOUS... C'EST POUR ÇA QUE NOUS PLEURONS !

J'AI UNE PETITE FILLE DONT JE M'OCCUPE, ET JE TREMBLE QUAND JE VOIS UNE FAMILLE AU BORD DU GOUFFRE... JE FAIS TOUT POUR PROTÉGER CE BIEN FRAGILE COMME DU VERRE...

C'EST INSUP-PORTABLE ! JE NE VEUX PAS VOIR ÇA !

VOUS NE PENSEZ QU'À DÉTRUIRE VOTRE FAMILLE ! C'EST...

C'EST POUR ÇA QUE JE M'ACCROCHE À VOUS ! ET VOUS...

KUROI ! EST-CE QUE VOUS AVEZ DÉJÀ RÉFLÉCHI, UNE SEULE FOIS, À LA VIE QUE POUVAIENT MENER LES FEMMES COMME MOI ?!

ÇA FAIT COMBIEN DE TEMPS QUE TU ES À GINZA ?

À PARTIR DE QUAND AS-TU COMPRIS CE QUE POUVAIENT RESSENTIR LES HOMMES ?

TU VOIS KEN-CHAN, LE JEUNE BARMAN DE TON CLUB...

... IL A L'AIR TRÈS AMOUREUX DE TOI.

SI TU VEUX VRAIMENT FONDER UNE FAMILLE, TU N'AS QU'À TE MARIER AVEC LUI.

C'ÉTAIT LA PREMIÈRE FOIS QUE JE VOYAIS LE VISAGE DE CET HOMME REMPLI D'UNE COLÈRE NOIRE.

VOL. 37
KEN-CHAN...
OUI ?

L'AUTRE JOUR, QUELQU'UN M'A DIT QUE JE FERAIS BIEN DE ME MARIER AVEC TOI.

GLURPS

QUI ÇA ? QUI A PU DIRE UNE CHOSE PAREILLE ?
JE TE DIS "QUELQU'UN" !

TU CROIS QU'ON DONNE CETTE IMPRESSION ?
BAH, JE SAIS PAS...

JE SAVAIS QUE JE BLESSERAIS KEN-CHAN EN LUI PARLANT COMME ÇA, POURTANT JE NE POUVAIS PAS M'EN EMPÊCHER. MAIS CE SOIR-LÀ, C'ÉTAIT MON HUMEUR. CE SOIR-LÀ, J'ÉTAIS D'HUMEUR CRUELLE.

TOI AUSSI, TU FINIS PAR ME TAQUINER... C'EST UNE BLAGUE, HEIN ?
NON, C'EST VRAI, JE T'ASSURE.

EH BEN, MA PAUVRE !

EN TOUT CAS, DEPUIS CETTE HISTOIRE, JE N'ARRÊTE PAS DE PENSER À TOI.

MAIS QUAND J'Y REPENSE, JE ME DIS QUE, CONTRAIREMENT À CE QU'ON POURRAIT CROIRE, TU ES QUELQU'UN D'ASSEZ INSAISISSABLE...

BEN OUI ! JE NE SAIS PAS TRÈS BIEN MOI-MÊME...

ET ALORS ? TU ES PARVENUE À QUELLE CONCLUSION À MON SUJET ?
AUCUNE EN PARTICULIER...

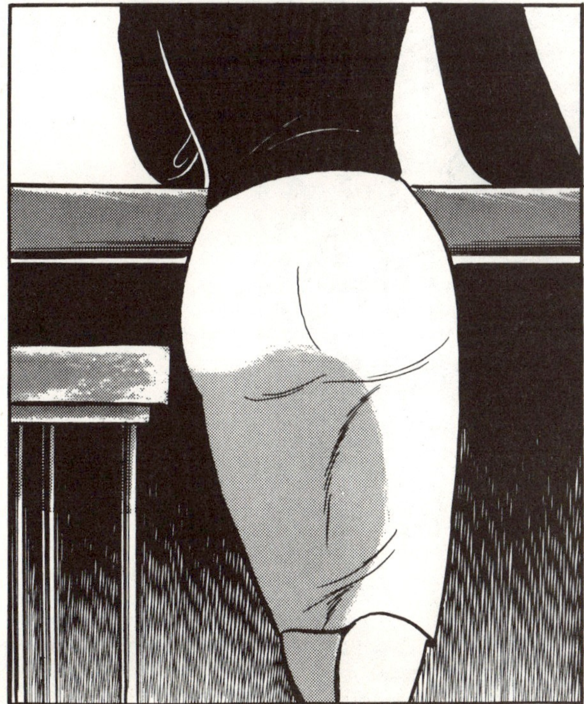

BLINK !

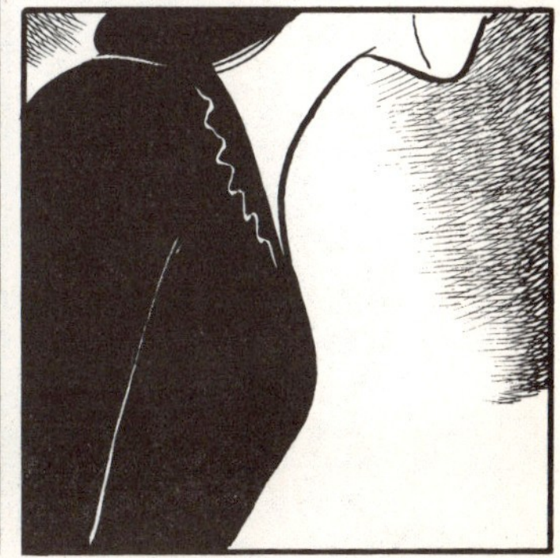

PFF !

JE SAVAIS QUE JE LE BLESSERAIS EN LAISSANT ÉCHAPPER CE PETIT RIRE, MAIS JE NE POUVAIS PAS LUI AVOUER DANS QUEL ÉTAT JE ME TROUVAIS. JE M'AMUSAIS DE NOS ÉCHANGES QUI RESSEMBLAIENT À UNE ADORABLE PETITE SCÈNE DE JALOUSIE...

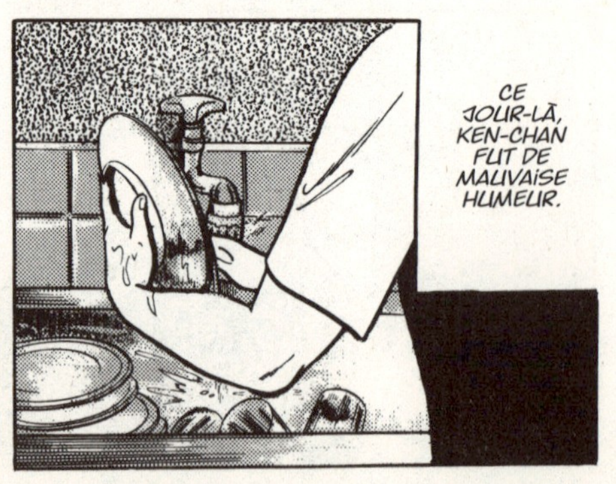
CE JOUR-LÀ, KEN-CHAN FUT DE MAUVAISE HUMEUR.

IL NE PRONONÇA PAS UN MOT DE LA SOIRÉE ET TRAVAILLA D'ARRACHE-PIED.

HA ! HA ! HA !
QU'EST-CE QUE TU PEUX ÊTRE CRUELLE, TOI AUSSI, PARFOIS !
J'AURAIS BIEN AIMÉ VOIR SON AIR DÉCONCERTÉ, À KEN-CHAN !
MAIS TU NE LUI AS FINALEMENT PAS DIT QUE CE "QUELQU'UN", C'ÉTAIT MOI. DU COUP, LA PROCHAINE FOIS QUE JE PASSERAI AU CLUB, IL VA ENCORE ME REGARDER COMME UN RIVAL.

BIEN SÛR ! SI JE LUI AVAIS DIT, IL SE SERAIT ENCORE PLUS ÉNERVÉ.
OUI, EN EFFET, ET L'IDÉE QUE NOUS PUISSIONS NOUS VOIR NE LUI PLAIT VRAIMENT PAS.
IL EST DONC BIEN JALOUX !

HA ! HA ! HA !
HA ! HA ! HA !

SHH !!!

JE SUIS DÉSOLÉ POUR LA DERNIÈRE FOIS. POUR UNE FOIS QUE TU VENAIS À KAMAKURA... JE NE VOULAIS VRAIMENT PAS TE BLESSER...
MOI AUSSI, JE CROIS QUE JE SUIS ALLÉE TROP LOIN...

JE CONTEMPLAIS CE PAYSAGE NOCTURNE TANDIS QU'IL ME PRENAIT LA MAIN.

KEN-CHAN ÉTAIT QUELQUE PART, LÀ-BAS. ON RIAIT DE LUI, ET LUI NE SE DOUTAIT DE RIEN.

J'ÉPROUVAIS DE LA PITIÉ POUR LUI.

SHH...

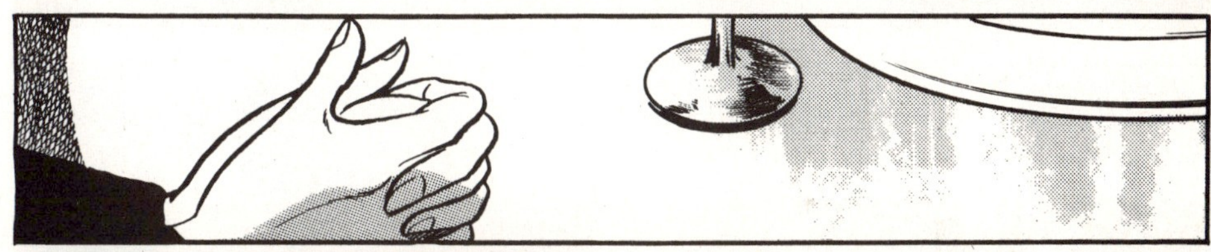

EN TOUT CAS, LE FAIT DE LUI AVOIR JOUÉ CE PETIT TOUR, AVEC CETTE HISTOIRE DE MARIAGE, PROUVE QUE LES BLESSURES DE TON PREMIER MARIAGE SE SONT BIEN REFERMÉES.

OH, TU SEMBLES CONTRARIÉE.

AH ! OUI, SANS DOUTE...

JE ME TROMPE ?
HE ! HE ! JE COMPRENDS CE QUE TU RESSENS. TU N'AS PAS ENVIE DE T'ENTENDRE DIRE QUE LES BLESSURES DE TON DIVORCE ONT GUÉRI, N'EST-CE PAS ?
TU NE PENSES PAS QU'ELLES SOIENT GUÉRIES. TU NE CROIS PAS QU'ELLES PUISSENT JAMAIS GUÉRIR.

NON, BIEN SÛR. MAIS JE NE PEUX PAS SUPPORTER L'IDÉE QU'ELLES SOIENT OUVERTES ÉTERNELLEMENT.
KUROI, VOUS NE PENSEZ TOUT DE MÊME PAS QU'ON PUISSE EN GUÉRIR SI FACILEMENT ?

TU VOIS, TU NE SORS PAS DE CETTE IDÉE. TU ES PERSUADÉE D'ÊTRE UNE FEMME AVEC UNE BLESSURE INCURABLE.

JE COMPRENDS QUE TU VEUILLES RESTER CETTE HÉROÏNE D'UNE TRAGÉDIE QUI NE TOURNERAIT QU'AUTOUR DE TOI, MAIS JE PENSE VRAIMENT QUE CES BLESSURES SE SONT REFERMÉES.
ET TON COEUR S'EST LASSÉ DE CE FEUILLETON DE PACOTILLE.

!

TU AS ENVIE D'UNE NOUVELLE AVENTURE !

...

SINON, POURQUOI AURAIS-TU ÉTÉ SI CRUELLE AVEC KEN-CHAN CE SOIR ?
SAVOIR SI TU SOUHAITES TE MARIER AVEC KEN-CHAN EST UNE AUTRE HISTOIRE, MAIS CE QUI EST SÛR, C'EST QU'AVEC TON ATTITUDE, TU NE CHERCHES RIEN D'AUTRE QU'À LE PROVOQUER ET À L'EXCITER.

LES FEMMES CHERCHENT TOUJOURS, À UN CERTAIN MOMENT, UNE NOUVELLE AVENTURE.
TU SAIS, JE CONNAIS UNE FEMME...
... DEPUIS LE DÉBUT DE SON MARIAGE, ELLE A TOUJOURS EU DES DISPUTES AVEC SON MARI, MAIS FINALEMENT, ELLE EST RESTÉE AVEC LUI PENDANT PRÈS DE CINQUANTE ANS.
ELLE PENSAIT QUE SA VIE DE COUPLE N'ÉTAIT VRAIMENT PAS UN FEUILLETON HALETANT, ALORS, S'INQUIÉTANT DE NE PAS AVOIR PLUS DE SEL DANS SA VIE, ELLE S'INVENTA SES PROPRES HISTOIRES, ET C'EST AINSI QU'ELLE VÉCUT PENDANT PRÈS DE CINQUANTE ANS.
BORDEAUX
1971
BORDEAUX
APPELLATION CONTROLEE

...

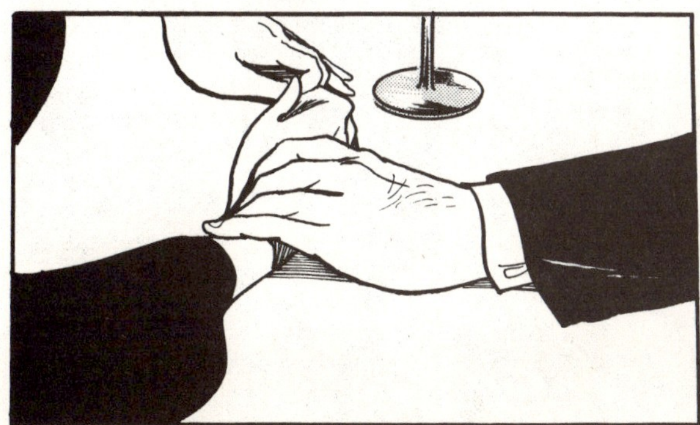

TU COMPRENDS ? TU AS GUÉRI DE TES BLESSURES. C'EST ÇA QUI FAIT TA JEUNESSE !
TU PEUX VRAIMENT REMERCIER TA JEUNESSE !

EN TOUT CAS, MOI J'EN SUIS CONSCIENT. JE N'ATTENDAIS QUE CE SURSAUT DE TA PART.
SHHK...

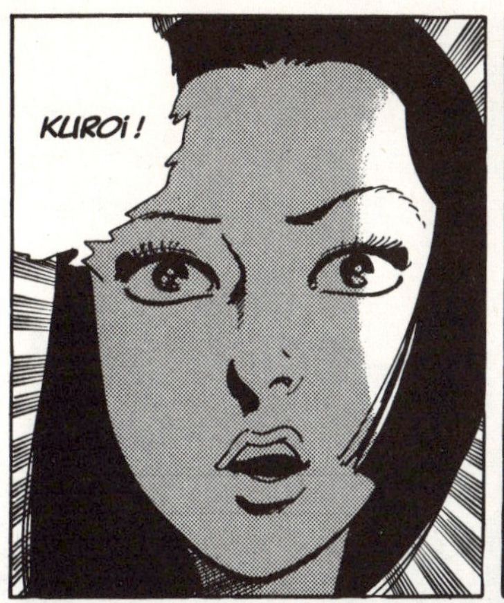
KUROI !

ET DE TE SAVOIR ENFIN REVENUE À LA VIE, ÇA ME REMPLIT DE CONFIANCE, JE PEUX DONC ENFIN TE DEMANDER EN MARIAGE...

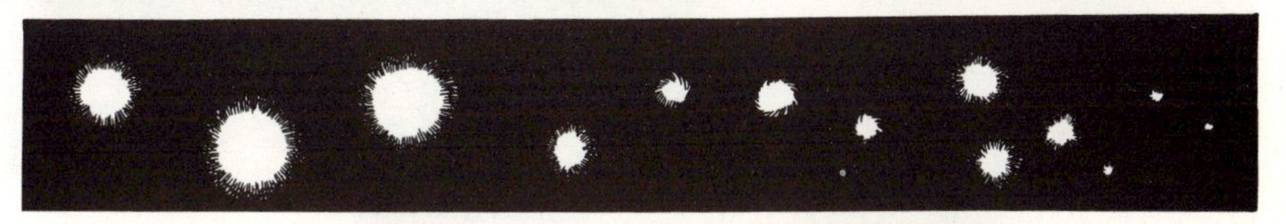

CE SOIR-LÀ, JE NE SOUHAITAIS QUE M'ÉLOIGNER AU PLUS VITE DE CET HOMME.
ET DANS LE MÊME TEMPS, JE N'AVAIS QU'UNE ENVIE, C'ÉTAIT DE ME RETROUVER AU PLUS PRÈS DE KEN-CHAN, DÈS QUE POSSIBLE.

TAK
CLIC

KEN-CHAN ÉTAIT JUSTEMENT EN TRAIN DE RÊVER : UN SOURIRE FLOTTAIT SUR SON VISAGE.

JE NE SAIS POURQUOI, CELA ME SURPRIT ET JE ME MIS À PLEURER.

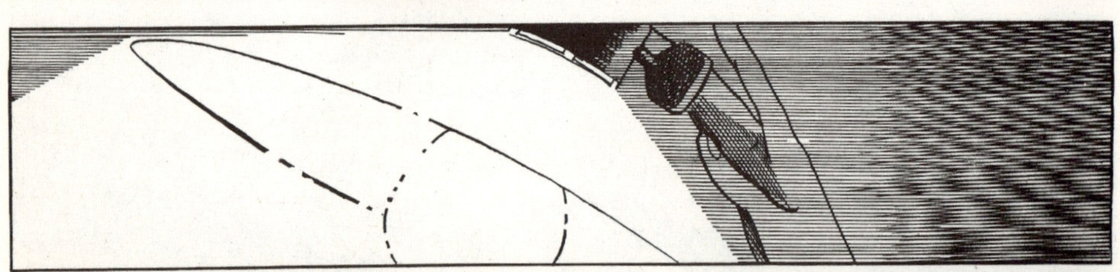

DANS CETTE OBSCURITÉ ÉPAISSE, JE PENSAIS À LA PART SOMBRE DU COEUR DE KEN-CHAN.
CLIC

KEN-
CHAN...!

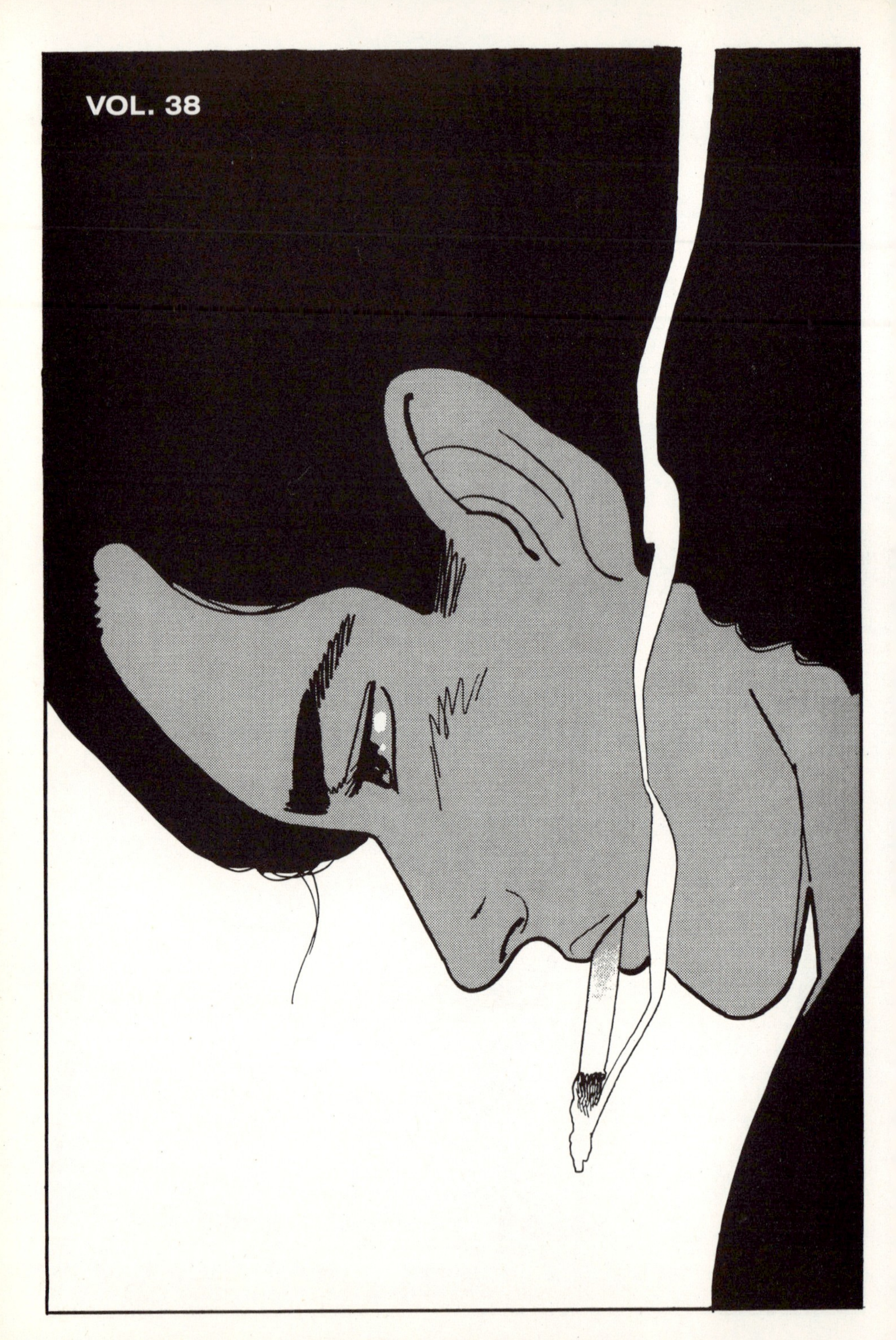
VOL. 38

KEN-
CHAN...

GHMM...

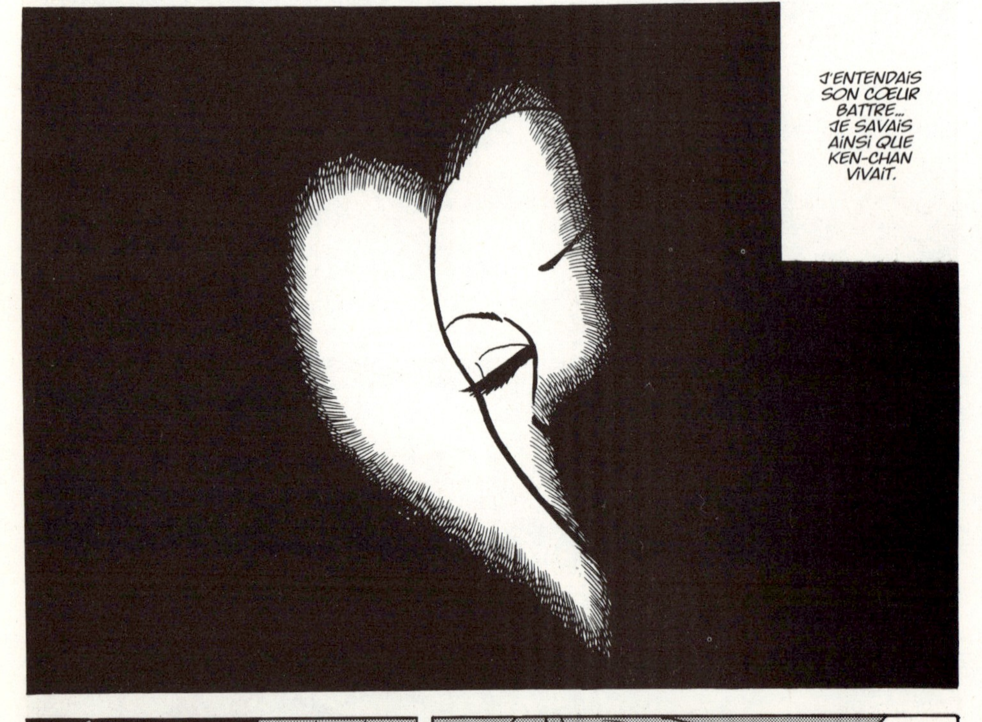
J'ENTENDAIS SON CŒUR BATTRE... JE SAVAIS AINSI QUE KEN-CHAN VIVAIT.

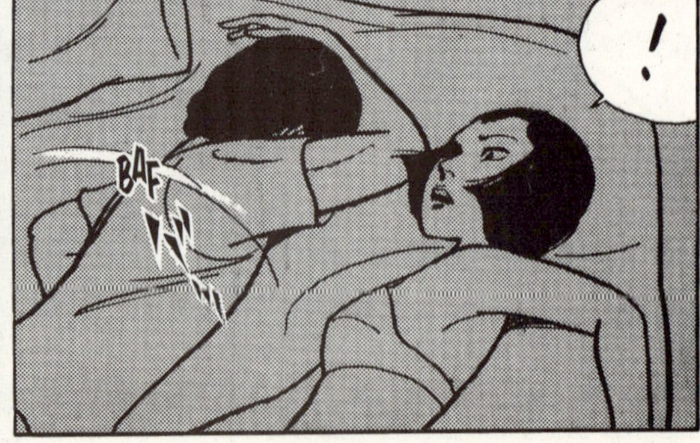
!
BAF

KEN-
CHAN...

GHMM...

BIZARREMENT, DE MON CÔTÉ, JE NE SAVAIS PLUS TRÈS BIEN POURQUOI JE VIVAIS. MAIS QU'EST-CE QUE JE FAISAIS DANS CETTE VIE ?!

JE ME GLISSAIS AU MILIEU DE LA NUIT DANS LE LIT D'UN AUTRE, TOUTE NUE, POUR DORMIR À SES CÔTÉS. MAIS QU'EST-CE QUI ME PRENAIT ?

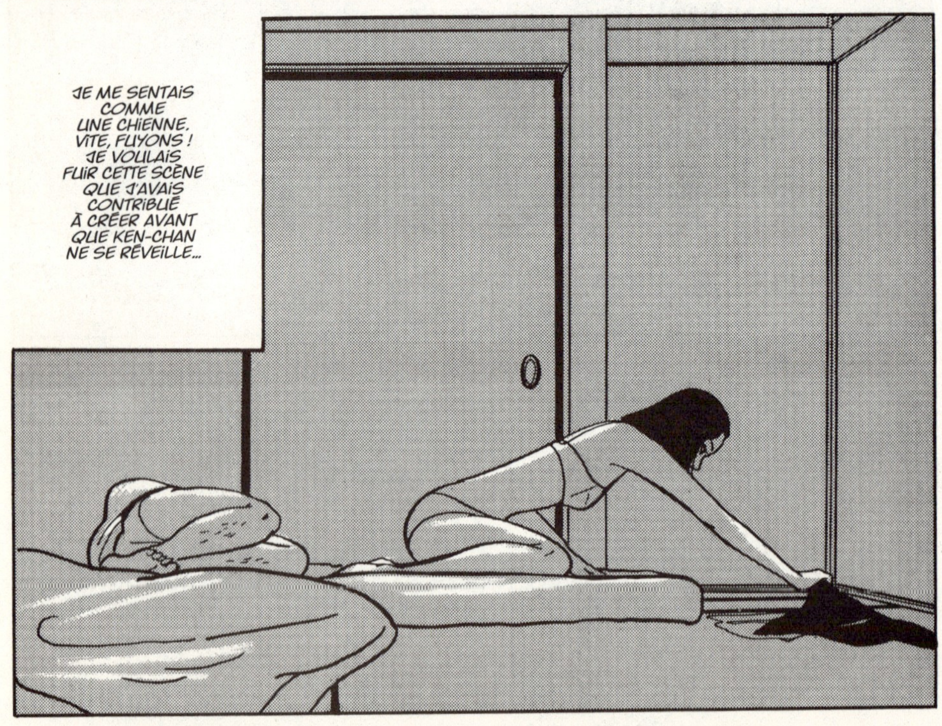
JE ME SENTAIS COMME UNE CHIENNE. VITE, FUYONS ! JE VOULAIS FUIR CETTE SCÈNE QUE J'AVAIS CONTRIBUÉ À CRÉER AVANT QUE KEN-CHAN NE SE RÉVEILLE...

HMM ?!

!

MAIS C'EST JUSTEMENT LE MOMENT QUE CHOISIT KEN-CHAN POUR SE RÉVEILLER.

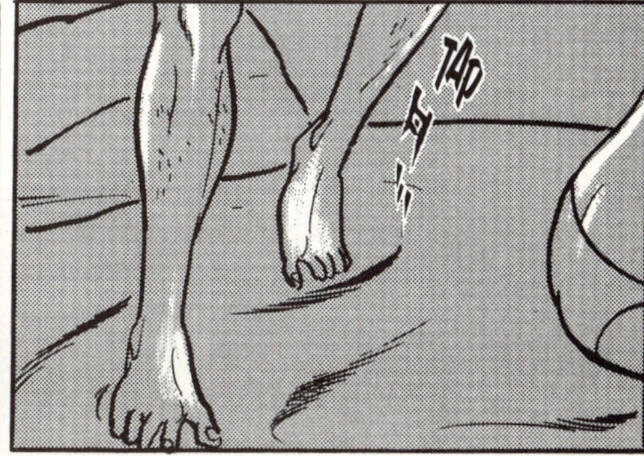
TAP

KYAH !

AH !
AAH...
AAH...
KEN-
CHAN !

KEN-
CHAN...

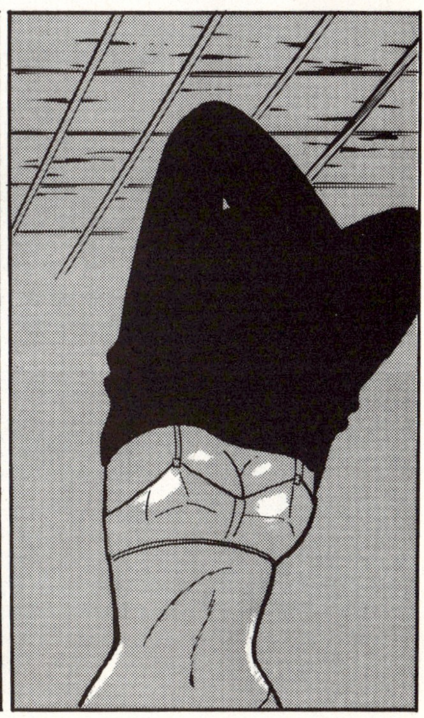

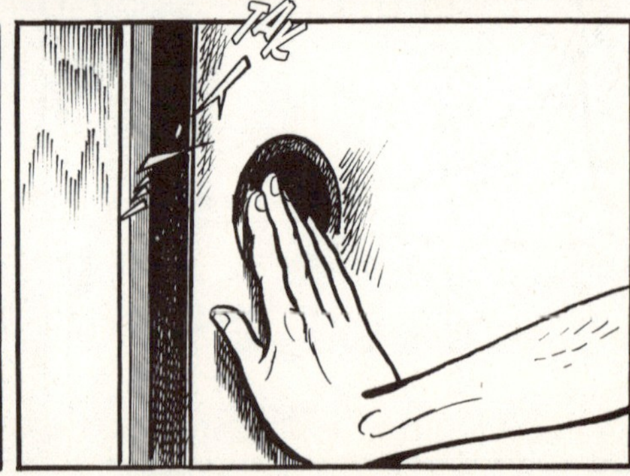
TAK

PARDON, JE T'AI FAIT PEUR.
QU'EST-CE QUI SE PASSE ?

...

JE VAIS PRÉPARER QUELQUE CHOSE DE FRAIS.

AH OUI...

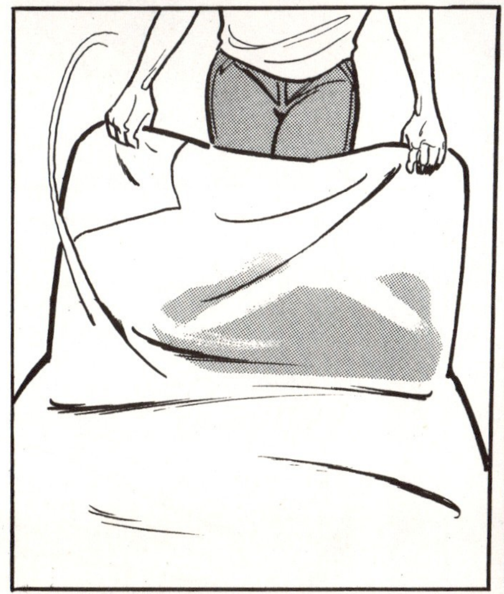

ET HOP !

TAK

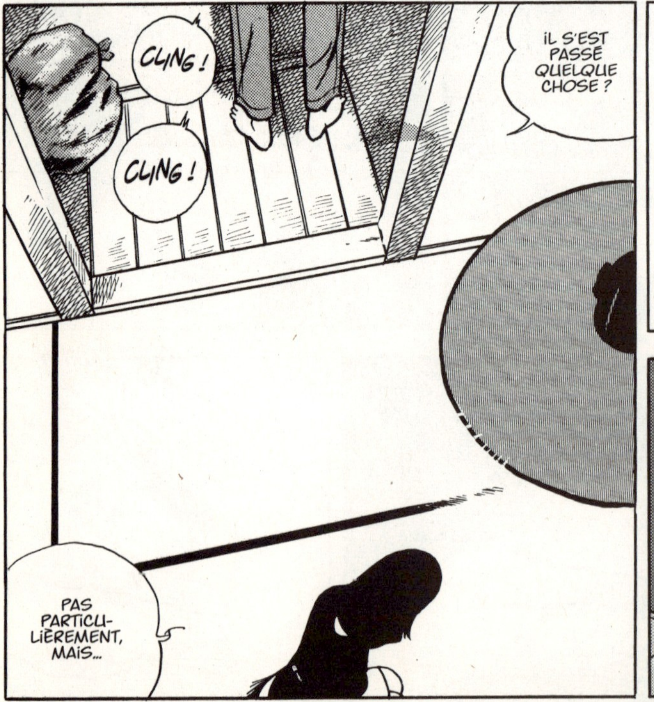
IL S'EST PASSÉ QUELQUE CHOSE ?
CLING !
CLING !
PAS PARTICU-LIÈREMENT, MAIS...

MAIS... TU M'AS VRAIMENT SURPRIS !

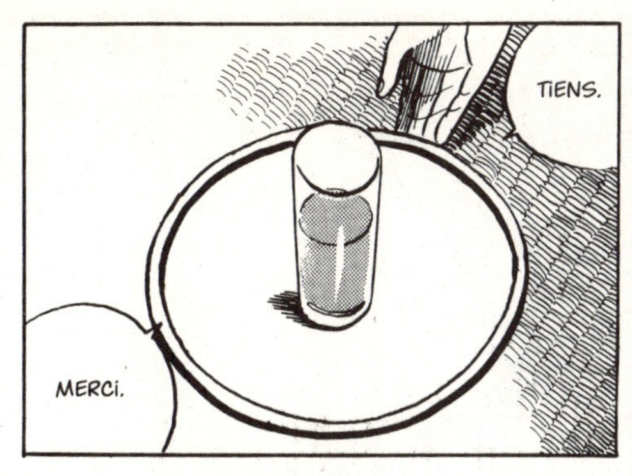
TIENS.
MERCI.

TU AS UNE CIGARETTE ?
OUI, TIENS.

hilite

SCRIITCH

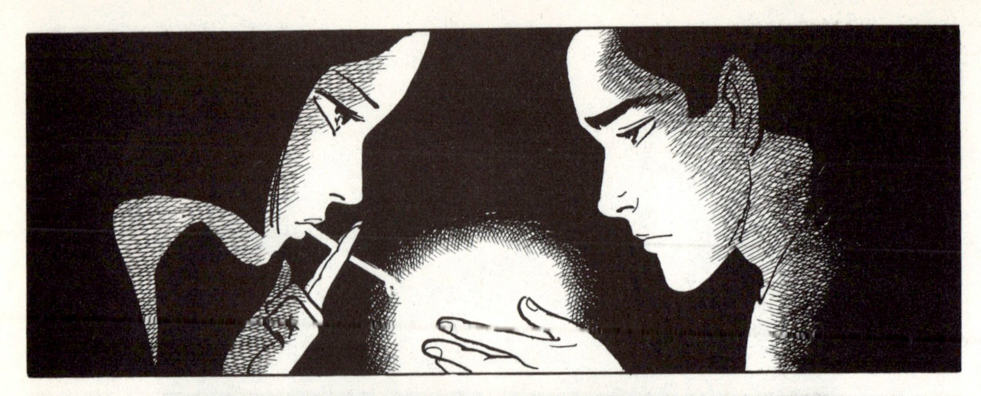

TU T'ES DISPUTÉE ?

NON, C'EST PAS ÇA...

JE NE SAIS PAS COMMENT T'EXPLIQUER.

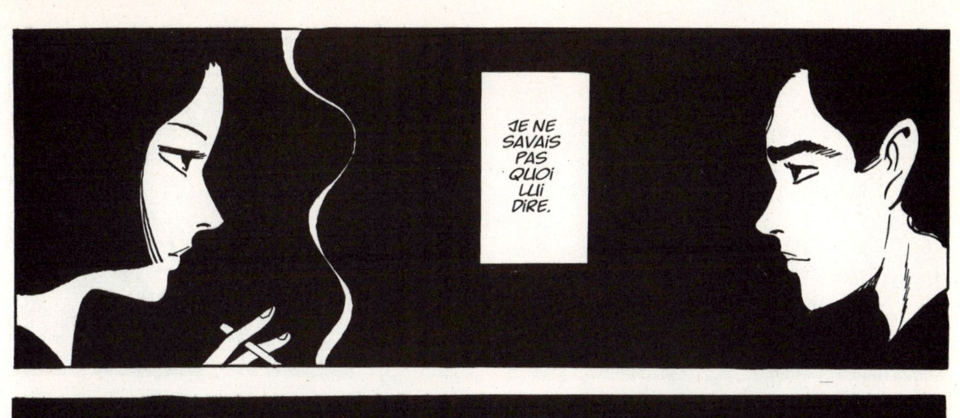
JE NE SAVAIS PAS QUOI LUI DIRE.

AVANT, IL FALLAIT COMMEN-CER PAR LES MOTS.

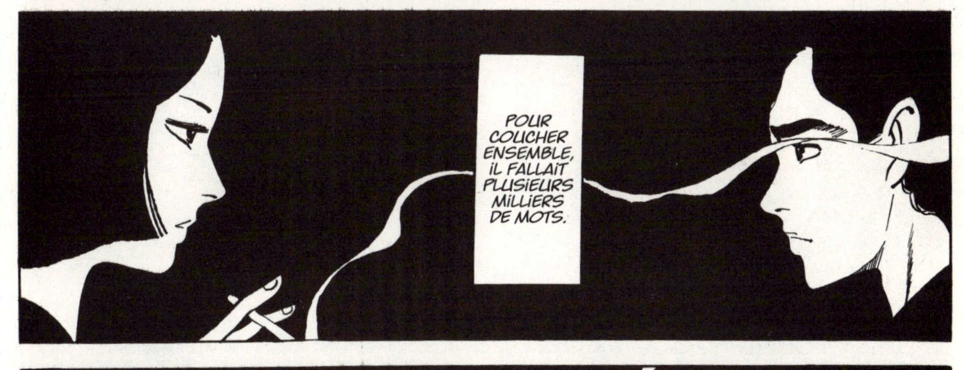
POUR COUCHER ENSEMBLE, IL FALLAIT PLUSIEURS MILLIERS DE MOTS.

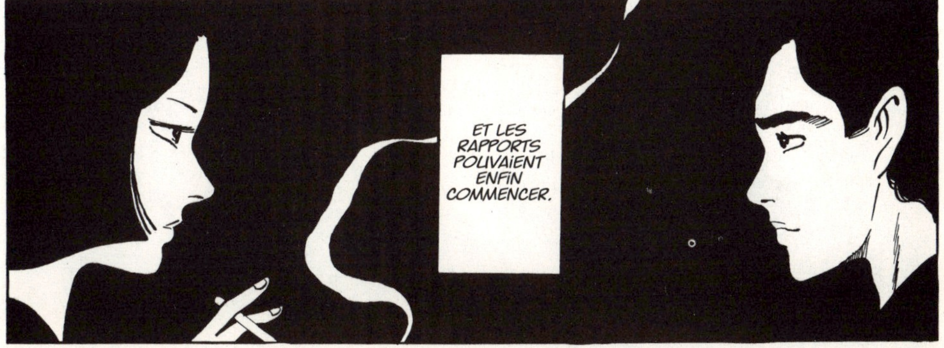
ET LES RAPPORTS POUVAIENT ENFIN COMMENCER.

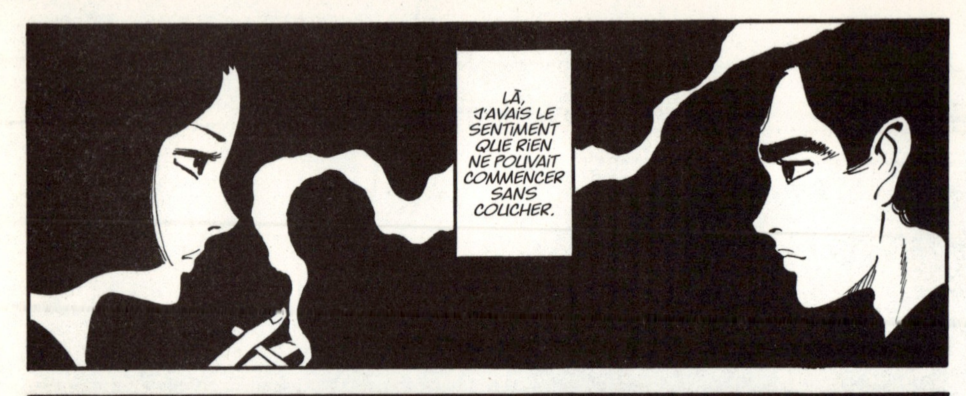
LÀ, J'AVAIS LE SENTIMENT QUE RIEN NE POUVAIT COMMENCER SANS COUCHER.

C'EST CE QUE JE PENSAIS À CET INSTANT PRÉCIS.

J'ÉTAIS EN TRAIN DE PENSER QUE, SANS M'EN APERCEVOIR...

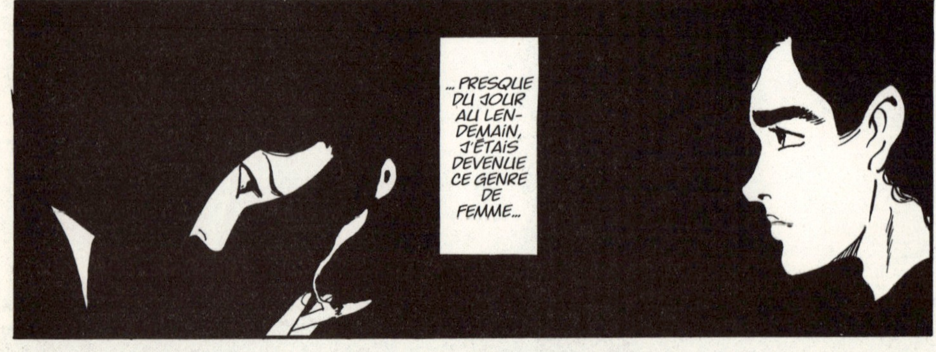
... PRESQUE DU JOUR AU LENDEMAIN, J'ÉTAIS DEVENUE CE GENRE DE FEMME...

FIUUUU

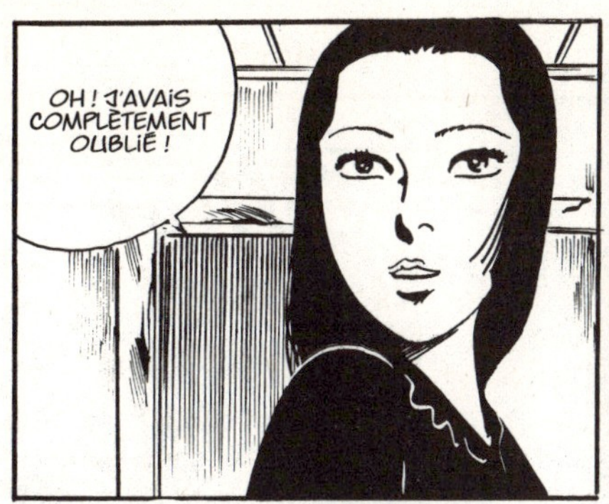

* 7e JOUR DU 7e MOIS : FÊTE D'ORIGINE CHINOISE QUI CORRESPONDRAIT EN EUROPE À LA SAINT-VALENTIN.

BON ALORS, POURQUOI TU ES VENUE ?

...

EST-CE QUE TU RENTRES EN TRAIN ? SINON, TU DEVRAIS POUVOIR TROUVER UN TAXI À CETTE HEURE-CI.
OUI... BIEN SÛR.

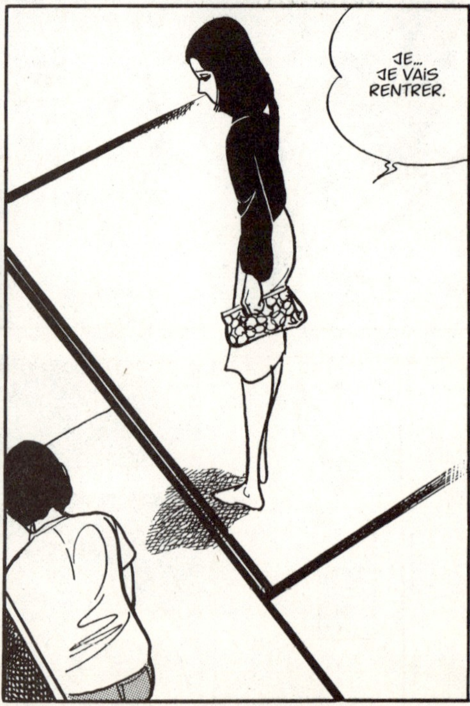
JE... JE VAIS RENTRER.

JE SUIS VRAIMENT DÉSOLÉE, KEN-CHAN...

POUR CE QUI S'EST PASSÉ CE SOIR... JE T'EXPLIQUERAI PLUS TRANQUILLEMENT PLUS TARD. EXCUSE-MOI.

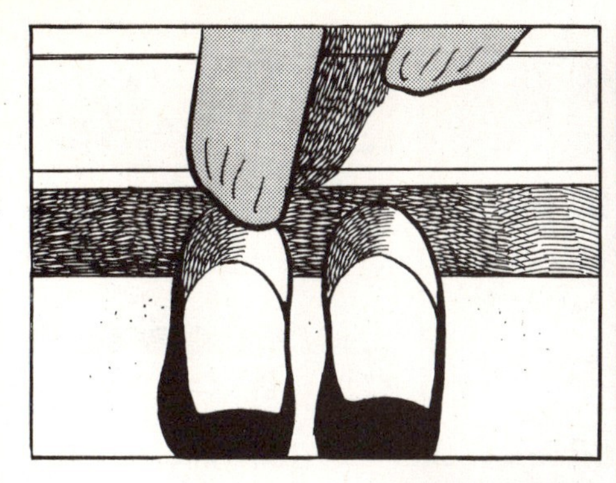

BONNE NUIT !

SCHLIK

KLAK

HI

HA!
TCHAK !

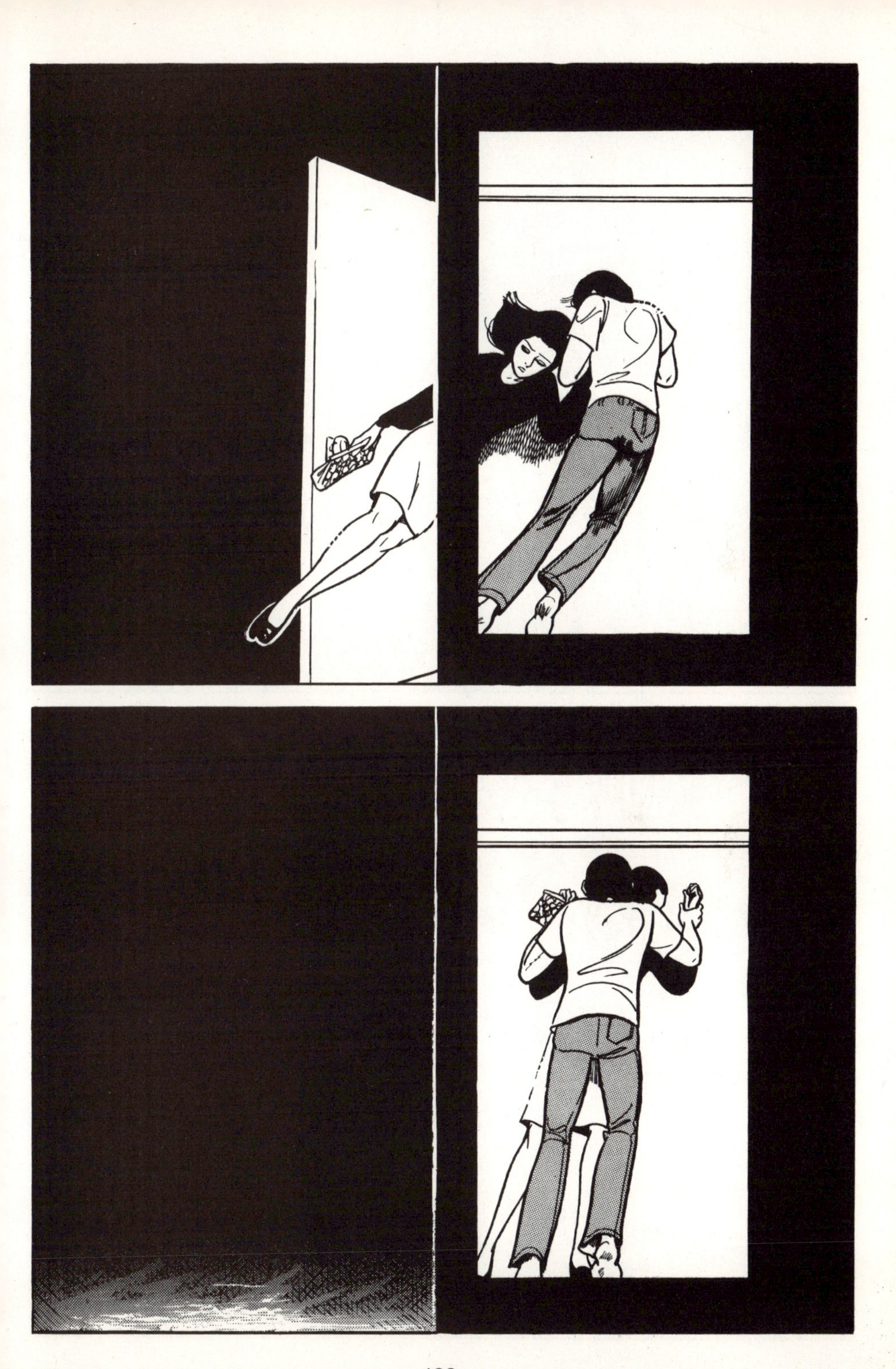

À TRAVERS LA PORTE RESTÉE OUVERTE, ON ENTENDAIT LE CHANT MATINAL DES OISEAUX.

VOL. 39

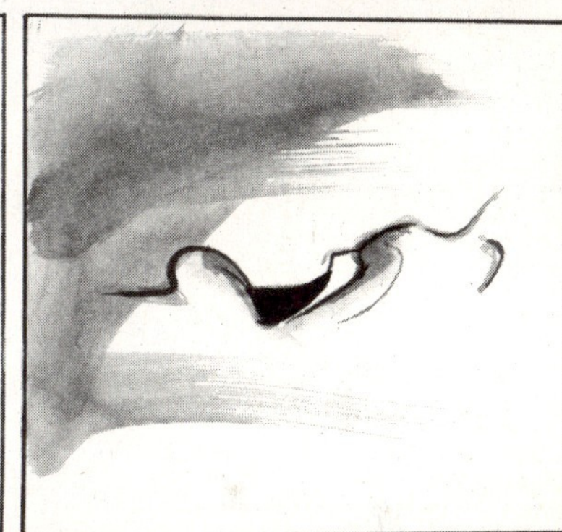

ATTENDS...

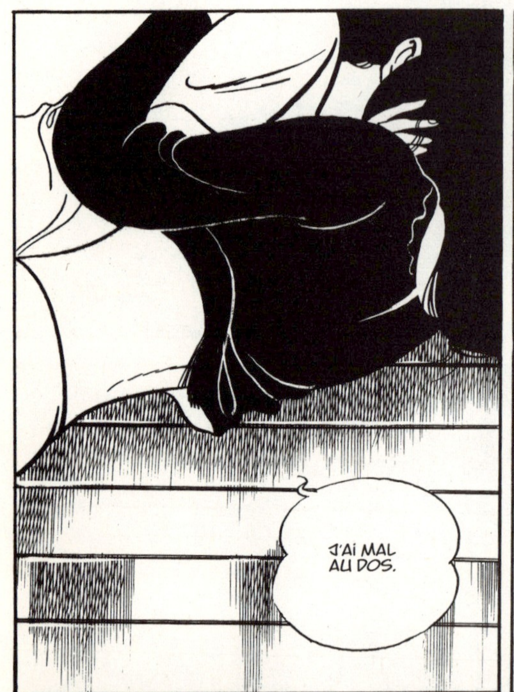
J'AI MAL AU DOS.

...

JE VAIS PRÉPARER LE FUTON.

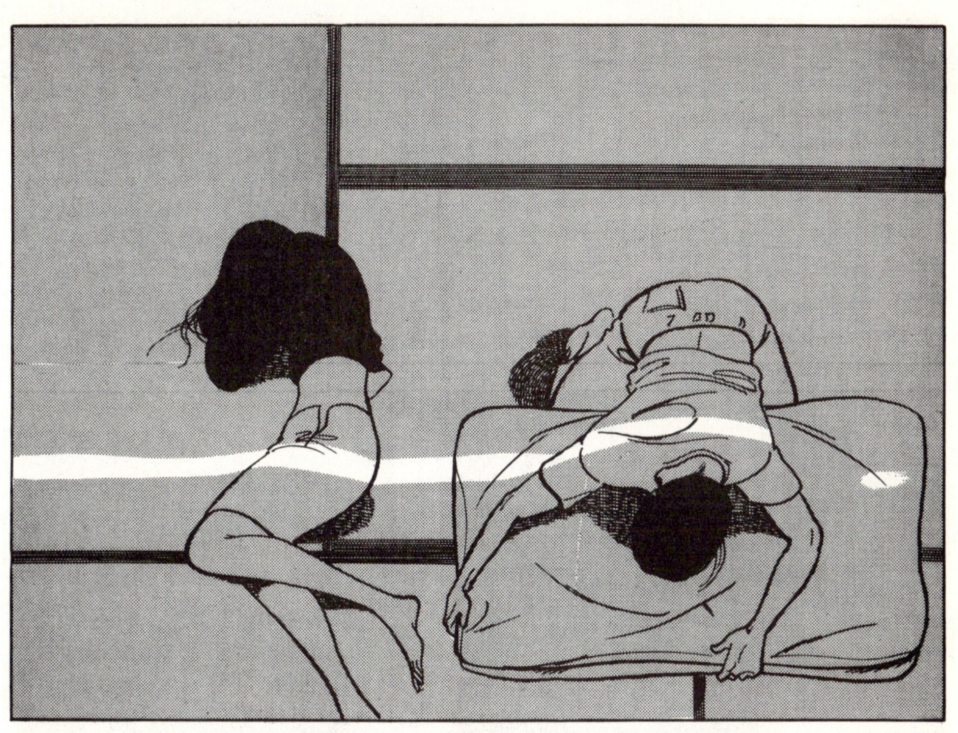

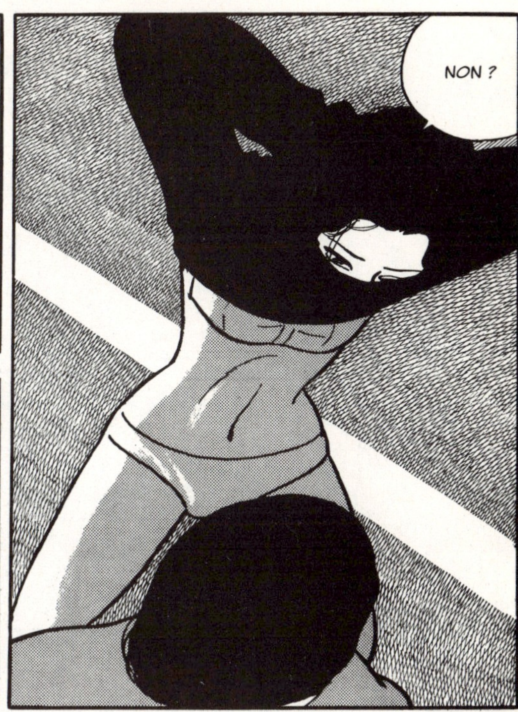
NON ?
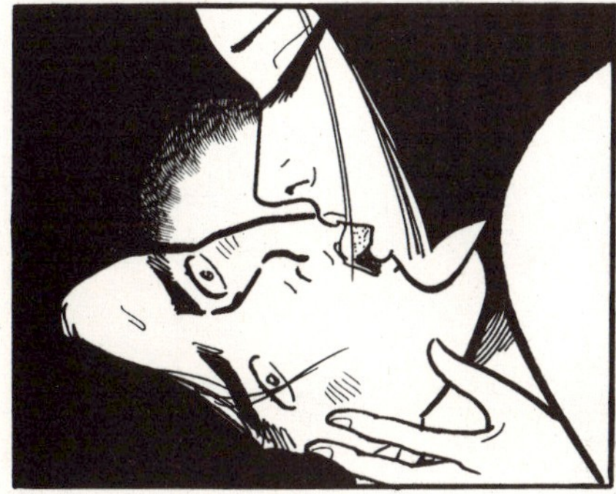

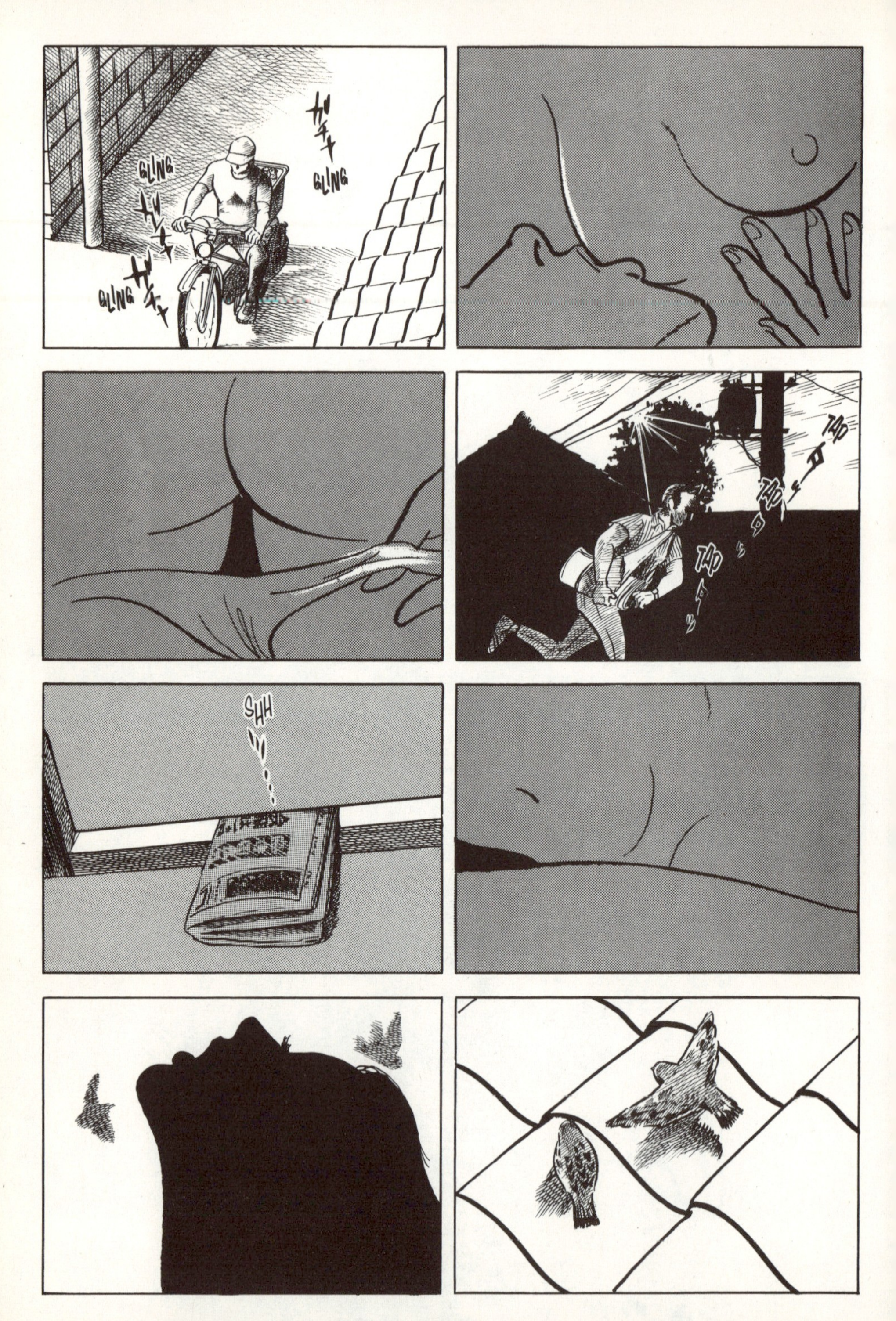
GLING
GLING
GLING
TAP
TAP
TAP
SHH

AAH...
AH !
METS-TOI SUR LE CÔTÉ...
LÀ...

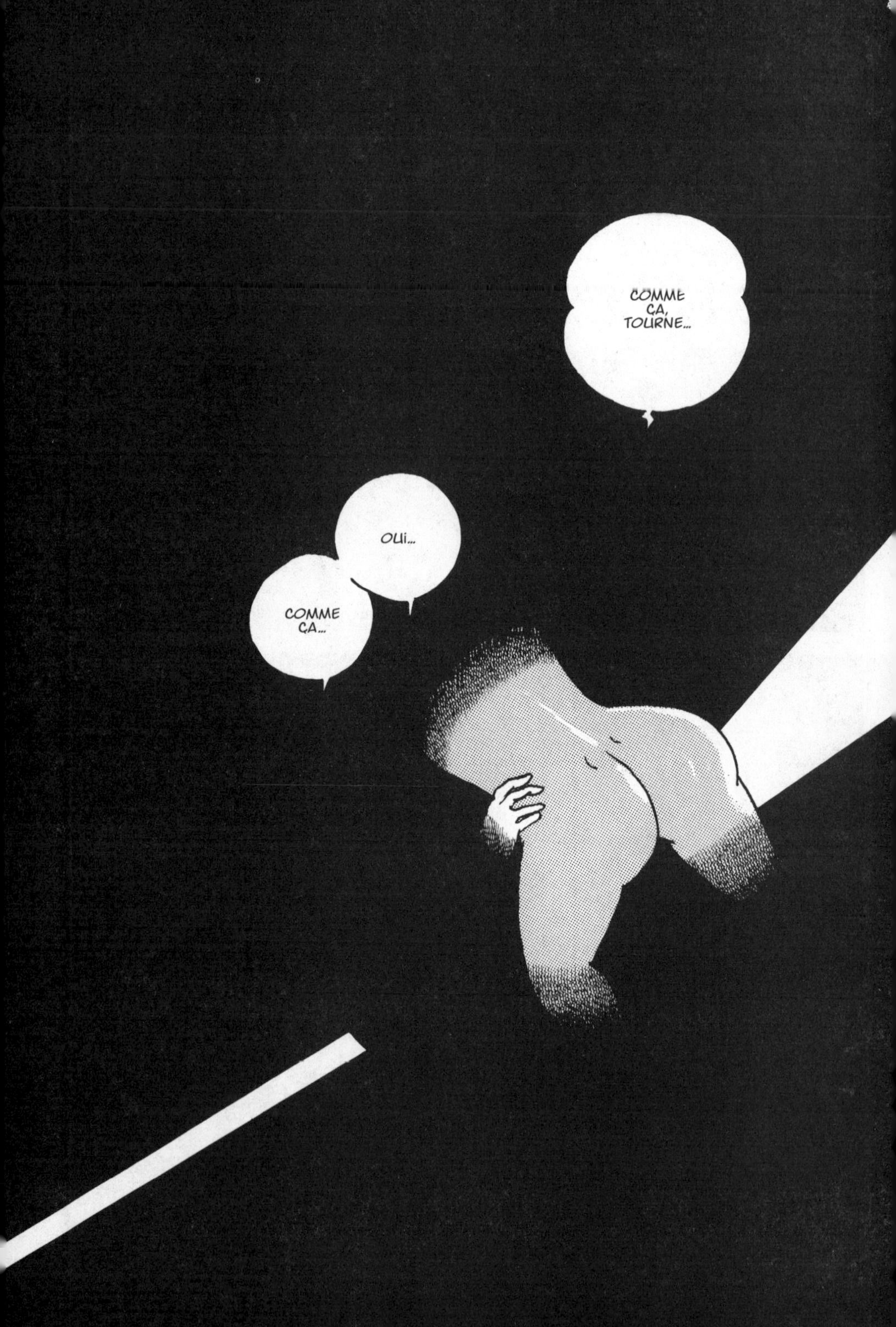
COMME ÇA, TOURNE...
OUI...
COMME ÇA...

DIS, KEN-CHAN, TU EN AS ?

...!

AUJOURD'HUI, C'EST UN JOUR UN PEU RISQUÉ POUR MOI...

HEIN, KEN-CHAN ? ÇA T'EMBÊTERAIT BIEN, À TON ÂGE, DE DEVENIR LE PAPA D'UN PETIT BÉBÉ, EN PLUS D'ASAKO !

DEVENIR PAPA ?!

PAPA !

PAPA !!

PAPA !

ATTENDS ! JE COURS EN ACHETER !

JE... JE REVIENS TOUT DE SUITE ! TU M'ATTENDS, HEIN ! DEUX MINUTES !

SURTOUT TU M'ATTENDS, HEIN ! JE REVIENS TOUT DE SUITE !

TAK
TAK
TAK
TAK

PLANNING FAMILIAL

PAF

QU'EST-CE QUI SE PASSE ? Y A UNE URGENCE ?

VOUS VOULEZ QUE J'APPELLE UNE AMBULANCE ?
NON, NE VOUS EN FAITES PAS !

POURQUOI...
POURQUOI EST-CE QUE JE FAIS DES BÊTISES...
QU'EST-CE QUI VA SE PASSER MAINTENANT ?

MAIS OUI, C'EST ÇA LA VIE...
C'EST D'UNE MANIÈRE AUSSI TRIVIALE QUE ÇA QUE LES GENS NAISSENT, ET C'EST AUSSI COMME ÇA QUE LES GENS SE SÉPARENT...

EN OCCIDENT, ON DIT :
SE MARIER UNE FOIS EST UN DEVOIR,
SE MARIER DEUX FOIS EST UNE BÊTISE,
SE MARIER TROIS FOIS EST UNE FOLIE.
DIVORCER MARQUE UN MANQUE TOTAL
DE PRINCIPES, ET PRENDRE FEMME
TROIS FOIS SANS AUCUNE HONTE,
SANS QUE SON ENTOURAGE Y
TROUVE RIEN À REDIRE, POUR
LE MARI COMME POUR LA FEMME,
EST UNE GRAVE FAUTE MORALE.

LES JEUNES FEMMES FINISSENT PAR DEVOIR S'OCCUPER D'ENFANTS QUI NE SONT PAS LES LEURS. QU'Y A-T-IL DE PIRE AU MONDE QUE CELA, SUR LE PLAN MORAL ?

MASAO YOKOYAMA, "DU MARIAGE", AN 20 DE MEIJI*, IN JOURNAL D'ÉTUDES FÉMININES.

* AN 20 DE MEIJI : 1887.

QUAND KEN-CHAN REVINT, J'AVAIS PERDU TOUTE EXCITATION, TOUTE ENVIE.
HAN...
HAN...
HAN...

MAIS JE SENTAIS QUE JE NE POUVAIS PLUS REVENIR EN ARRIÈRE.

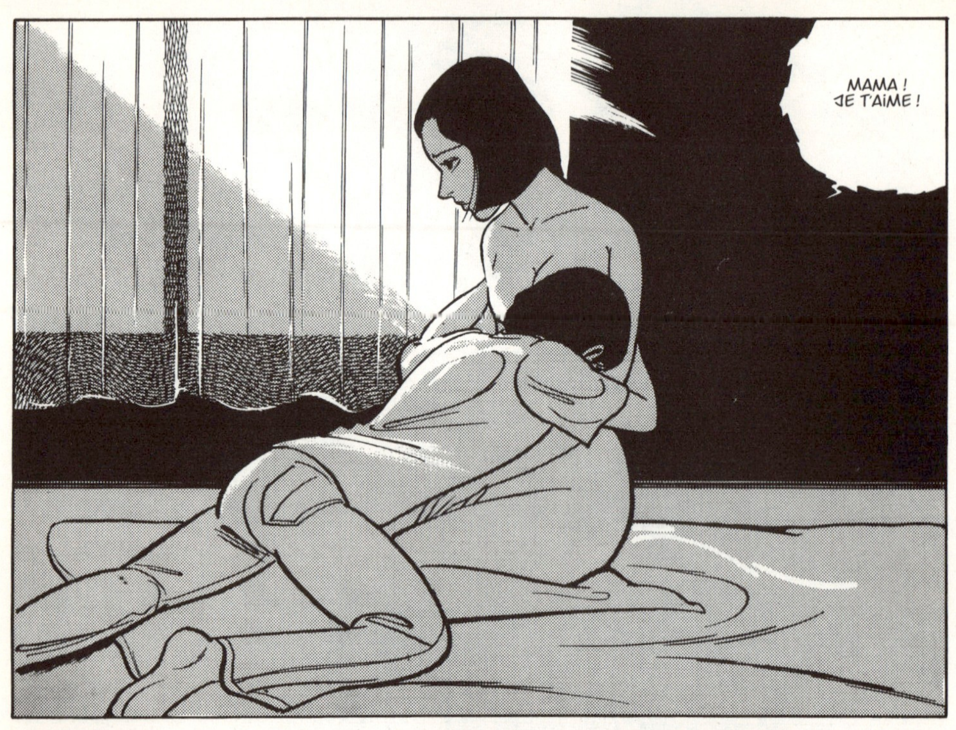
MAMA !
JE T'AIME !

MOI AUSSI,
JE T'AIME,
KEN-CHAN...

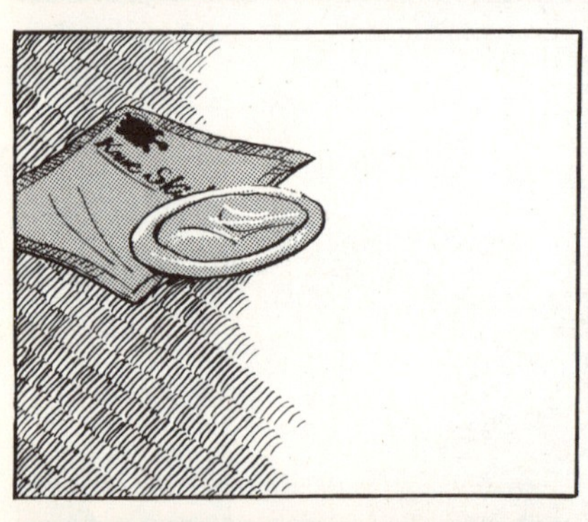

QU'EST-CE QUE TU DIS ?!

TU VAS TE MARIER... MAIS AVEC QUI ?!
AVEC QUI ?!

KEN-CHAN...

JE... JE N'AURAIS PAS DÛ...

JE N'AURAIS JAMAIS DÛ TE METTRE AU MONDE...

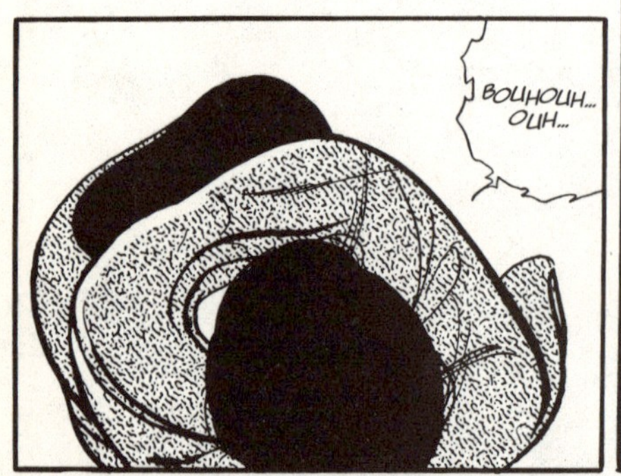
BOUHOUH... OUH...

MOi AUSSi, JE PENSAiS AVEC TRiSTESSE QUE J'AURAiS MiEUX FAiT DE NE JAMAiS VENiR AU MONDE...

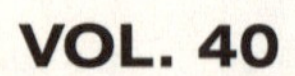

VOL. 40

Dernier chapitre - Vers l'arc-en-ciel

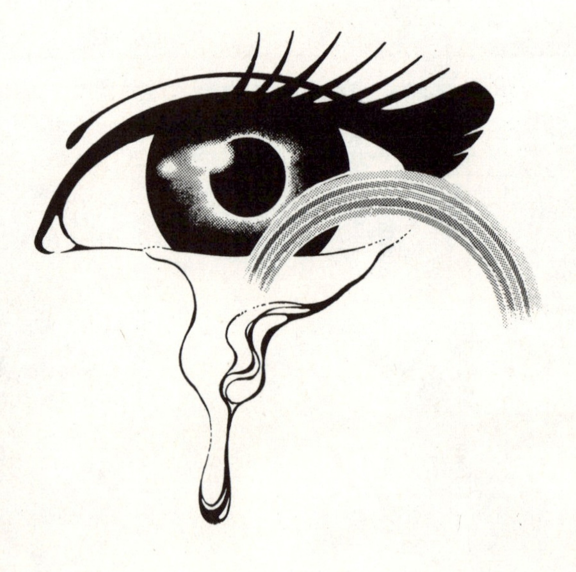

CE JOUR-LÀ, IL Y EUT UN ACCIDENT SUR LA LIGNE DE TRAIN, ET AVEC L'AVERSE SOUDAINE QUI S'ABATTIT SUR LA VILLE, LES RUES DEVINRENT RAPIDEMENT NOIRES DE MONDE.

LES VOITURES QUI VENAIENT DE SHINSAIBASHI POUR SE RENDRE À LA STATION SHINBASHI SE RETROUVÈRENT COMPLÈTEMENT BLOQUÉES, ET CELLES PARVENUES JUSQU'À TORANOMON NE POUVAIENT MÊME PLUS ATTEINDRE GINZA.

QUELLE PLAIE !
MAIS AVEC LA PLUIE QUI S'EST ARRÊTÉE, LE TRAFIC DEVRAIT DEVENIR UN PEU PLUS FLUIDE.
ILS N'ONT PAS ENCORE DÛ RÉGLER LE PROBLÈME SUR LA LIGNE DE TRAIN, EN REVANCHE.
JE CROIS QUE JE VAIS DESCENDRE ICI.

AH BON. DÉSOLÉ, HEIN !

HEIN ? VOUS ALLEZ MARCHER ?
OUI, MON CLUB EST DANS LE 8e BLOC DE TOUTE FAÇON, ET AVEC LA PLUIE QUI S'EST ARRÊTÉE, UNE PETITE PROMENADE NE PEUT PAS ME FAIRE DE MAL.

TAKATAN
BRRROM
TAKATAN
TAKATAN
BRROM
TAKATAN
TAKATAN
!
BRRAAM

TAN
TATAN
TATAN
TATAN
TATAN
TAN

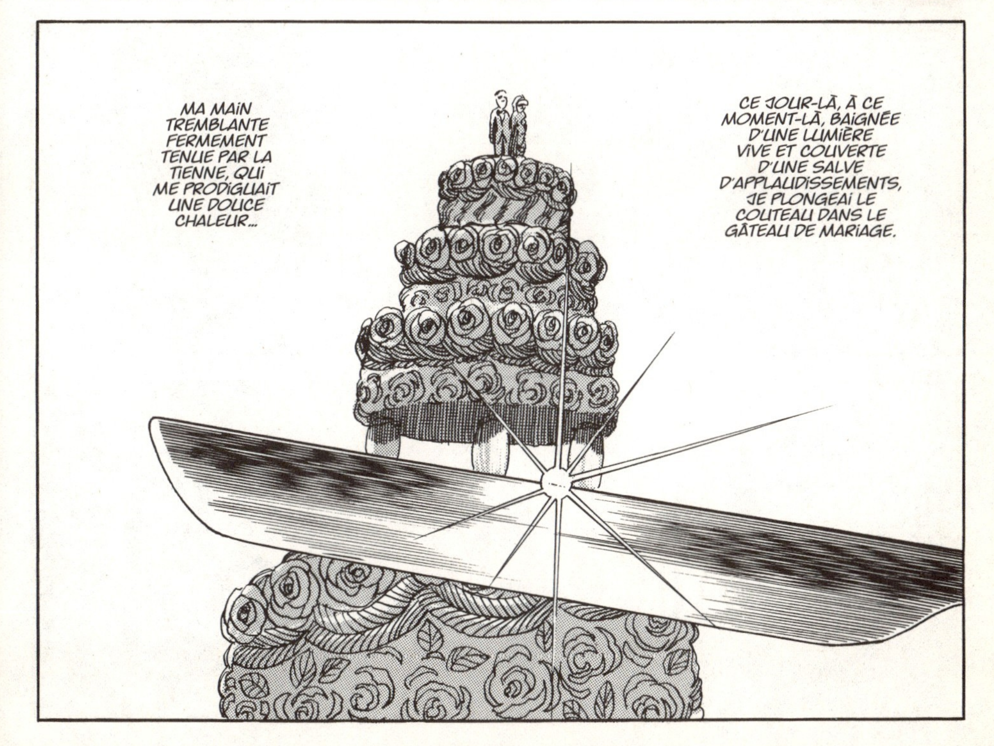
CE JOUR-LÀ, À CE MOMENT-LÀ, BAIGNÉE D'UNE LUMIÈRE VIVE ET COUVERTE D'UNE SALVE D'APPLAUDISSEMENTS, JE PLONGEAI LE COUTEAU DANS LE GÂTEAU DE MARIAGE.
MA MAIN TREMBLANTE FERMEMENT TENUE PAR LA TIENNE, QUI ME PRODIGUAIT UNE DOUCE CHALEUR...

LES DISCOURS DES INVITÉS N'EN FINISSAIENT PAS.
JE NE SAIS POURQUOI, J'ÉPROUVAIS UNE IMMENSE FATIGUE.
TU N'AVAIS MÊME PAS LE TEMPS DE T'EN APERCEVOIR,
MAIS TU FAISAIS DÉJÀ POUSSER DANS LES RECOINS DE MON COEUR
UNE CERTAINE CRAINTE.

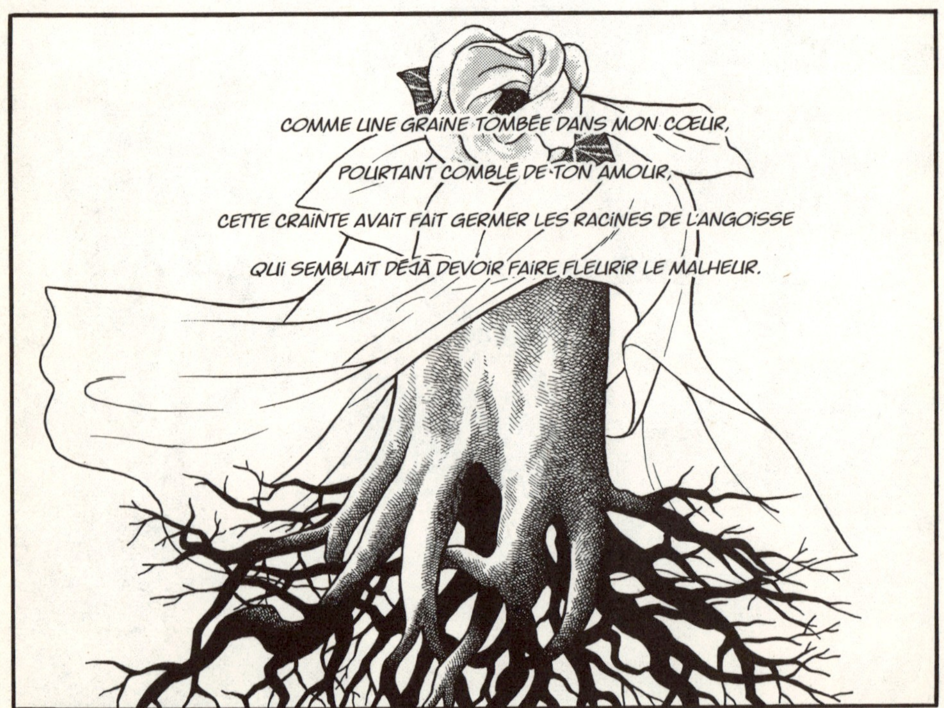
COMME UNE GRAINE TOMBÉE DANS MON COEUR,
POURTANT COMBLÉ DE TON AMOUR,
CETTE CRAINTE AVAIT FAIT GERMER LES RACINES DE L'ANGOISSE
QUI SEMBLAIT DÉJÀ DEVOIR FAIRE FLEURIR LE MALHEUR.

HÉ !
TU ES
EN
RETARD !

...
JE SUIS
COMPLÈ-
TEMENT
DÉBORDÉ !
AVEC
CES AVERSES,
LES CLIENTS ONT
DÉBOULÉ ICI,
ET JE SUIS TOUT
SEUL DEPUIS TOUT
À L'HEURE !
TU ME
METS
DANS LA
MOUISE !

IL Y AVAIT UN EMBOUTEILLAGE À TORANOMON. JE SUIS VENUE À PIED. IL Y AVAIT UN BEL ARC-EN-CIEL.

BONSOIR !

TSSK !

QU'EST-CE QU'IL Y A ?! ON N'A COUCHÉ ENSEMBLE QU'UNE FOIS, APRÈS TOUT... QU'EST-CE QUE ÇA VEUT DIRE CE CHANGEMENT DE TON SOUDAIN ?!

HE, PATRON ! UN AUTRE !
OUI, TOUT DE SUITE !

HMPF... C'EST BIZARRE !
CE QUE JE VEUX DIRE... C'EST QUE LE GEKIGA, TU VOIS...
ENCORE ?! TU NE VEUX PAS ME LÂCHER, DE TEMPS EN TEMPS, AVEC TES HISTOIRES DE GEKIGA ?

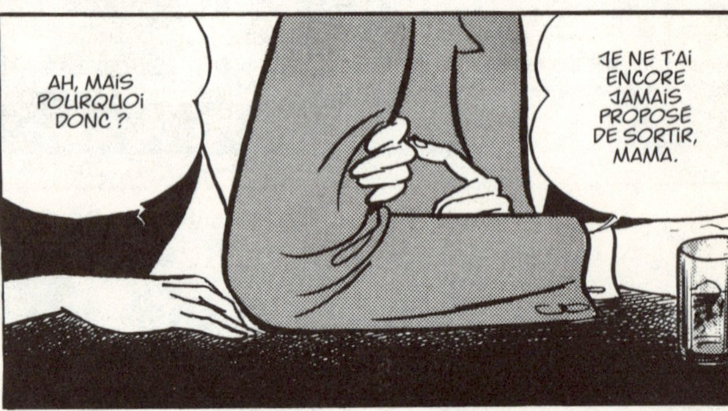
JE NE T'AI ENCORE JAMAIS PROPOSE DE SORTIR, MAMA.
AH, MAIS POURQUOI DONC ?

HMM... JE VAIS PEUT-ÊTRE ME LANCER.

MAIS OUI, PROPOSE-MOI QUELQUE CHOSE.

JE COMMENCE À AVOIR FAIM...

MOI AUSSI, JE MEURS DE FAIM.
ON VA DÎNER QUELQUE PART ?

OUI...

VOILÀ.

KEN-CHAN, JE TE LAISSE RANGER.
L'ADDITION, S'IL TE PLAIT.

QU'EST-CE QU'IL Y A ?
QUOI ?

JUSTE CE SOIR.

...
POURQUOI MOI ?

HMM. C'EST VENU COMME ÇA.

CE SERAIT PLUTÔT À MOI DE DEMANDER.
MONSIEUR UCHIYAMA, POURQUOI MOI ?

HMPF...

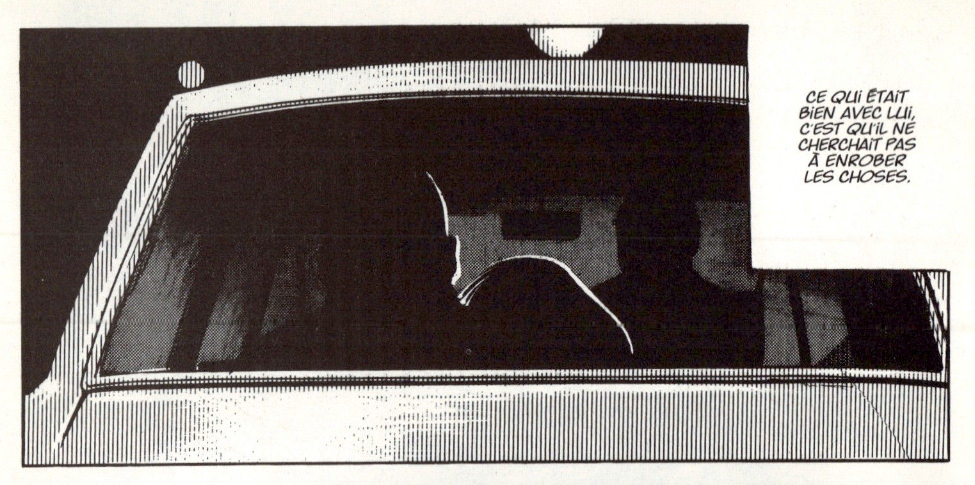
CE QUI ÉTAIT BIEN AVEC LUI, C'EST QU'IL NE CHERCHAIT PAS À ENROBER LES CHOSES.

JE NE VIVAIS PAS TOUTE SEULE. IL Y AVAIT PLEIN DE GENS AUTOUR DE MOI, ET C'ÉTAIENT EUX QUI ME FAISAIENT VIVRE.

ET CE SOIR-LÀ, J'AVAIS ENVIE QUE CE SOIT LUI QUI ME FASSE VIVRE... C'ÉTAIT TOUT.
HOTEL

AH, JE MEURS !

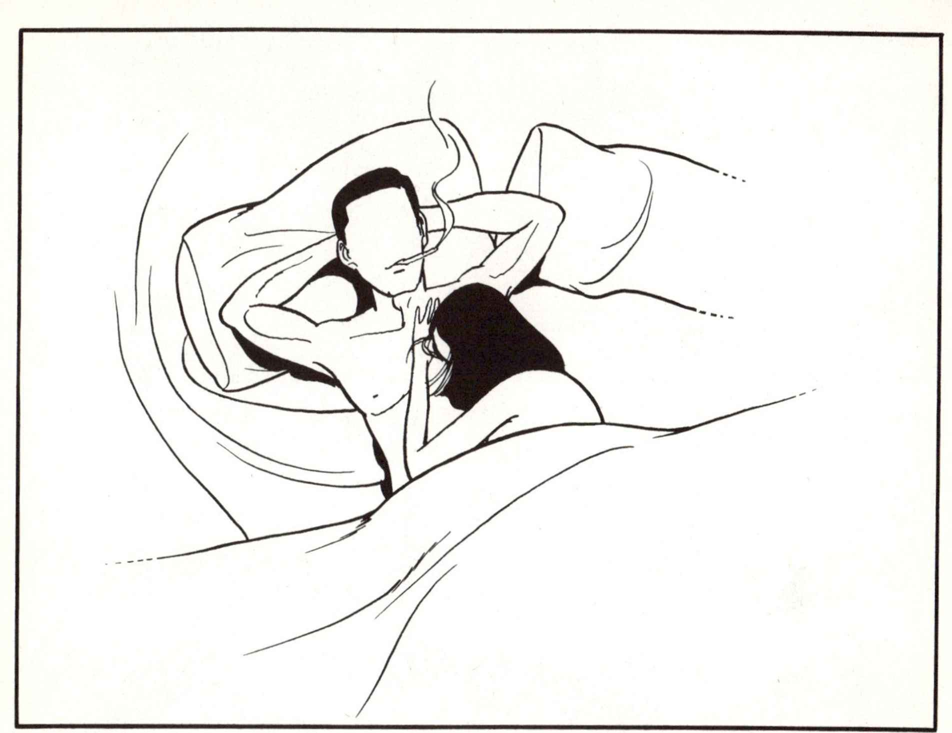

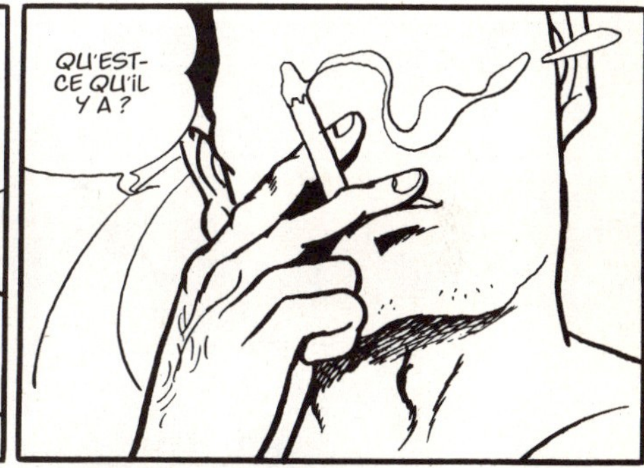
QU'EST-CE QU'IL Y A ?

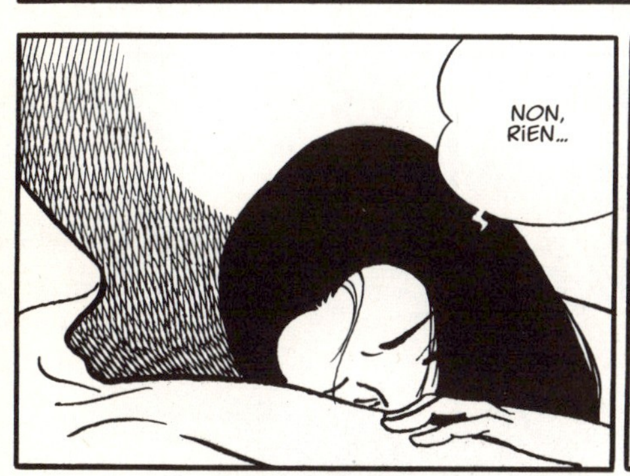
NON, RIEN...

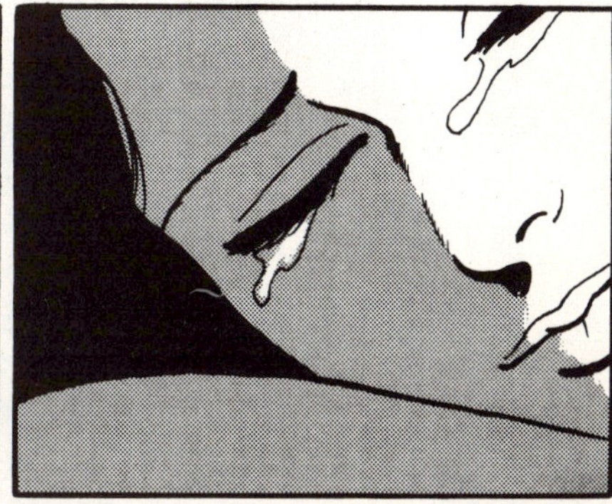

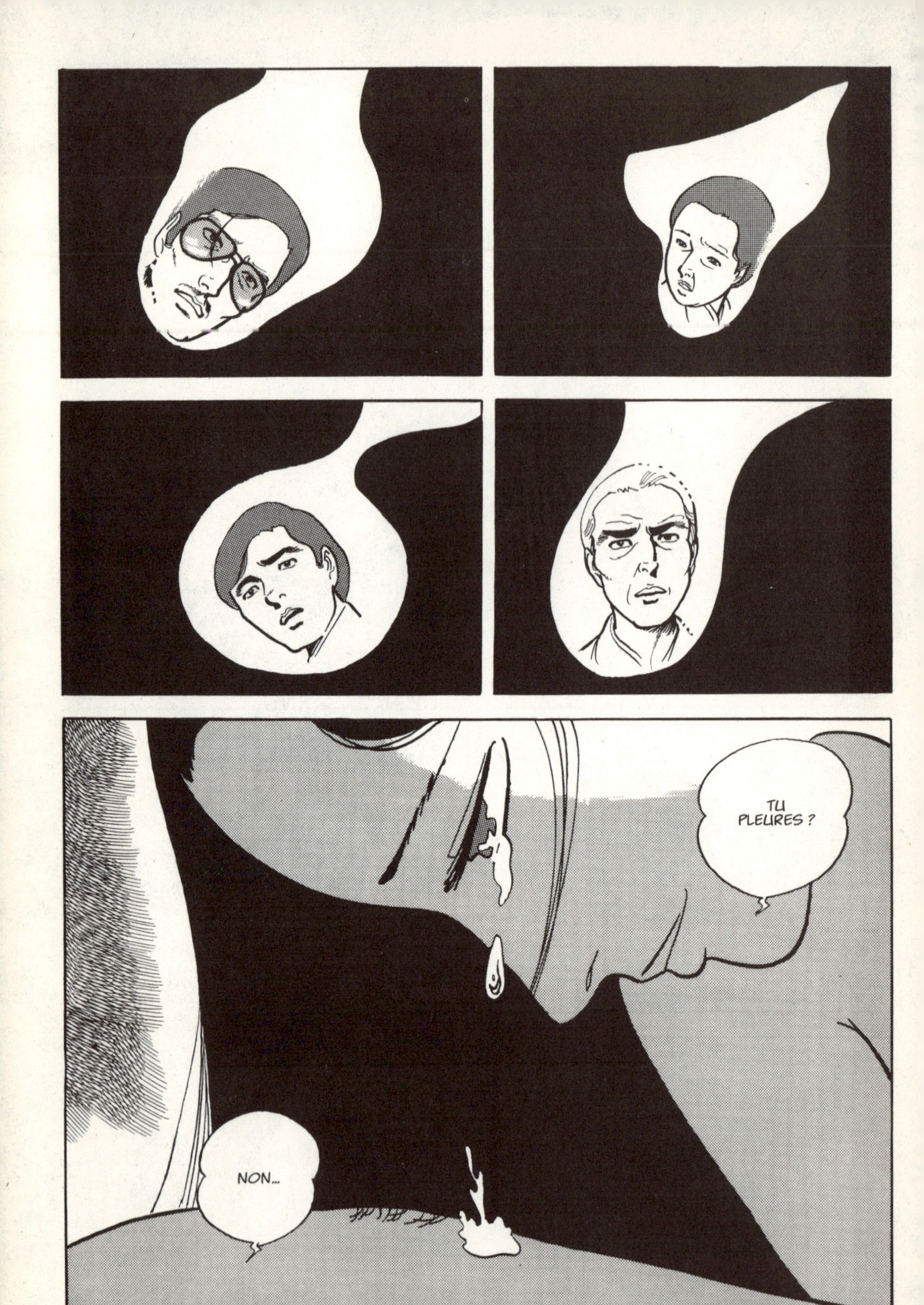
TU PLEURES ?
NON...

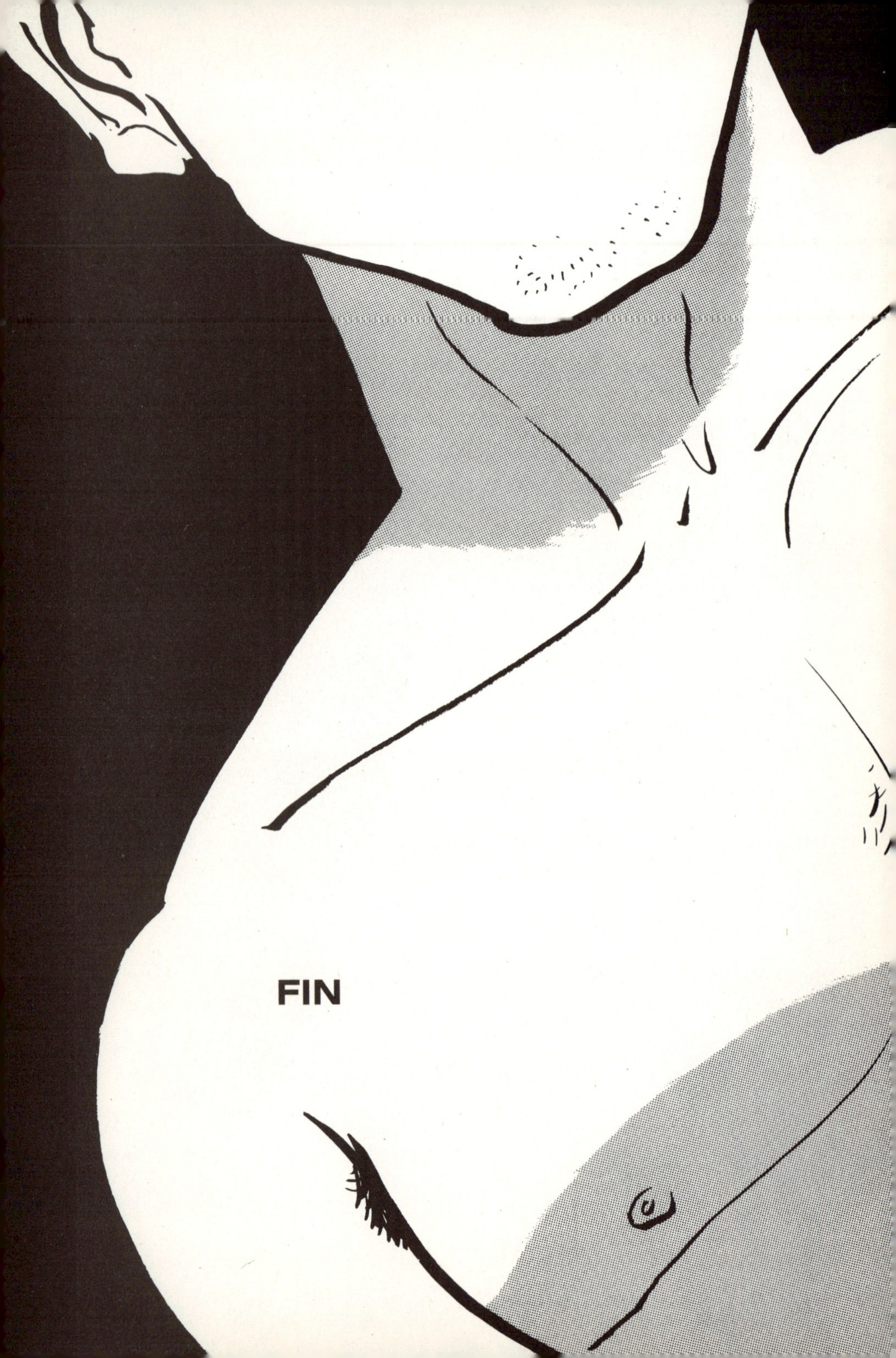
FIN

Le Club des divorcés
DOCUMENTS

L'édition japonaise du *Club des Divorcés*

Le *Club des Divorcés*, publié sous forme de livre par les éditions Futaba à partir du 15 mai 1975, a été relié et agrémenté par Kazuo Kamimura lui-même, comme il l'avait fait avant pour *Lorsque nous vivions ensemble, La Chambre d'un homme et d'une femme* ou *Enfer rouge.*

Le livre *Le Club des Divorcés*

●「離婚倶楽部」の単行本

← Pour respecter l'ordre des pages de la série publiée en feuilletons, nous avons inséré dans ce livre des pages supplémentaires. Nous reproduisons ici l'une des illustrations qui suivaient le début des chapitres figurant dans la série originale.

De même, entre certains chapitres ont été insérées des pages blanches, six exactement, ce qui est assez rare chez Kamimura. Il devait tenir particulièrement à cette œuvre.

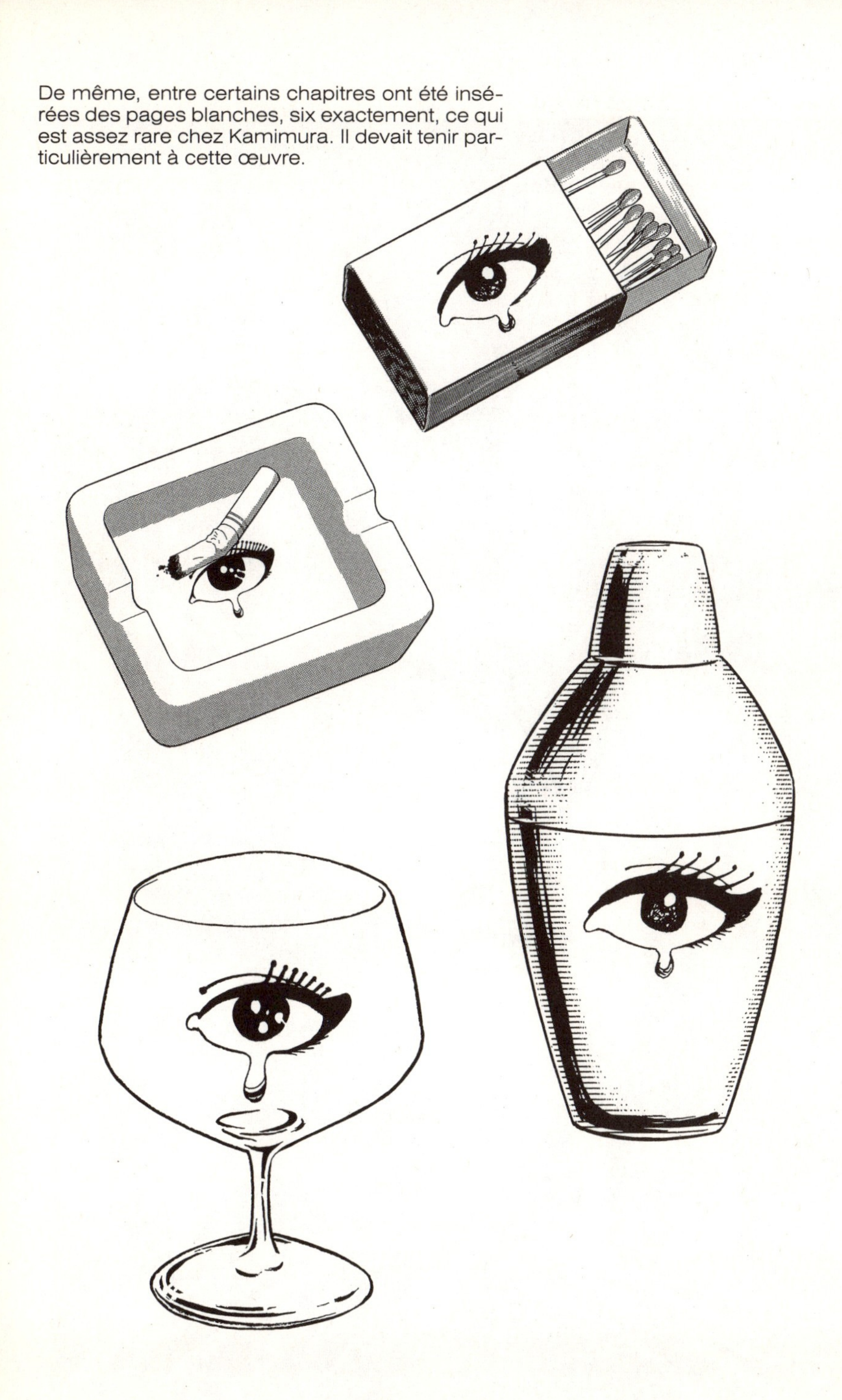

La musique du *Club des Divorcés*

En juin 1975, CBS Sony a sorti un disque avec les chansons du *Club des Divorcés*.

Face A : Divorce Club part 1
Paroles : Sô Nishizawa
Musique : Keisuke Hama
Arrangement : Kôji Fujika
Chant : Miyako Sakurai

Face B : Divorce Club part 2
Paroles : Hideo Okazaki
Musique : Keisuke Hama
Arrangement : Kôji Fujika
Chant : Miyako Sakurai

Commentaires
Toshiya Morita

Après avoir propulsé sa carrière d'auteur de *gekiga* en décrivant les jours à la fois doux, tendres puis cruels de Kyôko et de Jirô dans *Lorsque nous vivions ensemble*, puis avoir retracé la vie libre et passionnée d'un peintre qui se mesure à son modèle, le peintre Hokusai, dans *Folles Passions*, Kamimura réalise *Le Club des divorcés*. Ce manga succède donc à deux œuvres majeures.

Kamimura a toujours travaillé en saisissant ces moments insignifiants de la vie quotidienne des gens normaux. Par exemple, dans *Lorsque nous vivions ensemble*, on suit Kyôko et Jirô faire une promenade au petit matin après une nuit blanche, ou lire leur avenir dans un pot de volubilis.
Bien sûr, ces scènes constituent bien souvent des préliminaires permettant d'amener une situation plus dramatique, mais lorsqu'on les isole de la composition générale, elles n'apparaissent que comme des descriptions de scènes quotidiennes que tout le monde a déjà vécu et qui s'empilent dans le temps, les unes sur les autres.
Dans *Le Club des Divorcés*, le personnage principal, Yûko, la jeune tenancière de 25 ans d'un petit club de Ginza (quand on y réfléchit, on se dit que l'histoire doit se dérouler juste à l'époque de la crise liée au choc pétrolier), est tracassée par la situation financière de son affaire, son bar où les clients ne se précipitent plus ; elle s'évertue de maintenir un lien avec sa fille de trois ans qui n'habite pas avec elle, et doit encore s'embarrasser des liens avec son ancien mari dont elle a pourtant divorcé. Elle se complait également dans une situation irrésolue avec Ken-chan, le barman.
Comme Kyôko dans *Lorsque nous vivions ensemble*, elle n'est pas tiraillée par les souffrances d'un amour déchirant, mais se trouve plutôt emportée par un torrent d'amours libres, à la manière de Yukie dans *Le fleuve Shinano*, et au lieu de mener une vie dissolue, évolue comme elle peut dans la vie, avec des problèmes familiaux que tout le monde peut connaître, tout en occupant une place particulière en tant que tenancière de bar. Ce quotidien banal qui ne cesse de se répéter constitue donc la trame principale du *Club des divorcés*.
Mais si ce récit aux rares rebondissements ne se termine pas de manière ennuyeuse et banale, c'est grâce au talent d'écriture de Kamimura. Il décrit soigneusement la vie de chacun de ses personnages, celle du protagoniste bien sûr, comme celle des personnages plus secondaires. C'est un véritable artisan qui tisse des fils complexes entre chaque épisode et qui confectionne des ornements délicats à son histoire. Celle-ci est renforcée par son génie qui parvient à rendre cette technique imperceptible au lecteur.
Bien sûr, on trouve aussi de l'humour noir, comme dans le volume 2 avec la balle de volley-ball passée au travers la grille du toit, ou du chagrin dans le volume 32, ou encore une autre forme d'humour

plus spirituelle dans le volume 13 qui voit apparaître Kamimura lui-même ; mais ces épisodes qui pimentent l'histoire n'oublient jamais de la servir et de la parfaire. De même, on retrouve dans le design des moindres objets de décoration du bar : le billard du nouveau *Club des Divorcés* fraîchement décoré, l'enseigne extérieure ou les boîtes d'allumettes, autant de détails qui forment comme une référence impressionniste ou un frontispice à chaque épisode et rappelle que Kamimura était à l'origine un designer, et qui donne un sentiment de savant dosage à l'ensemble de son récit.
Cette habileté du trait et cet art de la narration, ce "secret de fabrication de Kazuo Kamimura", appartiennent au monde des métiers d'art les plus raffinés, et le degré de perfection qu'on observe dans cette œuvre constitue le point culminant de sa carrière. Malheureusement, cette histoire réalisée avec tant de maîtrise et qui manifeste si bien l'essence même de l'auteur qu'est Kazuo Kamimura, n'a finalement jamais été reconnue comme l'un de ses chefs-d'œuvre.

Le Club des Divorcés a été publié en 40 épisodes dans le magazine *Weekly Manga Action* (éd. Futaba) entre le numéro du 31 octobre 1974 et celui du 7 août 1975. En juin de cette même année, les éditions Futaba ont publié en livre relié un premier volume à partir des onze premiers épisodes, mais suite à certaines circonstances, le deuxième volume n'a jamais été publié. C'est donc une œuvre malheureuse que les lecteurs ultérieurs n'ont pas pu suivre jusqu'au bout. Cette publication longuement souhaitée vient donc enfin de paraître en entier.
À la même époque, le magazine *Manga Erotopia* (éd. Best Sellers KK) publiait *Les Fleurs du mal* (écrit par Kazuo Kamimura et Hideo Okazaki, son meilleur compagnon de route). Cette œuvre haletante met en scène le personnage de Rannosuke Hanayagi (de la lignée des Kurogami, une grande famille d'Ikebana), un jeune héritier qui utilise son argent et ses relations dans le monde politique et financier pour "chasser les jolies filles" et qui, pour assouvir ses désirs, s'est construit un empire souterrain où il les viole. *Les Fleurs du mal* déploie un univers de désirs morbides impossible à imaginer dans notre quotidien et se situe ainsi complètement à l'opposé de la narration du *Club des Divorcés*.
Le calme et l'agitation. Le quotidien et le bizarre. À peu près à la même période, *Le Club des Divorcés* et *Les Fleurs du mal* ont été réalisés avec la même équipe et se situent pourtant à l'opposé l'un de l'autre, si bien qu'à les lire en même temps, on s'aperçoit de toute l'ampleur du talent de Kazuo Kamimura ; ces deux ouvrages représentent sans conteste ses œuvres majeures, et *Le Club des Divorcés* constitue ainsi l'une des meilleures manières de découvrir l'univers de Kazuo Kamimura.

Ce manga est publié dans son sens
de lecture originale, de droite à gauche.

Ici, vous êtes donc à la fin.

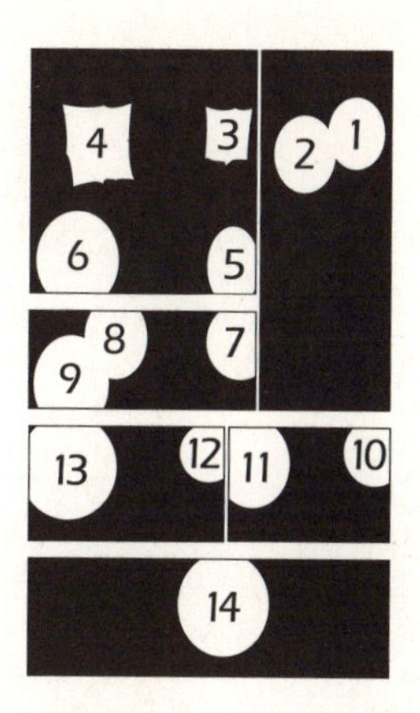

RIKON CLUB

7, avenue P-H Spaak - 1060 Bruxelles

Dépôt légal d/2016/0086/021
ISBN 978-2-5050-6369-8

Traduit et adapté en français par Samson Sylvain
Conception graphique : [Sign*]
Adaptation graphique : Eric Montesinos

Imprimé en Italie par L.E.G.O. spa - Lavis (Trento)